李萱／著

现代中国
女性小说的梦幻书写

Xiandai Zhongguo
Nüxing Xiaoshuo De Menghuan Shuxie

人民出版社

目　录

导　言

第一章　梦幻书写与女性主体性话语建构

第四章 梦幻书写的性别策略及其话语建构

第五章　梦幻书写传统与女性写作的现代突破

导　言

在日常生活中，常常听到这样一句话："女人天生爱做梦"，但却很少有人就此提出疑问，人类是由男性和女性共同组成的，人类世界的文化与文明也是由男性和女性共同创造的，"做梦"是每个有生命的人都拥有的一种生理现象，为何进入日常熟语的通常只是"女人天生爱做梦"？显然，这里所说的"梦"，并非仅指日常睡眠中的生命活动现象，而是有着独特的文化意味。可以说，在女人"爱做梦"这一陈述性话语中，包含着有关女人性别特征和性别角色的传统认识，其中融入了复杂的社会文化因素。

在漫长的历史发展过程中，"梦幻"早已成为女性的一种文化符号，标记于与女性相关的各种文学艺术作品之中。在中国传统女性文学创作中，对"梦幻"的书写，无论是从出现的频率之高，还是书写内容之趋同来看，都是值得关注的，甚至在一定程度上形成了中国女性文学的梦幻书写传统。而在现代中国女性文学中，"梦幻"出现的频率仍然非常高，但书写的内容和形式却在不断发生变化，特别是在现代中国女性小说创作中，呈现出了较多女性梦幻书写的新质素，是现代女性话语建构的一种具体表现。

一直以来，法国女权运动的创始人西蒙娜·德·波伏娃的名言:"女人并不是生就的，而宁可说是逐渐形成的"①，对 20 世纪 80 年代以来的女性文学批评，产生着深刻的影响。对女性文学创作而言，这句话也同样适用。与女性形象和女性身份的性别文化塑造是一个历史"形成"的过程一样，现代中国女性文学的女性话语建构同样也是一个不断"形成"的过程。在这个需要不断"形成"的过程中，有很多文化资源是可以被女性文学创作所利用和再创造的，包括国内外梦幻文化理论，以及与之相关的文学理论、文学创作、文化认知等在内的"梦幻文化"，也自然成为现代中国女性小说进行话语建构的文化资源之一。

可以说，梦幻文化与女性生活、女性心理、女性创作之间有着复杂的社会文化联系。"梦幻"作为人类情感体验中较为隐秘、复杂多变的层面，是考察女性生命存在与精神状况的一个有价值的切入点。文学中的梦幻书写，更是适于透视和分析女性生命存在之独特性的领域与平台。梦幻文化则是女性文学研究领域中一个有待开掘的新的增长点，现代中国女性小说对梦幻文学传统的选择性、审视性传承，具有现代性别文化意味的新质素和自我突破，以及梦幻文化本身所具有的性别文化再生等内在层面，是考察现代女性文学话语建构的创新维度。

一、研究对象及相关概念

本书以现代中国女性小说中的梦幻书写为研究对象，但确切地讲，研究目标并不仅仅是这些文学作品本身，而是将梦幻文

① ［法］西蒙娜·德·波伏娃:《第二性》，陶铁柱译，中国书籍出版社 1998 年版，第 309 页。

化视为女性话语建构的一种颇具私密性的文化资源，并进而考察现代中国女性话语建构的一种特殊视角，以期从社会性别理论出发，探讨梦幻文化对女性话语建构的积极影响及其文学史意义。

本书探讨的范围是中国大陆五四前后到 21 世纪初的具有现代意味的女性小说创作，主要选取其中具有代表性的梦幻书写及其话语建构进行研究。具体而言，本书所涉及到的"梦幻"主要包括两个层面的内容：(一)中外文化和文学理论中有关"梦幻"的阐释，主要包括国内外有关梦幻文化的理论阐释，与"梦幻"有关的文学理论、文学创作、文学批评、文化认知等。(二)现代中国女性小说对各种"梦幻"的书写，主要包括："做梦"与"梦境"；与"梦"的特质相类似的想象、幻想、隐喻、意象；梦呓化的语言和形式；与女性生命、生存直接相关的文化层面的"梦"，如女性的梦想、梦魇等。这些不同形态的"梦幻"，既有时成为"所叙之事"的组成部分，也有时构成叙述的语言和形式，或二者杂糅，共同建构着文学文本，并与文化层面的"梦"有着千丝万缕的联系。

需要说明的是，有一些文学文本中虽然并没有出现具体的"梦幻"景象，但却整体或局部具有"梦幻"的特征，或直接或间接地与文学文化传统中的经典"梦幻"相关，并与女性生存体验有密切的联系，这类作品也在本书的研究范围之内。有的文学创作虽从整体上可看作是对"白日梦"的营造，但与女性的生存体验并没有密切的关联，而且也"没有明言是梦的作品"，即王文革所说的"泛梦化"①写作(如言情小说、童话、幻想小说等)，此类文本不列入本书的研究范围。

---

①　王文革：《文学梦的审美分析》，华中师范大学出版社 2006 年版，第 5 页。

再者，本书的研究对象并不限于女性色彩较浓的小说文本，而是突破对女性文学的偏狭理解，对女性小说文本中具有典型意义的梦幻书写及其话语建构进行整体性的观照。

综上所述，凡是现代中国女性小说中映现着"梦幻"之于女性及女性写作的文化意义，有一定代表性的梦幻书写文本，均在本书的研究视野之内。具体涉及出自陈衡哲、丁玲、庐隐、凌叔华、沉樱、白朗、张爱玲、戴厚英、宗璞、张洁、铁凝、王安忆、陈染、林白、徐小斌、海男、残雪、斯好、朱文颖、张悦然等各时期女作家之手的与"梦幻"相关的代表性文本。

本书中与"梦幻"相关的主要概念有："梦"与"梦幻"、梦幻书写、梦幻文化等，下面分别对其内涵和外延做出阐释。

"梦"与"梦幻"："梦"是人类一种普遍的生理和精神现象，是人入睡后的潜意识心理活动的表征。"梦幻"则既包括"梦"，也包括与"梦"的特质相类似的想象、幻想等。文学中的"梦幻"与现实中的"梦幻"都源自现实生活，是对现实生活的反映与再现，但二者的发生机制与表现形式不同。文学中的"梦幻"是创作主体理性制约和审美观照相融合的产物，除表现为做梦与幻想的形式外，还在文本中衍化为很多与"梦"的特质相类似的意象、隐喻、梦呓化的语言和形式，以及文化层面的宏观之"梦"等。在某些情况下，它与"梦想""理想"等概念的内涵有一定的交叉。

梦幻书写：梦幻书写在本书中指的是中国传统女性文学创作和现代女性文学创作对梦与梦幻的书写。这些书写既表现出"梦幻"在女性生命存在中担负的文化功能，也表现了"梦幻"在女性文本中所充当的文本功能与艺术表达手段。这些梦幻书写与女性的生存文化境遇以及作者本身的性别认知等，有着十分密切的联系，负载着特定时代的性别文化内涵，以及作者的性别体验与性别意识。

梦幻文化：对本书而言，梦幻文化既是现代中国女性话语建构的重要文化资源之一，也是研究现代中国女性小说的一个特殊视角。主要包括国内外有关梦幻文化的理论阐释，与"梦幻"有关的文学理论、文学创作、文学批评、文化认知等，其中既有与女性主义文学理论相契合、共通的层面，也有受传统性别文化浸染的部分。这都对现代中国女性小说的话语建构产生了积极或消极的影响。

本书的另外一个重要概念是"话语建构"。以福柯等为代表的后现代学者特别强调"话语"的作用，认为"话语"不仅仅是知识传播者的产品和交流工具，可以指涉外在世界中的事物、事件，而且还可以"赋予权力"，具有建构外在世界中的事物、事件，甚至构建外在世界的功能。也即，人类的一切认识都是通过"话语"获得的，任何脱离"话语"的事物都不存在。人与世界的关系是一种"话语"关系，"话语"决定人在这个世界的位置，可以借以重新确定某种社会角色的"社会关系"和重新建构其"社会身份"。[①]就文学创作和文学研究而言，我们可以将文学现象、文学作品等，都看作是由各种话语构建出来的文化符号，其本质是作者依据某种立场和态度所进行的带有某种目的的话语建构，而文学研究则是对文学话语所进行的分析和研究，是以文学创作为基础进行的另外一重话语建构。本书即从梦幻文化的角度来探查现代中国女性小说的话语建构。

---

① 参见庄芳琴：《福柯后现代话语观和中国话语建构》，《外语学刊》2007 年第 5 期。

需要特别说明的是，本书在行文过程中，为了避免"妇女""女性"等概念使用的混杂，统一使用"女性"这一说法①，在需要区分中国古代和现代女性的时候，分别以"传统女性""现代女性"加以指称。

二、国内外有关"梦幻"的理论阐释与探讨

梦与梦幻作为人类的一种普遍、古老而又神秘的生理与精神现象，从古到今一直为人类所关注、记载、解释和研究，引发了大量从宗教、医学、哲学等角度进行的阐释与探讨。由于论者所处的历史时期、社会现实不同，他们对梦与梦幻的认识和理解也不尽相同。这些从不同角度对梦与梦幻所进行的表述，在人类文化史中占有着重要位置，它们之间相互补充，为人们认识和理解梦与梦幻，为后世学者进行有关梦与梦幻的研究，奠定了理论基础。

国内外均有关于梦与梦幻的理论或阐释的著作出版，比较具有代表性的有，刘文英著的《梦的迷信与梦的探索》，傅正谷编著的《外国名家谈梦汇编》，傅正谷著的《中国梦文化》，安东尼·史蒂文森著的《人类梦史》等。②在此主要对国内外与文学相关的"梦

006

---

① 在习惯话语中，"妇女"常被用来泛指处于家庭人伦关系中的传统女人，后被国家权力话语政治化，用来指称社会主义政治话语中的女人。而"女性"作为一个现代词汇，主要指称的是超越了亲属人伦范畴、获得了某种程度的解放或者具有作为人的主体性的女人。本书统一使用"女性"的说法。参见刘思谦：《女性·妇女·女性主义·女性文学批评》，《南方文坛》1998 年第 2 期。

② 刘文英：《梦的迷信与梦的探索》，中国社会科学出版社 1989 年版；傅正谷编著：《外国名家谈梦汇编》，天津社会科学出版社 1991 年版；傅正谷：《中国梦文化》，中国社会科学出版社 1993 年版；[美] 安东尼·史蒂文森：《人类梦史》，杨晋译，海南出版社 2002 年版。

幻"文化理论进行梳理，并重点关注其中与性别相关的部分。

（一）中国古代有关"梦幻"与文学的思考

中国古代对"梦"的探索源远流长，提出了一些有关"梦幻"的理论范畴，以及相关的文学批评和文学理论等，体现了基于中国古代社会文化而产生的关于"梦幻"的认知和哲学思辨。

首先，在中国古代对"梦幻"的认知中，梦的迷信与文学联系颇为紧密，这在中国古代很多史传作品中都有反映，如《周礼》《左传》《史记》等。原始人认为"做梦"是灵魂受鬼神的指使离身而外游，"梦"常常被看作是鬼神对梦者的启示，因此根据梦象来体察神意预卜吉凶，就成为必要。这种对"梦"的迷信不仅在历史发展过程中，成为宗教、巫术的基础和重要内容，还逐渐形成了一套较为系统的占梦理论和占梦术，进而在统治者的倡导下，建立起占梦官制，成为为政治服务的重要工具。

其次，中国古代有关"梦幻"的哲学思辨，也与文学密不可分。道家思想家庄子，是中国古代梦理论及梦文学的奠基人，在庄子关于"梦"的论述中，最有价值和最具特色的是"真人无梦论""圣人大觉论"与"愚人不觉论"[1]。庄子认为"真人"顺应自然、合乎天道，忘却一切身外之物，是以可以"不梦"；能看透"人生如梦"的人，是大觉的圣人，反之，则是不觉的愚人。庄子"人生如梦"的思想及"梦蝶"等寓言，对后世梦理论及梦文学产生了很大的影响。[2]佛教作为中国古代外来的宗教哲学，不仅"佛"本

---

[1] 参见庄子：《大宗师》《齐物论》。

[2] 傅正谷：《中国梦文学史》（先秦两汉部分），光明日报出版社1993年版，第155—160页。

身和"佛"传入中国的故事，与"梦幻"相关①，其教义中还有"幻梦说"②，认为"色即是空，空即一切"（《般若波罗密多心经》），世间万物皆成假象，"人生不过一大梦尔。"这些对后世梦理论及梦文学也有较大的影响。而且，佛教的"幻梦说"还注意到了"梦"作为一种生理现象，与"幻觉""幻象"等"梦幻"形式之间的共通性。

在此背景下，中国古代书写"梦幻"的文学作品丰富浩繁，并产生了一些与"梦幻"相关的文学批评与文学理论。主要有以下几种思路：

其一，阐述作品中"梦幻"的内涵、主旨及特点。如一些论者对《红楼梦》中写梦主旨、梦与人物的关系、梦幻的特点等的探讨与论述③；

其二，讨论"梦幻"与情感表达的关系。中国古代很多文学批评都涉及到了对"梦幻"与情感表达的关系这方面的探讨，主要存在两种较为典型的看法：一是重视文学对情感的反映，反对书写"梦幻"、怪异，如叶昼在总评《水浒传》第九十七回时认为，"《水浒传》文字不好处只在说梦、说怪、说阵处，其妙处都在人情物理上"；李渔则认为"谈真则易，说梦为难，非不欲传，不能传

---

① 汉牟融《牟子》说佛"生于天竺，假形于白净王夫人。昼寝梦乘白象，身有六牙，欣然悦之，遂感而孕。以四月八日从母右胁而生"，其中还记载了孝明皇帝曾"梦见神人，身有日光，飞在殿前"，有大臣讲了佛的故事，皇帝遂遣使者"写佛经四十二章"，并"作佛图像"。参见傅正谷：《中国梦文学史》（先秦两汉部分），光明日报出版社1993年版，第46—47页。

② "一切有为法，如梦、幻、泡、影，如露，亦如电，应作如是观"。参见王月清注评：《金刚经》，江苏古籍出版社2001年版，第75页。

③ 傅正谷：《中国梦文学史》（先秦两汉部分），光明日报出版社1993年版，第68—72页。

也", "凡说人情物理者, 千古相传; 凡涉荒唐怪异者, 当日即朽" (李渔:《闲情欧寄·词曲部·结构第一》)。另一种观点则认为, "梦幻"虽属虚幻, 却源于现实, 并反映了现实的真情实感。如, 汤显祖认为, "梦中之情, 何必非真, 天下岂少梦中之人耶?" (《牡丹亭》题词)、"梦生于情, 情生于适"(《赴帅生梦作》小序); 袁于令认为, "天下极幻之事, 乃极真之事; 极幻之理, 乃极真之理。故言真不如言幻, 言佛不如言魔"(《西游记题辞》)等。

其三, 以"梦幻"论文学创作和写作风格。也主要有两种思路: 一是就文学作品中的"梦幻"谈文学创作, 如沈德潜曾就《诗经》中的"梦", 谈到文学创作"如何写景的问题", 认为像"梦"这样的"虚景", 在写作中更值得重视①; 很多批评家还针对"梦幻"书写的"翻新入妙"(况周颐:《蕙风词话》)、"善于脱胎, 变化无迹"、"惟觉其妙, 莫测其源"(清代方南堂:《辍锻录》)等文学现象, 提倡创作要重视创新、反对因袭。②第二种思路是以"梦幻"为喻, 论作家的写作风格。③如沈德潜评李白的《蜀道难》④时, 总结了诗歌的特点, 这同时也是"梦幻"所具有的特点; 有不少论者以"梦幻"来阐述各种"风格"范畴, 如清代诗人顾翰在《补诗品》中论述"感慨"与"明秀"时, 突出了"浮生如梦"的人生感慨和"半床明

---

① 沈德潜在《说诗晬语》中对《诗经》的论述: "《斯干》考室,《无羊》考牧, 何等正大事, 而忽然各幻出占梦。本支百世, 人物富庶, 俱与梦中得之。恍恍惚惚, 怪怪奇奇, 做诗要得此段虚景。"
② 傅正谷:《中国梦文学史》(先秦两汉部分), 光明日报出版社 1993 年版, 第63—65 页。
③ 傅正谷:《中国梦文学史》(先秦两汉部分), 光明日报出版社 1993 年版, 第75—83 页。
④ 沈德潜在《唐诗别裁》中评李白的《蜀道难》: "想落天外, 局自变生。大江无风, 波浪自涌。白云从空, 随风变灭。"

月，良夜无梦"的人生场景；贺贻孙在《诗筏》中品评古代写"梦"诗作时，概括了"空幻"二字，并进一步指出，此乃"诗家化境"。他所说的"化境"，与"梦境"的特点非常相似。此外，刘勰的"精骛八极，心游万仞""思接千载，视通万里"、陆机的"观古今于须臾，抚四海于一瞬"等观点，也都与"梦幻"本身的特点十分相似。① 这都说明"梦幻"与文学创作之间，有很多相通性，甚至在某种程度上形成了中国文艺思想的"梦思维"②。

值得一提的是，在中国古代有关"梦幻"的文学批评中，出现了一些女性文人对文学中的"梦幻"进行评论的现象。例如，明末清初一些女性文人对汤显祖《牡丹亭》的评论，就涉及对"梦"与"梦幻"的论述。出版于 1694 年的《吴吴山三妇合评牡丹亭还魂记》，记录了三位女性就《牡丹亭》中的人物与"梦"、"梦"与情、"梦"与人生等主题，分别所作的阐释。③ 她们将"情"看作"梦"与"真"之间的桥梁，并常常把"梦"等同于"真"。晚明女批评家俞二娘也对《牡丹亭》作了评论。④ 她不但以"梦"为"真"，还认为"梦"中所见，常有现实中没有接触过的事物。不仅如此，这些更倾向于从文学作品中寻求精神慰藉的女性，还时常

---

① 王文革：《文学梦的审美分析》，华中师范大学出版社 2006 年版，第 60 页。

② 殷国明：《中国文艺思想的"梦思维"——古典文论阅读杂记》，《社会科学》2008年第 1 期。

③ 陈同认为："柳生此梦，丽娘不知也；丽娘之梦，柳生不知也。各自有情，各自做梦，各不自以为梦，各遂得真。"钱宜则对此作了进一步的说明："柳因梦改名，杜因梦感病，皆以梦为真也，才以为真，便是真。"谈则最后作了评论："凡人日在情中，即日在梦中，二语足尽姻缘幻影。"参见《吴吴山三妇合评牡丹亭还魂记》，转引自［美］高彦颐：《闺塾师——明末清初江南的才女文化》，李志生译，江苏人民出版社 2005 年版，第 86 页。

④ 俞二娘认为："吾每喜睡，睡必有梦，梦则耳目未经涉者皆能及之。杜女固先我著鞭耶。"转引自［美］高彦颐：《闺塾师——明末清初江南的才女文化》，李志生译，江苏人民出版社 2005 年版，第 94 页。

倾向于把文学等同于现实，这使得她们在欣赏、评论文学作品中的"梦幻"的同时，也"将自己的生活变成了一个充满情的梦幻世界"①。

值得注意的是，中国古代戏剧中的"魂旦"角色，与原始人的"梦魂"意识，也是一脉相承的。原始人认为，"梦"是人在睡眠中离开肉体的"游魂"，其中的"梦""魂"观念，相辅相成、紧密联系。这在很多得以流传至今的成语、俗语、文学文化知识中，都有所表现，如"魂牵梦萦""梦魂缭绕""梦魂颠倒""魂飞魄散""黯然销魂"等成语，以及戏剧中的"魂旦"角色等。"魂旦"指戏剧中专门饰演女性鬼魂的角色，有"特殊的服饰扮相、歌喉腔调、身段动作，飘飘若仙，尤其是腿脚的挪动要不露痕迹，不动裙裾。这些要求，源于人们的梦中体验和对魂的想象"②，如，汤显祖的《牡丹亭》中寻找柳生的丽娘之"魂"；关汉卿的《窦娥冤》中，进入窦父"梦"中告冤的窦娥之"魂"等。中国古代戏剧中的"魂旦"角色，与后世文学作品中的"女疯子"形象，也有着紧密的联系。

此外，还应注意到，在中国古代有关"梦幻"与文学的思考中，不可避免地镌刻着传统社会文化的烙印，而"性别"，可以说是其中一个重要的、不可忽略的因素。

首先，男性是有关"梦幻"理论的主要阐发者。殷商以来的中国古代社会，早已进入父系社会，且逐渐形成了以男尊女卑、夫为妻纲、三从四德等传统规范构成的、具有中国特色的封建宗法

---

① ［美］高彦颐：《闺塾师——明末清初江南的才女文化》，李志生译，江苏人民出版社2005年版，第87页。

② 翁敏华：《中日两国的梦意识和梦幻剧——以〈牡丹亭〉、〈井筒〉为视点》，《中国比较文学》2002年第4期。

社会，这使得中国古代有关"梦幻"的文化和理论，从一开始就打上了男性本位文化的烙印。以文学记载的占梦活动为例。男性是主要的参与者和占卜者，女性则通常仅在以下两种情况中出现：一是作为"梦者"出现，其身份多是统治者的母、妻、妾，她们所做的有关统治者或其子嗣的"梦"，常被用来预示好的征兆。如《逸周书·程寤解》中记载的"太姒之梦"、《左传·宣公三年》中记载的"燕姞梦兰"等；二是作为"梦象"出现，与中国古代关于"红颜祸水"的说法联系在一起，昭示着梦者的灾祸。[①]历史典籍中仅保留了极少女性文人对文学作品中"梦幻"的评论，声音微弱。

其次，中国古代有关"梦幻"的理论，遵循的大体是男尊女卑的传统性别关系模式，并与"阴阳乾坤说"联系在一起，将传统性别关系模式本体化和本质化，形成了一整套男女、日月、阴阳、刚柔等相互对应的占梦理论和释梦方法，这在中国古代有关占梦的文学记载、与"梦幻"相关的哲学思辨、文学批评及文学理论中，也都有所体现。如周王时的"占星"认为，日为阳是王者在天上的象征；月为阴是后妃或大臣在天上的象征[②]；《诗经·小雅·斯干》中有"维熊维罴，男子之祥；维虺维蛇，女子之祥"的说法，其中，熊罴和虺蛇分别被视为生男生女的象征物，与传统性别认知中的男女两性刚柔相异的性格特征是相对应的。

在中国古代有关"梦幻"的理论阐释中，较少出现讨论"梦幻"

---

① 在此方面各个民族稍有不同，同是梦见女人，赫哲族认为象征着办事顺利，瑶族则认为将有小灾。参见刘文英：《梦的迷信与梦的探索》，中国社会科学出版社1989年版，第8页。

② 刘文英：《梦的迷信与梦的探索》，中国社会科学出版社1989年版，第62页。

与两性关系的论述。①具有代表性的仅有几例。晚明文学家钟惺，在《古今名媛诗归序》中谈到男女生活的对比时，涉及对女性"梦幻"的论述，他认为，妇人"衾枕间有乡县，梦幻间有关塞，惟清故也"。这是中国古代有关女性与"梦幻"的关系的较早体认。清朝初年熊伯龙在《无何集·梦辨》中，则举了"男人不梦生产，妇人不梦弓马"②的梦例。这是中国古代较为朴素的对两性梦象差异的浅显认知。熊伯龙于此认识到，男性不可能体验独属于女性的生命经验，如怀孕、生产等；女性也很难体验那些属于男性的外在世界经验，如弓箭和骑马等，可以看出，这一认知仍然建立在中国传统性别关系模式男尊女卑、男外女内的基础之上。

综上可知，中国古代有关"梦幻"的理论与阐释深受中国传统性别观念的影响，并对后世与"梦幻"相关的论述影响较大。但迄今为止，较少有学者对其从性别角度进行考察。

此外，在中国古代，梦与梦的迷信常被政治所利用，且有关"梦幻"的理论又较为偏重于对"梦"的本质、成因的探讨，而对"梦幻"中"幻"的层面，阐释较少；即使有一些从科学角度对"梦"进行探索的论者，也很少注意到，"梦"作为一种生理和精神现象，与"幻想""白日梦"等"梦幻"形式，在某些方面的共通性，未能将二者放到一起综合考量，进行集中和深入的论述与思考。

（二）现代中国有关"梦幻"与文学的探讨

在中国古代"梦"文化和五四以后陆续传入中国的一些国外"梦幻"理论的影响下，现代中国很多文学家就"梦幻"与文学的联

---

① 刘文英在《梦的迷信与梦的探索》中也曾论述过这一观点。参见刘文英：《梦的迷信与梦的探索》，中国社会科学出版社1989年版，第275页。

② 刘文英：《梦的迷信与梦的探索》，中国社会科学出版社1989年版，第274页。

系进行了积极的探讨。

其一，吸收国外的"梦幻"理论，创造性地运用于创作之中。例如，鲁迅于 1924 年翻译出版了日本文艺批评家厨川白村的著作《苦闷的象征》，在当时产生了广泛影响。厨川借鉴弗洛伊德的"梦"阐释理论，阐述了"梦幻"、受压抑的生命力与文艺创作的关系，把"梦"作为整个理论体系的一个关键点。这对鲁迅的创作是一个启发，他在压抑的社会现实和个人经历中，找到了与弗洛伊德学说的契合点，通过"梦境"来表现人物内心的潜意识，以及个人在残酷的社会现实面前的痛苦与抗争。散文集《野草》可谓是鲁迅创造性地运用"梦境"进行创作的代表性作品。

其二，对"梦幻"与文学创作的关系进行理论探讨。例如，闻一多在 20 世纪 20 年代初，曾强调"炽烈的幻象"[①]的重要性，认为"幻象在中国文学里素来似乎很薄弱"[②]，"其特征即在荒唐无稽，远于真实之中，自有不可把捉之神韵"[③]，这同时也是"梦幻"的特征。闻一多的"幻象说"，更为注重"梦幻"中"幻"的层面，不仅承接了中国古代文艺思想的"梦思维"，而且还对五四时期"反深奥"的文化姿态，以及新文学崇尚通俗浅白的审美尺度等，起着不可忽视的反拨作用。[④]废名则通过"梦"阐明了作家应与现实生活保持一种审美的距离的观点。他的"文学即梦"文艺观，明显受到周作人"文学不是实录乃是一个梦"、"醒生活"是

---

① 闻一多：《评本学年〈周刊〉里的新诗》，参见武汉大学闻一多研究室编：《闻一多论新诗》，武汉大学出版社 1985 年版，第 3 页。

② 闻一多：《〈冬夜〉评论》，《闻一多全集》（第 3 卷），生活·读书·新知三联书店 1982 年版，第 327 页。

③ 闻一多：《致吴景超》，《闻一多书信选集》，人民文学出版社 1986 年版，第 139 页。

④ 吴晓东：《"梦"与中国现代作家的艺术探索》，《文艺理论研究》1996 年第 1 期。

"梦"的材料等观点的影响。不仅如此，废名还致力于在创作中营造"梦"的意境，以作为连接真实世界与理想世界的中介。钱钟书则在《管锥篇·列子张湛注·周穆王》中，参照西方有关"梦"学的名作，对中国古代有关"梦幻"的著述，作了详细讲解，并在《太平广记》的评论中，对"枕中梦""南柯梦"等中国古代的经典之"梦"的来源和流变，加以分析，详细地讨论了"梦"与文学的关系。

其三，有关"梦幻"与文学批评的探讨。1923年，郭沫若在《创造季刊》第2卷第1期上，发表了《批评与梦》一文，是现代中国对"梦幻"与批评进行论述的代表性文章。在这篇文章中，郭沫若提出了"文艺的创作譬如在做梦"，而"文艺的批评譬如在做梦的分析"[1]等看法。

可以看到，现代中国有关"梦幻"与文学的探讨，不仅汲取了中国古代具有民族特色的对"梦幻"与文学的思索、积淀，也吸收了国外具有代表性的"梦幻"与文学的理论，但当时较多局限于对国外理论的借鉴与吸收，未能在民族文化的生发和国外理论的影响之间，取得较好的平衡；而且在对"梦幻"与文学、文化的探讨中，极少涉及性别与"梦幻"、女性与"梦幻"的关系，仅有的言论零星散落，不成系统。

另外，虽有一些论者受西方理论影响，注意到了"梦"与"幻想""白日梦"等"梦幻"形式在某些方面的共通性，但还未曾进一步综合起来进行更为深入的讨论。

（三）国外有关"梦幻"与文学的理论阐释

国外有关"梦幻"的阐释同样源远流长。大致包括对"梦"的本

---

① 郭沫若：《文艺论集》，人民文学出版社1979年版，第122页。

质、成因的理论探索，有关"梦幻"的哲理思辨，以及与"梦幻"相关的文学批评和文艺理论等。这里着重就其中有关"梦幻"与性别的论述进行梳理。

其一，论述"梦幻"与文学创作的关系。大致有两种观点：一种从"梦幻"的特征出发，将文学创作与"梦幻"联系起来。例如，奥地利心理学家弗洛伊德，将"梦"与"白日梦""幻想"等"梦幻"形式联系起来，加以论述，认为"梦"与"白日梦"一样，也都是"愿望的实现"①，在此基础上，将"梦幻"与文学创作联系起来，认为文学是艺术家借以获得假想满足的"白日梦"②；瑞士心理学家卡尔·荣格则认为，"梦""幻想"等梦幻形式，都是象征性的、不自觉的"集体无意识"原型的表现，它们常会成为文学家创作的主题，反映着作家内心深处的集体无意识，并在文学家的不断重复与再创造中，获得别具意味地改造；德裔美籍心理学家弗洛姆更为强调，"梦"的社会无意识色彩，以及"梦"中象征性语言的内涵和意象的广泛意义，认为我们可以在诗歌、神话、童话、幻想、梦境等精神活动中，发现这种语言的运用。另一种看法则认为，文学艺术与"白日梦"等形式有较大不同，如美国符号学家苏珊·朗格针对弗洛伊德心理分析学派"诉诸'幻想'概念来解释艺术创作"的思维方式，明确提出艺术是一种"诉诸感觉的生命形式"，"与白日梦大不相同"③的观点。

---

① ［苏］列·谢·维戈茨基：《艺术心理学》，周新译，上海文艺出版社1985年版，第95页。

② ［奥］弗洛伊德：《精神分析引论》，高觉敷译，商务印书馆1986年版，第70、301页。

③ ［美］苏珊·朗格：《艺术问题》，滕守尧、朱疆源译，中国社会科学出版社1985年版，第108页。

其二，以"梦"与"梦幻"论文学创作与读者接受。前者与中国古代以"梦"为喻，论述创作风格的艺术评论现象非常相似，但不同的是，国外特别是西方文学家，更为侧重以"梦"为喻论述艺术创作过程中的心理体验，例如，法国作家巴尔扎克认为，创作"就像是一个醒着的人在那里做梦一样"[①]；法国戏剧家尤奈斯库也在创作谈中以"梦"来象征自己的创作处境，并认识到了"梦"的荒诞性："我只谈我的梦"，"我竭力以一种客观而合理的方式描写我的梦。"[②]国外有关"梦幻"的理论还充分注意到了读者的重要性，对阅读与"梦幻"作了类比。例如，俄国作家果戈理曾把自己作品的"听者"是否入"梦"，作为衡量文学艺术效果的一个客观标准。[③]这在中国古代有关"梦幻"与文学的论述中则较少涉及。

其三，对"梦幻"与灵感及创造力的论述。灵感与创造力是艺术创造过程中相辅相成的重要元素。灵感激发创造力，创造力中储存着灵感。二者在艺术创造过程中的作用，与做梦、梦境等非常相似。国外很多作家、艺术家对此都有过论述。例如，英国小说家萨克雷认为，自己的创作是灵感突发式的，像"梦里有时发出巨大的戏剧力量"[④]一样，不能预料；德国诗人歌德则明确指出，当创作的灵感来时，像是一种"梦行症的状态"，"事先毫无印象与预感，诗意突如其来，我感到一种压力，仿佛非马上把它写

---

① 段宝林编：《西方古典作家谈文艺创作》，春风文艺出版社1980年版，第309页。
② 王忠琪等译：《法国作家论文学》，生活·读书·新知三联书店1984年版，第583—600页。
③ 傅正谷编著：《外国名家谈梦汇编》，天津社会科学出版社1991年版，第301页。
④ 社科院外国文学研究所编：《欧美古典作家论现实主义和浪漫主义》，中国社会科学出版社1981年版，第310页。

出来不可，这种压力就像一种本能的梦境的冲动"①，同时，很多艺术家和作家也认为，"梦幻"本身就是灵感与创造力的一种表现形式，并根据自己的创作实践，对此进行了论证，如英国哲学家罗素就曾记载自己常在写作时"梦见整页整页的书，并在梦中通读它们"②。

其四，对"梦幻"与意象及审美关系的论述。"梦幻"与意象向来联系紧密，如德国哲学家鲍姆嘉通认为，"梦幻中的表象是意象，因而具有诗意"③，也即意象具有"梦幻"的性质，同时意象是使"梦幻"具有诗意的原因；美国德裔哲学家苏珊·朗格直接将意象比之于"梦"④；美国心理学家S.阿瑞提把"梦"视为一种特殊情况的意象，认为意象在"白日梦""做梦""幻想"等"梦幻"情形下，起着重要的作用。⑤另外一些论者则将"梦幻"与意象的关系导向了审美。如美国著名美学家托马斯·门罗认为，"一场梦并不是一种审美经验，但是梦中出现的心象则部分是意识所注意的对象，这些心象总是被感受为美的。"⑥

相比中国古代有关"梦幻"的思考与探索，国外有关"梦幻"的理论阐释较少受政治因素的影响，视野更为开阔，不仅涉及较为广阔的社会层面，还深入到人的心灵、潜意识、集体无意识等内

---

① 参见歌德1830年3月14日与艾克曼的谈话，转引自艾克曼辑录：《歌德谈话录》，朱光潜译，人民文学出版社1978年版，第207页。

② 陶伯华、朱亚燕：《灵感学引论》，辽宁人民出版社1987年版，第188页。

③ [德]黑格尔：《美学》，朱光潜译，商务印书馆1979年版，第141页。

④ 傅正谷编著：《外国名家谈梦汇编》，天津社会科学出版社1991年版，第267—268页。

⑤ [美]S.阿瑞提：《创造的秘密》，转引自傅正谷编著：《外国名家谈梦汇编》，天津社会科学出版社1991年版，第269—270页。

⑥ [美]托马斯·门罗：《走向科学的美学》，石天曙、滕守尧译，中国文艺联合出版社1984年版，第418—419页。

在领域；国外很多论者还注意到了"梦"与"白日梦""幻想"等"梦幻"形式之间，在某些方面的共通性与差异性，从生理、心理以及文学创作等各种层次，分别进行了论述；而且，国外有关"梦幻"与文学的论述，涉及到审美、读者接受、灵感与创造力等多个层面，观察的视角更为立体与丰富。

国外很多有关"梦幻"的理论阐释，都深受传统性别观念的影响。弗洛伊德是一个典型的生物决定论者，习惯于以男性的标准来度量女性心理。在他对"梦"与"幻想"进行分析与阐释的过程中，常可见到对女性的性别认知偏见。例如，他认为"梦幻"是潜意识或无意识的活动，对性的压抑是潜意识及"梦"产生的主要原因；而他同时又认为，女性的性压抑倾向更为明显，这使得他做出了女性的"俄狄浦斯情结"，"导致了一个未经严格界定的超我结构，并使得女性更多地依赖于幻想而不是现实"的结论。弗洛伊德的这一认知，对后世学者有关"梦"与"幻想"的理论产生了深刻的影响。

美国精神病学家海伦·多伊奇是继弗洛伊德之后，心理学史上第一位女性心理学家，她的《妇女心理学》基本上承袭了弗洛伊德的观点，认为女性具有被动性，更易沉湎于"幻想"，其人格中的"自恋"情结，也即以自我为中心的"幻想"，较男性更为明显。她的观点充满了生理解剖因素和社会环境因素的混淆，基本上未跳出传统性别意识的认知框架。

国外有关"梦幻"的理论阐释也有一些初步具有了现代性别意识。例如，荣格对人类心理的原始状态，如"梦幻"中的阴阳同体性的论述，是西方出现较早的、具有现代性别意识的、对"梦幻"与性别的理论阐释。荣格发现，许多"梦"所呈现出的形象，与人类原始的神话及仪式相似，是被保存在每个人集体无意识中的原型，其中较为重要的是安尼玛(Anima)与安尼姆斯(Animus)。前者是男人无意识中的女人性格与形象，后者是女人无意识中的男人性格与形象，这与我们日常熟语中的"梦中情人"有着密切的联系。

另外，一些女性主义理论家也都就"梦幻"与性别的关系，提出了自己的见解。如法国女性主义代表人物埃莱娜·西苏，从文化角度阐释了"梦幻"与女性的关系，对后世有关女性与"梦幻"的进一步探索，有着重要的影响；法国精神分析学家和文学批评家克利斯蒂娃的符号学，与法国哲学家和语言学家伊利格瑞等人对女性语言的探索，也都与"梦幻"的特征、梦呓等具有相关性，非常值得重视。

还有一些理论虽然对性别与"梦幻"进行了思考，但尚未能摆脱传统性别关系模式的影响。例如，早期女性主义精神分析学家卡伦·霍妮，对弗洛伊德的观点提出了怀疑，认为女性有"男性气质情结"，是因为感到被歧视，才期望成为男性，希望能够"抛弃女性身份的一切情感、幻想"，从而有更多的机会发展作为"人"的能力。尽管她注意到了女性内心隐秘的男性气质情结的积极作用，但仍然是以视"幻想"为女性身份、把"幻想"排除在"人"的能力之外等性别观念陈旧的观点为阐述前提的。法国哲学家加斯东·巴拉什在《梦想的诗学》中，创造性地吸收了荣格的理论，阐述了"做梦属于'安尼姆斯'而梦想则属于'安尼玛'"[①]的观点，区分了"做梦"与"梦想"之间的区别，但这一论

---

① ［法］加斯东·巴拉什：《梦想的诗学》，刘自强译，生活·读书·新知三联书店1996年版，第27页。

述也是在阴阳、男女二元对立的思维模式基础上展开的，存在一定的局限性。

此外，在国外有关"梦幻"与文学的论述中，还有一些固定称谓与话语经常出现。例如，"白马王子"常被用来指称女性的"梦中情人"；"白雪公主""灰姑娘""睡美人"等，常被用来指称男性的"梦中情人"；"妖女"等常被称为男人的"梦魇"等。这些习见话语也都留下了传统性别认知的印痕。

三、相关研究现状和研究空间的拓展

20世纪80年代以来，国内有关梦幻文化与文学书写的研究成果相当丰富，大多集中在中国古代文学研究领域，对外国文学中的梦幻书写方面的研究也不少，但对现代中国文学与梦幻文化方面的研究与关注却比较少。下面分别加以梳理：

（一）梦幻文化与中国古代文学创作研究

从文学史等宏观角度对梦幻文化与中国古代文学创作进行综合性研究的成果较少，例如，傅正谷的《中国梦文学史》（先秦两汉部分）一书，采用以"史"带"论"的方式，在浩繁的涉"梦"文学作品中，梳理出了一条梦文学史的线索[1]；邹强的《中国经典文本中梦意象的美学研究》[2]一书，从美学的视角对中国经典文本中的梦意象及其美学发展史，进行了研究与梳理。除此以外，这方

---

① 傅正谷：《中国梦文学史》（先秦两汉部分），光明日报出版社1993年版。1994年，天津社科院中国文化研究中心还举办了"傅正谷梦文化研讨会暨首届中国梦文化研究讨论会"，并出版了《傅正谷梦文化研究讨论会暨首届中国梦文化探讨会论文集》（天津古籍出版社1995年版）。

② 邹强：《中国经典文本中梦意象的美学研究》，齐鲁书社2007年版。

面的研究大都是围绕某一体裁，如小说、诗文、戏剧等，或具体的作家作品展开的。

其间，对中国古代文言梦幻小说的研究最为丰富。如，对中国古代文言梦幻小说的源头追溯、发展历程及其历史地位的评价等方面的研究。其中，王立对先秦文学作品中的"梦境"描写及其文言梦幻小说萌芽的历史地位，作了详细阐述。①吴绍钰对文言梦幻小说从历时的角度进行分期，并对每一时期的代表性作品、特点及历史地位作了总结。②对古代文言梦幻小说与宗教文化的关系的研究也比较多，如夏广兴认为，魏晋南北朝时期的小说家不仅自觉接受佛教文化，还以文言梦幻小说参与佛教活动，并把自己对佛教的理解记录在小说中③；吴绍钰认为，文言梦幻小说深受原始宗教文化如佛教、道教等的影响。④从文化学、民俗学等角度，对文言梦幻小说进行研究的成果也较常见，如周俐论述了文言梦幻小说中的"梦中受孕"母题所反映的祖先崇拜、生育崇拜、帝王通过"梦"为自己奉天承运造舆论的传统文化现象等。⑤此外，还有对古代文言梦幻小说的艺术风格等方面的研究，如张清华对《秦梦记》中的梦幻结构、思维方式与抒情的笔法等构成的富于感情的艺术境界，进行了分析，认为这是沈亚之对中国

---

① 王立：《先秦文学中的梦境描写及其历史地位初探》，《内蒙古师范大学学报》1987年第2期。此外还有傅正谷、蒋振华等人对《庄子》对文言梦幻小说的影响的论述，如傅正谷：《庄子：中国古代梦寐说与梦文化的奠基人》，《齐鲁学刊》1988年第4期；蒋振华：《〈庄子〉梦寓言——中国梦文学的开山鼻祖》，《求索》1995年第3期。

② 吴绍钰：《文言梦小说的发展轨迹》，《延边大学学报》1993年第2期。

③ 夏广兴：《佛教与魏晋南北朝梦文学》，《贵州文史丛刊》2000年第1期。

④ 吴绍钰：《文言梦小说与宗教文化心理》，《延边大学学报》1995年第1期。

⑤ 周俐：《梦中受孕与水中受孕——古代小说里的奇异受孕简说》，《明清小说研究》1996年第4期。

梦幻小说的一大贡献①；党芳莉认为，唐传奇中的"梦幻"描写是一种艺术虚构手段，不仅在结构中起着重要的作用，而且还可以通过"梦幻"与现实的对立统一，渲染气氛、刻画人物、升华主题。②

　　梦幻文化与中国古代诗文创作的研究，也是比较集中的领域。有关先秦两汉辞赋与梦幻文化的研究成果较多，如李金坤认为，《诗经》与《楚辞》是中国梦幻文学的源头之一，并对其中的"梦幻"描写进行了审美分析③；傅正谷论述了《洛神赋》在中国梦幻词赋史中的地位，并对其梦幻主义的创作方法与艺术特色作了详细阐述④；李炳海则详细论述了先秦两汉散文中，与女性相关的梦象所表现出的中国早期先民生殖崇拜的观念。⑤还有一些研究者对李白、李贺、陆游等著名诗人的梦幻诗，以及晚唐五代词、宋词中的梦幻书写等，进行了深入的探讨。如对唐代诗人李白、李贺梦幻诗的内容、意象意境、艺术特色、产生根源、创作心态等方面的比较分析；对陆游梦幻诗的思想内容、书写形式、艺术特色等进行的讨论等。

　　对梦幻文化与中国古代戏剧创作的研究，也较为常见。元杂剧与明清戏剧中的梦幻书写是研究的主要对象，其中，有关汤显

---

　　① 张清华：《境界优美　诗意盎然——抒情小说〈秦梦记〉》，《文学知识》1988 年第 3 期。

　　② 党芳莉：《潜论唐传奇中梦幻的艺术构思作用》，《西北师范大学学报》1997 年第 1 期；党芳莉：《托笔梦幻　旨在人生——试论唐人小说中的梦幻描写》，《唐都学刊》1997 年第 3 期。

　　③ 李金坤：《〈风〉〈骚〉梦幻描写审美论》，《南京师范大学文学院学报》2005 年第 2 期。

　　④ 傅正谷：《〈洛神赋〉的梦幻词赋史地位及当代辩论》，《社会科学辑刊》1996 年第 2 期。

　　⑤ 李炳海：《先秦两汉散文的梦象与生殖崇拜》，《学术交流》2007 年第 7 期。

祖戏剧中的"梦幻"的研究最为集中，如对汤显祖"临川四梦"中通过"梦"的特殊表现形式，呈现出来的丰富的"梦幻"意识，以及对汤显祖的"梦幻"观等方面的分析。[①] 近年来，还涌现出一些对元杂剧中的"涉梦戏"的综合研究，对戏剧中"梦"现象的文化阐释，以及与国外具有代表性的梦幻戏剧的对比研究等。[②] 有一些论者还注意到了戏剧中的"梦幻思维"。[③]

(二) 梦幻文化与外国文学创作研究

从文学史等宏观角度对梦幻文化与外国文学创作进行综合性研究的成果较少，大多集中在对中世纪梦幻文学传统的研究、拉美当代文学中的梦幻书写等方面。除此以外，与梦幻文化有关的研究大都是围绕某一体裁，如小说、诗文、戏剧等，或具体的作家作品展开的。比如，对外国诗歌创作中的"梦幻"意象等方面的研究较为丰富，其中以杰弗雷·乔叟著的 *Dream Visions and Other Poems*[④]，以及对中世纪梦幻诗，如乔叟的诗歌创作研究、但丁的《神曲》的研究等为最多；对外国小说创作中的梦幻书写等方面的研究也很多，其中对米兰·昆德拉、菲茨杰拉德、劳伦斯、苏珊·桑塔格等作家小说创作中的梦幻书写，研究最为丰富；对外国戏剧创作中的梦幻书写研究也比较多，如对易卜生、斯特林堡、米·布尔加科夫等戏剧中的梦幻书写的研究等；此外，也有

---

① 薛海燕：《论汤显祖的梦幻观》，《北京社会科学》2000 年第 2 期。

② 如陈茂庆的博士论文《戏剧中的梦幻——汤显祖与莎士比亚比较研究》(华东师范大学，2006 年) 等。

③ 如肖宝红在《梦幻思维在中国传统戏剧中的渗透》(《电影评介》2006 年第 9 期) 一文中在论述梦幻思维在中国传统戏剧中的渗透的基础上，还论述了梦幻思维、宗教思维与审美思维三者的关系。

④ Chaucer, Geoffrey. *Dream Visions and Other Poems*.New York: W. W. Norton & Company, 2007.

一些研究涉及到了对外国散文中的梦幻书写的关注。

在这些对外国文学创作与梦幻文化方面的研究中，有较多研究成果将注意力集中到了女性作家作品中的梦幻书写，如对伍尔夫、艾伦·坡、苏珊·桑塔格、安吉拉·卡特等著名女作家小说或戏剧创作中的梦幻书写的研究等，这些研究都对研究现代中国女性小说的梦幻书写，研究梦幻文化与现代中国女性小说的话语建构等，有着重要的作用。

(三) 梦幻文化与现代中国文学创作研究

直接对梦幻文化与现代中国文学创作进行综合性研究的，仅有几篇零散的单篇论文，例如，吴晓东从象征主义赋予"梦"的两种基本特征——超越指向及诗性功能——的角度，对中国现代一些著名作家，如鲁迅、废名、曹葆华、何其芳等，在文学创作中对"梦"进行的艺术探索，作了深入细致的分析。[①]一些有关现代中国文学与文化的论著与论文，也零散地涉及到了对"梦幻"的论述，其中有个别著作或论文，对梦幻文化与女性文学创作的关系，进行了较为深入的探讨，如王绯在《女性与阅读期待》一书中，专门用一个章节分析了残雪小说文本中的"梦"及"梦幻"化的语言和形式[②]；赵树勤在《当代女性文学与精神分析学》一文中，从精神分析学的角度谈论了新时期以来女性文学中的"梦"等。[③]

还有一些对现代中国文学梦幻书写所涉及到的具体作家作品，进行个案研究的单篇论文，主要集中在对鲁迅、何其芳、迟子建、残雪、斯妤等作家作品中的梦幻书写的研究。例如，陈

---

① 吴晓东：《"梦"与中国现代作家的艺术探索》，《文艺理论研究》1996年第1期。

② 王绯：《女性与阅读期待》，陕西人民教育出版社1998年版，第99—118页。

③ 赵树勤：《当代女性文学与精神分析学》，《湖南师范大学学报》(社会科学版) 2003年第3期。

锦标在《〈野草〉与梦》一文中，从散文集《野草》对"梦"的书写切入，分析了鲁迅博大精深而又错综复杂的内在精神世界①；周棉从"梦幻"的视角，分析了冯至"鲜为人知"的两部"梦幻剧"②；丁帆、齐红分析了迟子建小说对"梦幻"的书写，以及其中洋溢的"梦幻"情绪③；戴锦华、易文翔、朱凯等人，对残雪小说中的梦幻书写给予了关注④。另外，还有论者注意到国外文学创作对中国文学梦幻书写的影响⑤，等等。

以上相关成果主要采用了以下几种研究思路：

其一，文学审美的角度。从这一角度出发，对梦幻文化与文学创作进行分析与阐释的研究成果，最为丰富。主要包括对文本中"梦境"与"梦幻"的描写、梦幻艺术风格、梦意象的营造、梦幻主义的创作方法等方面的论述。由于梦幻文化本身就是中国文化的一部分，而且与其他文化，如生殖崇拜、宗教信仰等之间有着密切的联系，且常常通过文学书写反映出来，因此，从文学审美的角度，对文学中的梦幻文化及其梦幻书写进行研究的论文，还时常和与"梦幻"相关的文化分析结合起来，从文化的视角对文本中的"梦幻"进行深入的挖掘与探索。例如，李炳海通过对先秦两

① 陈锦标：《〈野草〉与梦》，《福建师范大学学报》1989年第1期。
② 周棉：《鲜为人知的剧作——谈冯至的梦幻剧》，《河北大学学报》1988年第2期。
③ 丁帆、齐红：《拒绝尘俗：月光与天堂——试析迟子建小说中的"梦幻"情绪》，《作家》1995年第6期。
④ 如戴锦华的《残雪：梦魇萦绕的小屋》（《南方文坛》2000年第5期）是对残雪小说文本中的"梦"及其与"梦"相关的内容、语言或形式进行文化分析的代表性论文；此外，还有易文翔的《执著于梦幻世界的突围与表演》（《小说评论》2004年第4期）；朱凯的《梦幻与现实的成功架构——解读残雪》（《山东文学》2006年第1期）等。
⑤ 如陈秀香、陈兴军在《以想象为本体 以梦幻为真实——拉美当代文学对中国文坛叙事范式的冲击》（《名作欣赏》2006年第7期）一文中论述了拉美当代文学对当代中国文学的梦幻书写的冲击。

汉散文中与女性相关的"梦象"的审美分析，阐释了其中所蕴含的中国古代早期先民生殖崇拜的观念。①

其二，作家创作心理与文本内涵精神分析的角度。如周赐德通过郁达夫小说中的主人公经常出现"梦幻""错觉""幻觉"等现象，以及他小说中经常出现的带有"梦幻"色彩的女性形象，分析了郁达夫的自卑心理②；还有论者从原型的角度，对中国文学中的"梦会神女"原型题旨的内涵，给予了深入的分析③等。

其三，文学叙事的角度。从这一角度对文学中的梦幻书写所进行的研究，主要集中在古代梦幻文言小说领域，虽然成果不多，但其视角与研究方法值得借鉴。例如，李鹏飞在《唐代非写实小说之类型研究》一书中，首先追溯了唐代梦幻类型小说的叙梦手法，然后着重探讨了从六朝到隋唐小说梦幻叙事模式的发展与演变④；张桂琴在《明清文言梦幻小说研究》中，对明清文言小说的常见叙事范型与叙事模式进行了分析⑤等。

其四，女性的视角。从女性的视角切入对梦幻文化与文学创作进行研究的成果较少，主要包括对文本中的梦幻女性形象、与女性相关的梦幻意象、文本中的"梦境"分析等方面的研究。例如，对陈染小说创作中的"梦幻人"女性形象的分析⑥；此外，还有一些研究将文本中典型的女性之"梦"放到社会文化环境的大背

① 李炳海：《先秦两汉散文的梦象与生殖崇拜》，《学术交流》2007年第7期。

② 周赐德：《沉沦梦幻的世界——郁达夫小说的心理世界探寻》，《西藏大学学报》1999年第11期。

③ 王守雪：《美和情欲：梦会神女原型题旨的内核》，《殷都学刊》1996年第3期。

④ 李鹏飞：《唐代非写实小说之类型研究》，北京大学出版社2004年版。

⑤ 张桂琴：《明清文言梦幻小说研究》，东北师范大学博士论文，2006年。

⑥ 李沛：《虚幻与真实的变奏——论陈染小说中的"梦幻人"》，《湖北经济学院学报》（人文社科版）2007年第6期。

景之下进行论述，如有论者从杜丽娘的"情梦"谈到了明清女性的情爱教育问题[①]等。

综上所述，目前国内有关梦幻文化与中外文学创作的研究，已经取得了一定的成绩，有不少可资借鉴之处，但还有以下不足：

一、性别视角介入的空缺。现有成果多对文本中的梦境描写、梦幻艺术风格、梦意象营造、梦幻主义创作方法等，进行单纯性论述，虽也时常涉及对梦幻文化、生殖崇拜、宗教等角度的分析，但性别视角的介入是个空缺，而从性别视角透视梦幻文化与女性、女性创作、女性话语建构间的联系的研究成果，更是亟待补充。

二、梦幻理论融合的粗糙。在现有成果中，有关"梦"的研究与对"幻想"的研究，大体呈两相分离状态，较少注意到二者之间的相通性。而且部分相关研究，主要借鉴国外有关梦幻的理论，如精神分析学、释梦理论、原型理论等，对理论的生搬硬套现象时或可见，如何结合本土文学实际进行更为恰当、透彻的分析，还有待继续探索。

三、话语建构研究的缺失。较多成果还停留在就事论事的层面，主要对文本中的梦幻、意象、叙事等进行单一性文本分析，很少能将具体的文学梦幻书写，上升到文学话语建构的层面，在社会文化发展的大背景下深入探讨这一复杂、多变、互动的文学话语现象。

四、梦幻文化资源的文化再生现象研究匮乏。在各种文化理论的冲击下，存活于文学承继过程的各种文化资源，被不断地激

---

① 谢拥军：《杜丽娘的情梦与明清女性情爱教育》，《北京师范大学学报》（社会科学版）2007年第4期。

发出更具现代意味的生命力，这一现象鲜有论及。虽然一些学者多有谈及女性创作的去蔽性和颠覆性，但遗憾的是，至今没有从文化再生这个逻辑角度进行研究，对现代女性文学创作进行重新考量，从性别视角出发，探讨梦幻文化资源的文化再生和性别重构的研究成果，更是匮乏。

五、对梦幻文学传统的传承与创新研究不足。女性文学作为一种以反抗父权制文化为逻辑起点的文学现象，其对文学传统的传承与创新问题，是一个重要的研究命题，虽然相关成果不少，但现代中国女性小说对梦幻文学传统的传承与创新研究，却是空缺。

六、中西文学比较视野中的中国梦幻文学书写研究较少。梦幻文化与世界各国的文学创作都关系密切，但将中国梦幻文学书写置于中西文学比较的大视野中，考察其影响流变、中国书写特色的研究成果还不够深入，现代中国女性小说在梦幻文化方面的世界性影响、中国女性书写的特点等方面的研究，也是需要进一步探讨的课题。

综上所述，从梦幻文化与女性话语建构的角度，考察现代中国女性小说的梦幻书写，有广阔的研究空间。这既是方法论的改变，也是思维模式的改变。

首先，从研究现状看，大多成果受特定时空和语境的限制，缺乏整体的眼光、历史的联系和发展的视角。本书则将梦幻文化归旨为女性话语建构的重要文化资源，沿此思路重读现代中国女性小说，挖掘梦幻文化与女性话语建构的关系，在世界文学创作和中国梦幻文学发展的综合视野中，构筑一个文本细读、话语分析、性别视角透视有机结合的立体阐释空间。

其次，从研究视角看，梦幻文化与性别视角的有机结合，是一个重要的研究策略。这一研究视角超越了以往将文学梦幻视为书写内容进行单纯文本分析的研究思路，将梦幻文化作为女性文学研究领域中一个有待开掘的新的增长点，在性别理论的指导下，深入探析梦幻文化与现代女性小说话语建构之间的复杂关系，将文本呈现、作家创作、性别启蒙思潮、女性话语建构等有机联系起来，为文学研究提供一个具有开拓和启发意义的别样思路。

最后，从研究内容看，是对文学研究和梦幻文化研究的双重开拓。既将梦幻文化研究从中国古代文学领域，延伸到现代文学特别是女性文学研究领域，还同时从对传统性别文化印痕的清理和现代性别文化的重构这一角度，深化了对梦幻文化的研究。

第一章　梦幻书写与女性主体性话语建构

在中国传统女性文学创作中，"梦幻"是较为常见的心理场景。或借助于"梦幻"缓解对不在身边的男子、家国、友人的思念，或以"梦幻"为途径想象并卧游外在世界，亦或在"梦幻"中"逃禅游仙"，甚至梦想能够"速变作男儿"（黄崇嘏：《辞蜀相妻女诗》）。这一方面反映了传统女性在男性本位文化中的生存状态和被压抑的精神世界，另一方面也体现出，部分女性借助文学创作中的梦幻书写，化解生活焦虑并反叛传统性别伦理的规范，建构精神栖息空间的努力。

在现代女性小说创作中，"梦幻"仍然是出现频率较高的书写内容之一。不同的是，在现代社会文化思潮的影响下，现代女性小说的梦幻书写呈现出了很多新的质素，其中最明显、也最重要的是参与、呈现并促进了现代女性主体性话语建构的复杂心路历程。

第一节　梦幻书写与现代女性主体精神的构建

五四时期以来的现代女性主要有两方面的文化诉求：一是挣脱传统性别文化角色规范的束缚；二是在新的文化环境中重新确

立自我，建构现代女性主体性。这种文化诉求正是现代女性主体精神的一种体现。在这一精神的指引下，现代女性的女性意识及女性创作在洞悉自我和审视外部世界两个层面，都得到了长足的发展。

现代中国女性小说的梦幻书写，在对中国传统文学的梦幻书写有所继承和反思的同时，也更多地灌注了现代女性的主体精神，形成了与传统女性写作截然不同、具有鲜明时代色彩和现代特色的梦幻书写。梦幻文化作为现代中国女性小说创作的文化资源之一，也努力地在文本层面参与着现代女性小说的主体性话语建构。

一、女性角色的反思与确认

在中国传统文化中，"儒家的伦理学说是由具有严格等级差分的社会合力结构系统所决定的，它是一种意识形态，或是作为具有行为导向作用的男性话语系统。"[①]传统女性则被限制在儒家伦理系统的基础单位——"家庭"——之内，并在传统社会一整套伦理规范下，扮演着依附于男性的、具有屈从性和奉献性的传统女性角色——主要是母性角色与妻性角色。这两种女性角色分别对应着男性以女性为传宗接代的工具和欲望的对象两个方面，其角色功能也主要是为男性服务。

随着社会文化的进步和发展，明清以来的女性接受教育程度逐渐有所提高，她们对传统女性的角色定位也有了初步的反思。

---

① 李建华、周萍：《官德：身份伦理的视野》，《湖南大学学报》1999年第2期。

例如，晚明女作家沈宜修在《夏初教女学绣有感》一诗中，通过"教女学绣"时对自己美好青春时光的回忆，形象地书写了女子童年时的快乐，以及青春将尽、百花皆凋时的衰败与愁怨。作者清醒地意识到，这样的人生轨迹也会在自己的女儿身上重演，不由得在诗中感叹，字里行间充满对传统女性角色与人生命运的无奈：

忆昔十三馀，倚床初学绣。不解春恼人，惟谱花含蔻。十五弄琼箫，柳絮吹粘袖。挈伴试秋千，芳草花阴逗。十六画蛾眉，蛾眉春欲瘦。春风二十年，脉脉空长昼。流光几度新，晓梦还如旧。落尽蔷薇花，正是愁时候。

——沈宜修《夏初教女学绣有感》

与沈宜修所采取的书写方式不同，一些女作家倾向于在小说中借助"梦幻"的外衣，改变传统女性的性别角色，以"换装"的形式向男性角色靠拢。如女戏曲家王筠的传奇《繁华梦》、吴藻的戏曲《乔影》（又名《饮酒读骚》），以及弹词《再生缘》《笔生花》《榴花梦》等，都虚构了女子走出闺阁、女扮男装、求学科考、建功立业，成为女状元、女英雄、女响马的故事。有时候，整个文学作品甚或就是一场女变男儿身的人生"痴梦"。王筠在《繁华梦》卷首自题的《鹧鸪天》一词中，形象地传达出传统女性想要摒弃女性角色、进入男性世界的梦幻心理，以及在现实中只能陷于失落的无奈情怀：

闺阁沉埋十数年，不能身贵不能仙。读书每羡班超志，把酒长吟太白篇。怀壮志，欲冲天，木兰崇嘏事无缘。玉堂金马生无份，好把心事付梦诠。

——王筠《繁华梦》卷首自题《鹧鸪天》

1919 年，五四运动爆发，开启了启蒙与觉醒的新时代。现代女性的角色意识作为现代女性主体精神的重要方面开始苏醒。她们想要逐步摆脱传统女性角色规范，建构更能体现女性主体性的现代女性角色。当此之时，"梦幻"作为一种可以超越时空、跳跃回环的心理活动和文本细节，为她们表达女性对传统角色的反思提供了便利。张爱玲早期所写的短篇小说《霸王别姬》，在这方面具有代表性。

《霸王别姬》的主要人物和故事发生的背景，源自著名的历史故事。西楚霸王项羽，在垓下被刘邦部队包围，陷入四面楚歌，"八千子弟兵俱已散尽"，霸王想要与跟随自己征战多年的妃子虞姬，一起突围，但虞姬恐拖累项羽而自刎。在以往的历史叙述中，这个故事往往被阐释为虞姬深爱霸王，情愿以死成就霸王获救的可能。而张爱玲作品中虞姬自刎的原因却是因为，跟随霸王的她时常困惑于没有自我。张爱玲以"虞姬"这个历史故事中的人物为突破点，揭示了传统女性的角色困境。

《霸王别姬》采用的是第三人称内聚焦叙述方式，虞姬在故事中作为叙述的聚焦点，有着双重身份：听从军令的部署和霸王的妃子。作为下属，她要遵从霸王的号令，时刻服从他的安排；作为妃子，她"便是那承受着、反射着他的光和力的月亮"。服从与被动的角色，无不折照出虞姬在父权话语霸权下的"无我"本质。她没有自己的主体性，只能随时等着被调遣、被映照。只有在霸王睡下了，"她独自掌了蜡烛出来巡营的时候"，被压抑的潜意识才在"蜡烛"的映照下有所复苏。

虞姬潜在的"幻想"是作者刻意设计的一个情节。英国人类学家阿登那夫妇认为，女性构成了一个"失声集团"，其文化和现实生活同男性主宰集团的圈子相重合，但又不能完全被后者包容，超出的部分不能被主宰集团的语言清晰地表达，这是一个失声的女人的空间，被称为"野地"。它是女性所独有感知经验的领域。[①]虞姬的"幻想"正如同失声女人的"野地"，很难被男性主流话语传达和表现。

《霸王别姬》通过虞姬意识中流淌的"幻想"，来反思她现在的生活，并设想了她未来的结局：

> 十余年来，她以他的壮志为她的壮志，她以他的胜利为她的胜利，他的痛苦为她的痛苦。然而每逢他睡了，她独自掌了蜡烛出来巡营的时候，她开始想起她个人的事来了。她怀疑她这样生存在世界上的目标究竟是什么。他活着，为了他的壮志而活着。他知道怎样运用他的佩刀，他的长矛，他的江东弟子去获得他的冠冕。然而她呢？然而她呢？她仅仅是他的高亢的英雄的呼啸的一个微弱的回声，轻下去，轻下去，终于死寂了。如果他壮志成功的话……她得到些什么呢？她将得到一个"贵人"的封号，她将得到一个终身监禁的处分。她将穿上宫妆，整日关在昭华殿的阴沉古黯的房子里，领略窗子外面的月色、花香和窗子里面的寂寞。她要

---

① ［美］肖沃尔特：《荒原中的女权主义批评》，李自修译，参见王逢振等编：《最新西方文论选》，漓江出版社1991年版，第275页。

老了，于是他厌倦了她，于是其他的数不清的灿烂的流星飞进他和她享有的天宇，隔绝了她十余年来沐浴着的阳光。她不再反射他照在她身上的光辉，她成了一个被蚀的明月，阴暗、忧愁、郁结、发狂。当她结束了她这为了他而活着的生命的时候，他们会送给她一个"端淑贵妃"或"贤穆贵妃"的谥号，一只锦绣装裹的沉香木棺椁和三四个殉葬的奴隶。这就是她的生命的冠冕。

可以看到，作者在叙述虞姬对未来结局的"幻想"时的修辞，充满着拒斥的意味：终身监禁的处分、阴沉古黯的房子、整日领略窗外的月色和窗子里面的寂寞、被蚀的明月、郁结、发狂……这些令人揪心、焦躁的遭遇与心境，可说是传统女性命运的写照。通过对虞姬"幻想"的书写，作者对传统女性依附、被动的女性角色和命运提出了质疑。

现代女性小说有时还通过文本中的"梦幻"，建构具有现代意识的女性角色。例如，铁凝的短篇小说《世界》就通过一个母亲的"噩梦"，重新确认了现代女性的母亲角色。鲁迅在《而已集·小杂感》中曾说："女人的天性中有母性，有女儿性，无妻性。妻性是逼成的，只是母性和女儿性的混合。"[1]女性身上渴望被爱的"女儿性"与孕藏着爱的巨大能量的"母性"，是女性内心世界最基本的欲望；而"妻性"应该是二者的混合才更符合人性。但在传统女性的"妻性"中，被动、奉献、屈从的"母性"成分要更多一些。有的时候，母亲角色还演化为封建礼教的帮凶。因而，很多现代

---

① 鲁迅：《鲁迅全集》（第三卷），人民文学出版社 1981 年版，第 531 页。

女性在反抗封建礼教、摆脱传统角色规范时，都将"母亲"这一角色置于被审视的位置。例如，张爱玲《金锁记》中的曹七巧、铁凝《玫瑰门》中的司漪纹、蒋韵《落日情节》中寡居的"母亲"、残雪《山上的小屋》中的"母亲"等形象。这些作品都刻画了深受传统文化影响的"母亲"暴力、残酷、压制的一面。有些女作家还书写了女性对母亲角色的排斥与恐惧。例如，蒋子丹的《等待黄昏》讲述了一个女人杀死自己的孩子的故事。不过，铁凝在《世界》中并没有延续这一思路，她笔下的"母亲"形象呈现出与传统意义上的"恶母"形象截然不同的另一种风貌。

《世界》的主要情节是一个"梦境"，也即一个母亲所做的、带着新生的婴儿回娘家的路上遭遇地震的"噩梦"。在小说中，母亲的"梦"成为连接宇宙、地球和人类情感的纽带：母亲带孩子回娘家，路上遭遇地震。"一阵山崩地裂般的摇撼"后，"母亲和婴儿被抛出了车外"，"脚下的大地正默默的开裂。"瞬间，整个世界只剩下"婴儿的微笑"：

> 婴儿的微笑恢复了她的理智，她知道她必须以沉默来一分一寸地节约她所剩余的全部力气。她终于奇迹般地从大地的裂缝中攀登上来，她重新爬上了大地。天空渐渐亮了，母亲的双脚已是鲜血淋淋。她并不觉得疼痛，因为怀中的婴儿对她微笑着。

这微笑给了母亲超常的勇气、理智和力量，来拯救婴儿和自己。在地球坍塌、世界空白的时候，母亲就是婴儿的整个世界，"她必须让这个世界完整地存活下去，她必须把一世界的美好和蓬勃献给她的婴儿。"母亲给了婴儿"整个世界"，而婴儿给了母亲"希望的信念"。

这部小说的独特之处在于，它呈现的是一个以"世界—人类—梦幻"为支撑点的具有宇宙意识的三维结构。其中的"母亲"作为人类的一个普通成员，生存于这个世界，繁衍着人类的后代，同时还具有作为个体的人的自我意识，做着将世界与自我、母亲与孩子联系在一起的"梦"。

这一母亲形象与此前小说文本中的母亲形象，有较大的不同，主要原因在于，作者在"世界—人类—梦幻"的三维结构中，突出了"母亲"角色的"原始性"，而在一定程度上悬置、淡化了"母亲"角色中的社会文化内涵，尤其是被传统性别文化所浸染的那部分。作者正是通过对这种看似习以为常的"梦幻"的书写，重新建立了"母亲"与世界、婴孩之间的隐秘联系，并以此为基础，重新确认了现代女性作为母亲的角色内涵，以及母亲与孩子之间永远也割舍不断的血缘纽带。

小说结尾，作者通过"母亲"的"噩梦"得出了这样的结论："梦境本来就是现实之一种"，只不过这种现实被日常生活的芜杂和烦乱给遮蔽了。可以说，铁凝的小说《世界》以一种"完全超越了社会现实层面、伦理道德层面以及意识形态层面"[①]的具有哲学意义的审美书写，对"母亲"身上的母性光辉给予了充分的确认，同时某种意义上也构成了对长久以来"母亲"角色中所承担的过多的附加意义的清理。

---

① 郝雨：《第三种批评——寻找和开辟第三种思维》，《当代人》1995年第8期。

二、女性主体的精神成长

在中国传统女性文学创作中，时常流露出"身为女性的各种不自信和对自己命运无可把握的无奈心情"[①]，"梦不成""梦难成"等词句，即是她们抒写这种无奈的表达方式之一。例如，"此情谁见？泪洗残妆无一半。愁病相仍，剔尽寒灯梦不成。"（朱淑真：《减字花木兰·春怨》）；"寻好梦，梦难成，有谁知我此时情。枕前泪共阶前雨，隔个窗儿滴到明。"（聂胜琼：《鹧鸪天·寄李之问》）等等。在孤寂的长夜里，这些传统女子想要梦其所思而不得，只能在"愁病相依"中，苦听秋雨沉沉滴断肠，无奈地消磨掉青春韶华。

五四运动以后，虽然女性解放的启蒙思潮促使部分知识女性走出家门，但当她们面对陌生的社会时，仍充满惶惑、无助与无奈。20世纪80年代以后，在拨乱反正、改革开放的大潮和新的启蒙语境中，女性逐渐增强了实现梦想和把握命运的勇气与自信，一些女性小说也开始描写和表现女性对梦想的自主追求。

铁凝的小说《哦，香雪》和《没有纽扣的红衬衫》，是这一时期反映现代女性主体精神成长的代表作。其中《哦，香雪》通过一个乡村姑娘追求上进的梦想，书写了生活在偏远、落后小山村的女性，对外面的世界和未来生活的美好期盼与遐想。

这一题材我们并不陌生。早在20世纪20年代，丁玲笔下就出现过对城市生活满怀憧憬的阿毛姑娘（《阿毛姑娘》），20世纪

---

① 周乐诗：《寄宿在"一间自己的房间"里：论传统女性文学中的女性意识》，《名作欣赏》1995年第2期。

80 年代以来，很多男作家也在作品中涉及过这方面的内容，如贾平凹的《鸡窝洼的人家》《黑市》、古华的《爬满青藤的小屋》等。虽然这些有关乡村女性的书写，都因都市的介入而染上了现代的色彩，其中的乡村女性也有了一定的权利和途径，来表达属于自己的梦想与愿望，但她们终究还是无法把握自己的命运。

《阿毛姑娘》中的阿毛嫁到夫家后，见识了繁华的都市生活，在蒙昧中初醒的她，不断假以"梦幻"，期待有个爱她的男子带她逃离这贫穷、愚昧、沉闷的乡下。然而，现实环境的限制，最终使她不得不无奈地承受心灵的孤寂，走向自我毁灭。而男作家笔下的那些乡村女性形象，虽然也有着对都市文明的渴望和走出乡村的现代梦想，但却常常是在男性知识分子的启蒙和引领之下萌发的，较少有自主意味。

与这些被动型的女性形象不同，《哦，香雪》中的乡村姑娘香雪虽然生在闭塞、愚昧的山村，却是一个敢于追求梦想、企求改变自身命运、具有主体精神的女性。黑格尔在《精神现象学》中指出，世界上有两种人：主人和奴隶，前者具有"独立的意识"，"它的本质是自为存在"；后者则具有"依赖的意识，它的本质是为对方而生活或为对方而存在"[1]。相对于那些被男性引领的女性形象而言，香雪更接近于"自为存在"，而她的"梦想"则是具有独立意识和主体精神的标志。

"火车"及"铅笔盒"是《哦，香雪》中的两个典型意象。它们是现代都市文明的象征，同时又为香雪的"梦想"服务：前者是激发香雪梦想的媒介；后者则是香雪梦想的象征物。在小说中，作

---

[1]　[德]黑格尔：《精神现象学》，贺麟、王玖兴译，商务印书馆 1981 年版，第127 页。

者对这两个意象的选择和运用，可谓别出心裁。

每天定时停靠一分钟的"火车"，对台儿沟的姑娘们来说，充当着"启蒙者"的角色，它象征着现代文明对偏远乡村的启蒙与浸染。这一"启蒙者"角色的选择和具象化，在小说中表现的颇具特色。一般而言，选择以男性知识分子来充当"启蒙者"，是文学创作中常见的现象，而在《哦，香雪》中，作者却选择"火车"这样一个不包含性别意味的现代化交通工具来承担启蒙的媒介。一方面，火车将现代文明的各种讯息，源源不断地传递到台儿沟这样一个封闭、落后的空间中来；另一方面，与性别无关的火车，客观上消解了男尊女卑、男主女从的传统性别关系模式。因而，作者在接下来叙述香雪迎接火车时的兴奋与新奇时，就显得情感中立，没有包含性别色彩，同时又为香雪一心追求梦想的情节发展做了铺垫。

"铅笔盒"意象的设计也很独特。姑娘们迎接火车时有很多新鲜的物件吸引她们的目光，如发卡、手表、书包等，香雪却对"铅笔盒"情有独钟。为了能够换得令她向往不已的铅笔盒，这个平时说话不多、胆子又小的香雪，竟然以极大的勇气登上了火车，甘愿在黑夜里独自沿铁轨行走30华里回到村子。这个情节具有象征意味，即香雪的"梦想"并不是单纯的对都市物质生活水准的向往，而是包含了对"铅笔盒"所象征的现代科学文化知识的追求。

香雪追寻"梦想"的行动勇敢、坚定而又执着，其中不仅蕴含着现代女性想要改变自身命运的主动性和能动性，同时也反映了刚刚走出"梦魇"的中国人，渴望把握自身命运，重建理性、智慧人生的热切渴求。

与香雪对"梦想"的自主追求不同，现代女性小说中还有一类女性主体性话语建构的方式是，女主人公通过"梦幻"回望往事或想象未来以确认自我并获得主体的成长。陈染的《与往事干杯》、迟子建的《北国一片苍茫》等是其中的代表性作品。

《与往事干杯》以"我"对乔琳讲故事的方式，讲述了"我"在尼姑庵的痛苦经历和成人后的异国恋爱故事。其中，"我"对往事的回望和对未来的想象与展望，是小说的主要叙事逻辑。作者在叙述的过程中采用的是忏悔的叙事姿态，因此，整篇小说带有强烈的反观和审视意味。主人公的两个"梦"则是画龙点睛的情节：一是缠绕她多年的高考"噩梦"。这与她十七岁时家庭破碎、与邻居那个父亲般的男人交往的压抑生活，有着密切的联系。"噩梦"的不断重演，其实意味着她对那段往事的恐惧和焦虑；二是对未来的幻想之"梦"。她梦见"很久很久以后"，与那个父亲般的男人相遇，却发现他已经成为一个"熟悉得不能再熟悉然而又陌生得不能再陌生的男人"。这两个"梦"分别对应着主人公的过去与未来。作者通过"我"回望往事与幻想未来的梦幻叙事，书写了女性的自我反思和成长。

迟子建的短篇小说《北国一片苍茫》，则通过成年后的"芦花"所写的有关爸爸的"梦境"的日记，以及从儿童视角对往事的回望叙述，书写了经历过"文革"的父辈人的辛酸和内心的痛苦挣扎。儿童芦花眼里的"爸爸"与成人芦花"梦"中的"爸爸"，有着不同的含义：

爸点着熊油灯喝酒，让她快上炕睡。她乖乖地脱光衣服，扯着被躺下。爸一喝上酒，脸上的肌肉就松弛了，那小麻坑似乎也小了许多。跟娘说起话来，口气也温和多了，温和得就像春风舔抚着残雪消融的土地。娘挨到她身边，轻轻地拍她。她眯着眼，可并未曾睡着。她感觉到熊油灯昏黄的火苗在颤颤耸动。爸身上的那股酒气像一把银针，扎得她难受。

昨夜梦中又见爸爸。他似乎改了嗜好，不再酗酒，样子慈祥多了。他住在一片古老而又遥远的大漠中，一个没有人烟、没有鸟语的世界。他倒在地上。四面荆棘丛生，而且无限延伸，像张巨大的网，把他罩在里面了。我见他在里面痛苦地挣扎，他伸出那双棕红色的大手，一直把它们举过头顶。这双大手忽然愈变愈大，手指也愈变愈长，像两棵参天的红松，舒展着道劲的枝干，遥遥地默对蓝天。

他那双手太可怕了。他想抓住什么？是抓蓝天上的白云，还是抓蓝天？白云是虚幻的，蓝天则是虚伪的，因为它总是假借太阳才能呈现出单纯、明亮。爸爸，你不必抓它们。

正是通过"梦幻"展开的回望与反刍，芦花开始能够拉开审美的距离，来看待在那个充满梦魇与扭曲的时代里，父亲的深情和无奈。同时，她也开始以一个主体的身份思考："新生的和存在的我，该怎样不断更生，才能创造出永恒的幸福和快乐？"小说的开篇和结尾都采取了日记的形式，这让作品的叙述更贴近主人公的内心，也更为直观地传达出，经过"梦幻"反刍的芦花在对往事的回望中主体获得的成长。

不难看出，上述两种借助"梦幻"完成的女性主体性话语建构的方式之间，有着较大的差别，前者主要表现的是女性对梦想的自主追求，后者着重书写的则是"文革"这段特殊的历史和生活在其中的痛苦的人们。可以说，以《北国一片苍茫》为代表的女性梦幻书写，是作为主体性存在的现代女作家对社会现实等外在世界的一种关注、思索和文学表达。

三、女性隐秘经验的流露和书写

在父权制社会中，女性被贬为人类的"第二性"，其生存空间受限于家庭生活之内，长期作为满足男性欲望和人类生育繁衍要求的工具存在。在此背景下，女性独特的隐秘生活经验不可能得到应有的重视。在封建传统的道德观念中，这一领域被认为是"肮脏""污秽""危险"的，应该遭到"禁忌"与"掩埋"。就连女性自己，很多时候也内化了这一观念。女性的隐秘经验由是沉入了性别无意识的混沌黑海。

这一点在传统文学创作中有所表现。与男性创作经常书写男主人公在"梦幻"中与女子"欲效连理"（宋玉：《高唐赋》）的"白日梦"不同，女性对自身隐秘经验的直接书写颇为少见。大多时候，她们将自己的生理现象和隐秘情欲视为书写的禁忌，避而不谈。现代精神病学认为，人的潜意识中存在着大量被压抑的性欲，这些欲望如不能以直接的方式表达出来，经过变形后，就会表现为各种形式的心理症状。[①]这种因欲望受压抑而产生的各种生理与心理症状，如失眠、哭泣、错觉、疯癫等，在中国传统女性创作

044

---

① ［英］菲尔·莫伦：《弗洛伊德与虚假记忆综合症》，申雷海译，北京大学出版社2005年版，第28页。

中时有所现。

而"梦幻"作为人类普遍的生理与精神现象，某些情况下却可以成为传统女性缓解情欲压抑的渠道。一些传统女性创作，也偶尔会利用"梦幻"的这种特点，流露出被压抑的情感欲望，如明代女子戴伯龄在《寄林士登》二首、《再寄士登》二首中，书写了她与林士登的相遇、交往经历，幽幽感叹"默默倚栏干，无缘对面看"，压抑不住自己萌动的情思，遂幻想"若逢元夕夜，便可对巫山"。这四首情诗后被发现，作者无法抵挡封建礼教的摧残，自缢而死。但也正是这些梦幻情欲的书写，大胆表露了传统女性想要对封建礼教进行抗争的内在愿望，以及突破规范和压抑的隐秘祈求。

传统女性隐秘经验的梦幻流露，在现代女性小说中，逐渐演变为有意为之的梦幻书写与呈现。丁玲的日记体小说《莎菲女士的日记》就是这方面的代表作。莎菲作为五四启蒙浪潮中倔强而叛逆的现代女性，痛恨和蔑视一切，执着地追求着自主的爱情。她在爱上南洋华侨凌吉士之后，不断做着与他亲密接触的"白日梦"：

> 我常常想，假使有那么一日，我和他的嘴合拢来，密密的，那我的身体就从这心的狂笑中瓦解去，也愿意。其实，单单能获得骑士般的那人儿的温柔的一抚摩，随便他的手尖触到我身上的任何部分，因此就牺牲一切，我也肯。

这种对女性隐秘心理的书写，在传统女性文学创作中是很难想象的，它反映了在"人"的意识觉醒的大潮中，丁玲对女性性别经验的重视和强调。同时，这种女性隐秘经验的书写，也是对压抑和禁锢女性的传统封建伦理的一种冲击和批判。在《莎菲女士的日记》中还有这样一段独白：

> 我抬起头去，呀，我看见那两个鲜红的、嫩腻的、深深凹进的嘴角了。我能告诉别人吗？我是用一种小儿要糖果的心情在望着那惹人的两个小东西。但我知道在这个社会里面是不准许任我去取得我所要的来满足我的冲动、我的欲望、无论这于人并没有损害的事，我只得忍耐着，低下头去，默默地念那名片上的字："凌吉士，新加坡……"

尽管莎菲在最初遇到"有一种说不出、捉不到的丰仪"的凌吉士时，内心非常清楚这种内心涌动的欲望，是无法得到社会的准许和理解的，但她还是忍不住对社会压制性欲的正常表露进行了嘲讽："这禁欲主义者！为什么会不需要拥抱那爱人的裸露的身体？为什么要压制住这爱的表现？"丁玲也正是通过莎菲这位"心灵上负着时代苦闷的青年女性的叛逆的绝叫者"（矛盾语）的大胆的欲望表达，传达出觉醒了的现代女性对传统封建礼教的决绝反抗。

丁玲的另一篇小说《庆云里中的一间小房里》则通过在庆云里做妓女的阿英的"梦境"和"冥想"，展露了她的隐秘欲望和内在矛盾。阿英的"妓女"身份和"梦境"中的欲望书写，使这篇小说别有意味。小说以阿英早晨起来与客人告别的场景开头，继而讲述了她"又呼呼地睡熟"后的"梦境"：

> 在梦中，她回家了，陈老三抱着她，陈老三变得异常有

劲，她觉得他比一切男人都好，都使她舒服，这是她从前在家时所感受不到的。她给了他很多钞票，都是十块一张的，有一部分是客人给她的，有一部分是打花会赢的。她现在都给他了。她要同他两人安安静静地在家乡过一生。

　　"梦境"的内容时常源于梦者的现实生活，阿英梦中的男人"陈老三"即是她在老家的情人。但后来不知为什么，她离开家乡来到庆云里做了妓女。虽然作为妓女，她要面对各种各样的男人，"不好干净的""干净的""丑的""斯文的"……但这些都没有睡梦中使她"舒服"的"陈老三""可恋"。她有着对两情相悦的渴望，有着对平凡、安定、祥和的婚姻与家庭生活的期盼和憧憬，甚至为了这个梦想，宁愿把自己赚到的所有血汗钱都给"陈老三"，只为了能够"同他两人安安静静地在家乡过一生"。

　　然而阿英的梦想实现起来却很艰难。小说用较长篇幅描绘了阿英所处现实环境中阿姆骂人、姨娘吵嘴的混乱境况，并对"梦境"与现实、梦中的阿英与做梦前后的阿英做了对比。入梦之前的阿英对客人虽热情实冷淡，就连邀请的话都是装出来的"迷人的音调"；梦中的阿英是"快乐的"，她觉得"陈老三""比一切男人都好"，宁愿付诸自己的所有，包括身体与钱。这种态度的差别反映出，在阿英的内心深处，"陈老三"是她最中意的男人，或者说她"很想嫁得陈老三那样的人"，而梦醒后的现实以及阿英的内心体验，则进一步呈现出，阿英对是做妓女、还是回老家与"陈老三"结婚过日子的矛盾心理。这其实也是那些不能过正常家庭与婚姻生活的不幸女子们的普遍困惑。在她们的内心深处，都曾勾画着像阿英甜蜜"梦境"般的幻影，而女伴"好人还来讨我们吗"

的叹息与反问，则愈加引发了阿英对"陈老三"的猜测与想象，以及对自己所做美梦的自嘲和讽刺。

接下来，阿英在不断的"冥想"中设想了"陈老三"的种种现状，并暗暗计算了自己近来"藏积起来的家私"，继而找了各种理由，否定了想要与"陈老三"结婚过日子的美好愿望，最终选择了"自愿"出卖自己身体的行当，并且以能够养活自己、"吃饭穿衣"、"并不愁什么"、"夜夜并不虚过"为理由，陷入一种自立、自主的自欺与幻觉之中。丁玲正是通过对阿英"梦境"与"冥想"中的隐秘经验的书写，对"妓女"这一特殊女性群体的心理矛盾和困惑，做了细致入微的呈现。

不同性别的作家对女性隐秘经验的梦幻书写的出发点往往不同。与丁玲的梦幻书写相比，同时期的男作家更为关注通过对传统女性的梦幻畸形欲望的书写，揭露和批判传统封建礼教对女性欲望的压抑和扭曲。例如，施蛰存在《春阳》中以意识流的形式，描写了与未婚夫结下"冥亲"、想要获得大宗财产继承权的婵阿姨，到上海取存款利息的一天中的经历。她一面怀疑巨额遗产究竟有何用，一面又觉得那是牺牲了青春换来的，应该珍惜。她也曾想着再结婚，可"族中人底诽笑和讽刺"，使她不得不压抑自己隐秘的欲望。在冠生园吃饭时，她看到一个男子想跟她坐一桌时，竟开始止不住地"幻想"：

　　　　他为什么独自个呢？也许他会高兴地说：
　　　　——小姐，他舍得这样称呼吗？我奉陪你去看影戏，好不好？
　　　　可是，不知道今天有什么好看的戏，停会儿还得买一份报。他现在在看什么？影戏广告？我可以去借过来看一看吗？

假如他坐在这里，假如他坐在这里看……

——先生，借一张登载影戏广告的报纸，可以吗？

——哦，可以的，可以的，小姐预备去看影戏吗？……

——小姐贵姓？

——哦，敝姓张，我是在上海银行做事的……

这样，一切都会很好地进行了。在上海。这样好的天气。

没有遇到一个熟人。婵阿姨冥想有一位新交的男朋友陪着她在马路上走，手挽着手。和暖的太阳照在他们相并的肩上，让她觉得通身的轻快。

作者正是通过这种隐秘的性幻想，淋漓尽致地传达出深受传统礼教压迫的婵阿姨心理的扭曲。

20 世纪 80 年代以后，很多女作家意识到，书写女性隐秘经验、重新确认女性性别身份的重要性，尝试在小说创作中把女性原初的生命体验和隐秘欲望传达出来，如王安忆的"三恋"（《荒山之恋》《小城之恋》《锦绣谷之恋》）等。而"梦幻"作为人类最具私密性的生理和精神现象，这一时期也更多地与女性隐秘经验的书写联系在一起。

例如，斯妤在小说《断篇》中，通过女主人公林里的"梦境"，叙述了她隐秘的性爱愿望。林里一直把自己看作是一个冷血的人，十多年来坚持过着独身的生活，直到有一天被一个海洋彼岸传来的低沉淳厚的声音俘获。她陷入了不可遏止、摧人肝胆的相思；而他却毫无反应，杳无音讯。她一面惧怕被爱情伤害，一面又被这个充满磁性的声音所吸引；一边奢望着痛苦赶快消失，一边又忍不住发出一大串呻吟。终于有一天，林里夜里做了一个与他缠绵悱恻的"梦"，压抑已久的隐秘欲望爆发了出来。虽然性爱描写在20世纪80年代以来的女性小说中屡见不鲜，但《断篇》里的这一情节仍具有特别的意味：林里因被前夫伤害而独身多年，并常被"一张丑陋的面孔""对她咬牙切齿，大喊大叫"的"噩梦"惊醒，女性正常所需要的被爱欲求，被压抑和扭曲了，而"梦"里的缠绵则在一定程度上折射出林里的压抑现状。可以说，这是深受传统观念影响的女性心理和生理被双重扭曲的曲折反映。

此外，陈染、林白、徐小斌、海男等女作家的小说中，也常出现与"幻想""梦境"或镜子相伴的欲望升腾的"梦幻"场景。这种欲望有时是女主人公"自己对自己的迷恋"，如林白《一个人的战争》的开头和结尾，都有类似的场景出现：

这个女人经常把门窗关上，然后站在镜子前，把衣服一件件脱去。她的身体一起一伏，柔软的内衣在椅子上充满动感，就像有看不见的生命藏在其中。她在镜子里看自己，既充满自恋的爱意，又怀有隐隐的自虐之心。任何一个自己嫁给自己的女人都十足地拥有不可调和的两面性，就像一匹双头的怪兽。

有时也会指向"另一个完美而优秀的女性"，就像《一个人的战争》中"我"，对姚琼的身体的偷窥与"幻想"：

我有时坐在第一排，有时站在幕侧，站在幕侧的理由是为姚琼抱衣服。她的衣服混合着化妆品的脂粉气和她的体香，对我有一种奇异的吸引力，我闻着这香气，看着在舞台灯光中洁白地闪动着的姚琼，完全忘记了她将去卖咸鱼的前景。我全部的心思都在她美丽的形体上。在上半场，没有姚琼的戏，我就跟她躲在空无一人的化妆间，她需要在这里更衣。换衣服，这是女人们最喜欢做的一件事情，姚琼在我的面前脱下她的外衣，她戴着乳罩裸露在我的面前，我眼睛的余光看到她的乳房形状姣好，结实挺拔，我的内心充满了渴望。这渴望包括两层意思，一是想抚摸这美妙绝伦的身体，就像面对一朵花，或一颗珍珠，再一就是希望自己也能长成这样。

无论是对镜自恋，还是对她者的迷恋，其实质都是对女性身体和女性隐秘经验的发掘和呈现。而且，在这个过程中，还时常伴随着女性人物寻找自我、确认自我的心理过程。对身体的发现和凝视，带动的是她们对回忆、自我的重新思索和成长。林白笔下的很多女主人公在对镜独坐的多维空间中，都或多或少地进行着"我是谁"的反思。例如：

梅琚对镜而坐的时候对多米视而不见，多米生活在寂静而多镜的空间，久而久之，她发现，每当她回到这里，回忆与往事就会从这个奇怪的居室的墙壁、角落、镜子的反光面和背面散发出来，它们薄薄地、灰色地从四处逸出，它们混乱地充塞在房间中，多米伸出手去抚摸它们，它们一经抚摸，立刻逃遁。

在平静的日子里，多米面壁而坐，从镜子里逸出的往事从混乱到有序，在她面前排成一排，她伸出手抚摸它们，这时候，它们十分乖巧地从中间闪出一条通道。新鲜的十九岁从这条通道大模大样地走出，多米一头迎上去，沉浸在夜晚的回忆中。

——林白《一个人的战争》

在对女性隐秘经验的梦幻流露与呈现的书写中，蒋子丹的小说《等待黄昏》显得比较特别。这篇小说讲述了一个女人从月经、生育到绝经的生命故事和隐秘经验。女主人公"我"十三岁月经初潮，内心变得忧虑恐慌。直到有一天，"我"怀孕了，却根本没有做母亲的欲望。翻肠倒胃的呕吐、难闻的气味、身体的变形，这一切都让"我"难以承受。在临近分娩的那个夜晚，"我"做了一个"噩梦"：一只象征着女性月经来潮与女性生命的"红蜻蜓"，在"我""分娩迫近"时"折断了身体"。这是"我"对生命的一种内在焦虑。

从生理学上讲，月经来潮是女性发育趋于成熟的生理反应，它与怀孕、分娩有着内在的联系，均属女性生命过程的正常环节，但这篇小说中的"我"不仅表现出对月经来潮和分娩的恐惧，还潜在地认为，即将诞生的新生命会促使脆弱的"红蜻蜓"走向死亡，也即，生育会让女性衰老、变形，失去丈夫的爱。这种心理现象在现实中确实是存在的。由于种种因素的影响，母亲在某些情况下会产生厌恶、害怕生育，甚至遗弃婴孩的心理倾向。但在现实秩序中，这种类型的母亲往往被视为不正常。正如小说中"我"的独白："我一直对那件事讳莫如深，倘若一个母亲对别人说她惧怕并且憎恶幼小的亲生儿子，无疑是天大的笑话。"而实际上，这种恐惧心理的形成有着复杂的社会原因，其中男性中心的传统性别观念是一个比较显在的因素。

这一点在女主人公怀孕后大段的内心倾诉中有所透露：

> 呕吐停止了，肠胃被洗劫一空，它示意我不停地吃这吃那，填充永无止境的空虚，促使我的身体一天比一天笨重。我害怕和任何女人哪怕是并不年轻出众的女人交谈，她们叫我自惭形秽。我害怕丈夫看见我笨胖变形的身体，因为我可以轻易从他眼里看到厌倦的含义，从而加深对他的怨恨。我再不为他的辛勤感动。我知道是我腹中那无声的生命分离了我们，分离了我和一切人。它是一个掠夺我、占有我的暴君。我请了长假闭门不出，重新复习疏远同类的感觉，当我还是尚未成熟的少女，就已经领教过的感觉。

担心笨重变形的身体和年轻女人比起来不再那么漂亮，害怕丈夫会因为自己身体的变形而感到厌倦，自感忙于琐事、日渐封闭、和同类逐渐疏远……这些虽然都是出自"我"的内在体验，却又无一例外地与周围的人和环境直接相关，是很多女性的集体性体验。事实上，"我"一直没有摆脱婚前与一个有妇之夫的爱情理想破灭后的自虐阴影，也没有能够从亲密女友苏密杀死儿子的惊恐事件中走出。"我"对生育的恐惧与这些事件有着紧密的联系：曾经的感情伤害导致对男性的不信任和对自己的不自信；苏密事件也在内心深处形成挥之不去的阴影。

蒋子丹曾经说过，她要追求的是"这样一种小说：细节真实，逻辑荒诞，而在这逻辑背后，还有一种险恶的真实"[①]。在《等待黄昏》这篇小说中，蒋子丹正是通过这种异于常人的女性隐秘经验的书写，表现了女性在以男性为中心的社会文化中的心理变形这一"险恶的真实"，并从一个更深的层次丰富了我们对"母亲"角色的复杂认知。

第二节　梦幻书写与现代女性的人生探索与困惑

真正意义上的现代女性是在19世纪末20世纪初登上历史舞台的。在五四运动的感召下，被禁锢于"闺阁"内的传统女性，开始群体性地"浮出历史地表"，逐渐成长为具有独立意识和世界意识的人，并试图寻找与确认女性存在的社会价值和生存意义。民族和国家的现代性追求在带给现代女性前所未有的"梦想"的同时，也使她们不可避免地陷入各种矛盾、困惑、彷徨与"梦魇"之中。她们在不同的社会环境与政治背景下，努力确认并建构着女性的社会身份，而具有特定内涵的"梦想"与"梦魇"的缠绕，则伴随着她们探寻女性解放的道路及其文化命运。

本节以不同阶段现代中国女性小说中具有代表性的女性梦幻书写为例，透视现代女性对自身主体性的探索及其所遭遇的困惑，并进一步探讨女性梦幻及其文学书写在现代女性主体性话语建构过程中的作用和表现。

---

① 蒋子丹：《蒋子丹小说精粹》，四川人民出版社1998年版，第350页。

一、娜拉出走之梦:"做人"与"为我"的追求与困惑

郁达夫曾在《中国新文学大系·散文二集·序》中谈到,"五四运动的最大成功,第一要算'个人'的发现。从前的人,是为君而存在的,为道而存在的,现在的人,才晓得为自我而存在了。"[①]可以说,在五四运动"人的发现"的大潮中,最大的受惠者是女性,特别是那些有机会接受现代教育、接受思想启蒙、进入社会的知识女性。五四运动的启蒙者不仅从个体的人的角度,进一步肯定了"人"的价值与尊严、本性和个性,确立了"男女平等"、"女人也是人"、女性也有独立的人格等现代性别观念,同时还对三纲五常、三从四德、忠孝节烈等传统宗法旧习俗、旧制度进行了批判,并在与"以夫为天"的传统女性的"无我"状态的对照下,进一步确立了现代女性"为我"[②]的观念。而"在人的觉醒和女性的觉醒的思想潮流中,娜拉的形象可以说是中国现代女性文学的原型,她的离家出走,构成了一整代人的行为方式,而她的名言'首先我是一个人,跟你一样的人'则成为她们精神觉醒的宣言"[③],开启了从"大梦"中觉醒了的现代女性最初的梦想。

① 郁达夫:《中国新文学大系·散文二集·序》,上海良友图书印刷公司1936年版,第2页。

② 在《新青年·易卜生专号》(《新青年》四卷六号,1918年6月15日)中,胡适发表了他的著名文章《易卜生主义》,在当时的知识女性群体中引起了强烈的反响,他将《娜拉》中"努力把自己铸造成个人"的娜拉的人生观称为"为我主义",并认为这是一种"健全的个人主义的人生观"。胡适:《介绍我自己的思想》,《胡适文存》,亚东图书馆1925年版,第512—513页。

③ 刘思谦:《"娜拉"言说——中国现代女作家心路纪程》,上海文艺出版社1993年版,第16页。

尽管五四女性的娜拉出走之梦，在想要通过做男人一样的"人"来获得女性的社会身份这一精神立场上，与明清以来的传统女性所做的"女越男界""女扮男装"之梦，在表面上有相似之处，但娜拉祈求走出封建家庭、改变生活环境、实现为自我而生存的梦想，在内涵上则具有着现代人文色彩和女性解放的现实意义。"无论如何，务必努力做一个人""我是和你一样的人"，娜拉的名言不断激励着五四女性追问自己："什么时候才认识了女人是人呢？"（石评梅：《董二嫂》），并鼓舞着她们"打破家庭的藩篱到社会上去，逃出傀儡家庭去过人类应过的生活，不仅仅做个女人，还要做人"（庐隐：《今后妇女的出路》），并且"要做一个社会的人"（庐隐：《自传》）。

五四时期的女作家深受娜拉的影响。她们想要成为"一个人"的梦想，在娜拉"摔门而出"、勇敢出走的激昂姿态中，得到强化。她们开始主动实践走出宗法礼教束缚的封建家庭的时代宣言，并不断通过文学书写，表现"娜拉出走"这一梦想与行动。可以说，"做人"与"为我"是五四女性反抗传统、走出家门、寻找自我的强大精神动力。但与此同时，"出走之后会怎样"的问题，也一直困扰着她们。她们在作品中想象"出走"的结局，并对"出走"这一梦想和行动本身做出了反思。

在五四时期的女性小说中，"娜拉出走"常常与自由恋爱联系在一起。较为常见的是男女主人公为了爱情梦想双双出走。冯沅君的《隔绝》《隔绝之后》等小说，就书写了女主人公缂华与恋人士轸携手抵抗封建家庭的阻力，毅然走出家门，与传统进行不屈抗争的故事；庐隐的《胜利以后》则主要书写了在男女主人公双双出走实现爱情梦想，并建立了家庭之后，女主人公沁之对人生问题的思考:"只要想到女子不仅为整理家务而生,便不免要想到以后应当怎么做?"为爱情"出走"之梦虽然实现了,但却悲哀地发现,她所获得的新式婚姻并不是梦想中的天堂,而是困守寂寞的围城。为此,沁之发出感叹:"人生的大问题结婚,算是解决了,但人决不是如此单纯,除了这个大问题,更有其他的大问题呢!"作者通过沁之的经历,书写了现代女性"为我"、为爱情反抗父权,却陷入新的"无我"梦魇的困境。

此外,还有对"娜拉出走"后的爱情之"梦"的反思,例如,在庐隐的小说《兰田的忏悔录》中,五四新女性兰田为反抗包办婚姻,怀着"为我个人谋幸福,并且为同病的女同胞作先锋"的梦想,逃到北京,加入了妇女运动,并被一群青年称之为"女界的明灯""奋斗的勇将"。单纯、善良、"缺少经验"的兰田,很快坠入情网,并与何仁同居,但不久何仁便与别人结了婚,兰田在"噩梦"中觉醒,成为"新旧所不能容的堕落人"。小说最后,兰田与何仁的新夫人都意识到,她们是做了男性自由恋爱的牺牲品。这一故事情节提示人们,单纯的女性"出走"之梦的实现,并不能改变她们被男性欺辱、被男权社会压制甚至吞噬的不幸命运。

除自由恋爱外,娜拉出走之梦还常与女性参与政治的愿望联系在一起。庐隐的《曼丽》、白薇的《炸弹与征鸟》等小说,书写了女主人公走出家门、参加政党的生活经历与心路历程。她们大多在社会潮流的影响下,抱着一颗"狂热的爱国心"梦想着出走,加入某个党派,参与国家事务。而当梦想真的实现,兴奋的心情还未落定之时,在她们的内心深处就迸发出对社会现实的失望。正如曼丽在日记中的倾诉:

我的病是在精神方面，身体越舒服闲暇，我的心思越复杂，我细想两三个月的经历，好像毒蛇在我的心上盘咬！处处都是伤痕。唉！我不曾加入革命工作的时候，我的心田里，万丛荆棘的当中，还开着一朵鲜艳的紫罗兰花，予我以前途灿烂的希望。现在呢！紫罗兰萎谢了，只剩下刺人的荆棘，我竟没法子迈步呢！

　　甚至有时候，她们不由得发出愤怒的反问："革命时的妇女的社会地位，如此不自由，如此尽做男子的傀儡吗？"娜拉出走之后所见到和经历的社会现实，更增加了她们的困惑。原本是要通过"出走"来获得相应的社会地位，然而，女人可以逃离家庭，却无法逃离男权中心文化，她们"参与社会的'胜利'不过是女性价值实现的理想更深一层的失败"①。五四女性"做人"和"为我"的梦想与追求，在不符合理想的社会现实和仍旧以女性为"玩物"的男权意识面前，遭遇了巨大的失败与困惑。她们别无选择，只能继续"努力找那条走得通的路"。这同时也是现代女作家的困惑。她们对娜拉出走之梦的书写，正反映了其自身在"做人"与"为我"的追求过程中的感悟和思索。

　　五四男作家对娜拉出走之梦的书写，另有一番风貌。胡适的小说《终身大事》，通过对现代文学第一位为爱情反抗父权、离家出走的娜拉先锋——田亚梅的塑造，传达出五四时代祈求解放与被解放的人们的"幻想"，"出走"之时戛然而止的收梢，也为现代女性的出走之梦留下了想象的空间，增添了前行的勇气。鲁迅的

---

①　乔以钢：《多彩的旋律——中国女性文学主题研究》，南开大学出版社 2003 年版，第 43 页。

《离婚》通过农村女性爱姑想要离婚、却反被出卖的故事，剖析了"出走"这一社会问题以及女性自身的弱点；《伤逝》中子君离家出走与涓生组建新的家庭、却最终被涓生抛弃的悲惨结局，也提示人们反思娜拉出走之梦。作者描写了涓生作为引导者却找不到爱情出路的自谴，以及子君婚后的精神萎缩，并以"人，必须活着，爱才有所附丽"，来告诫现代女性要有"经济权"才能真正获得解放。

可以看到，对以启蒙、解放女性为重任的男性知识分子来说，"娜拉"的出走，同样意味着女性启蒙与解放事业的迈步，因而，娜拉出走之后到底会怎样？为什么会这样？女性如何才能做一个真正能和男性相匹配的"人"？女性在追求梦想的过程中，所遇到的心理困惑与现实失败如何解决？这些成为他们关注，并尝试给出答案的问题之一；而女性关注较多的问题，如，娜拉出走之后的悲惨境遇，内心所遭遇的无助失落、彷徨探寻等心理境遇，则较少出现在他们的视野之内。

男女两性书写的差异值得深思。可以看到，前者更在意的是"娜拉出走"之后，能否做一个"社会的人"，而后者则更在意，"娜拉"在想要"出走"与惶恐"出走"、想要成为一个独立的人与很难做一个独立的人之间的困惑、徘徊。她们希望成就自我，幻想通过自由恋爱和离家"出走"等行为，改变生活环境，进入以男性为主体的社会领域，但这一梦想之路布满荆棘。这样的梦幻书写生动地刻画了现代女性主体性话语建构过程中，女性的抗争和为了抗争需要承受的心理压力。

二、络绮思之梦：事业与家庭的矛盾

在中国社会的发展进程中，妇女解放始终没有从五四时期"人的解放"，以及其后的社会解放和阶级解放的大题目中提出来单独加以考虑，而是每每被后者所遮蔽和淹没。对于五四前后浮出历史地表的现代女性而言，最为重要的是，在生而为女的自我体认中，注入了"人"的质素。在此，"人"的内涵首先是与男子"同等"，其侧重点在于争取女性的社会权利。

在五四"人"的思潮的影响下，很多现代女性都开始意识到"我的所有不幸只因为我是一个女人"（萧红），要努力"做一个像男人一样的人"，大步迈向社会，争取女性应得的社会权利，受教育、参加工作、革命等等。然而，当她们成功地做了与男人同等的"人"之后，却又感到另一重深深的失落。做"人"与做"女人"的矛盾和困惑，成为五四新女性常见的人生问题。这在五四女性的小说文本中，主要表现为现代女性事业与家庭的矛盾。

现代中国第一位新文学女作家陈衡哲，首先对这一问题给予了关注。她通过小说《络绮思的问题》中女主人公的"梦境"，书写了现代女性通过追求事业建立女性作为"人"的主体性的努力，以及她们在获得与男子同样的社会地位之后，内心因婚姻家庭的缺失而产生的惶惑和恨憾。

《络绮思的问题》发表于1924年10月号的《小说月报》。这时的陈衡哲已经是北京大学历史系教授，她对现代女性的生存处境与命运遭际格外关注，常自觉思考五四前后青年知识分子所讨论的婚恋问题，并尝试通过文学创作把内心产生的"搅扰"与"冲动"

表达出来①，借文艺思想来尽改造社会心理的一份责任。《络绮思的问题》正是她对现代知识女性在事业与家庭间的人生选择之困惑的形象化体现。这篇小说的女主人公络绮思是一位哲学女博士。作者在小说中书写了她的一个问题和两个"梦"。"一个问题"即家庭与事业的矛盾；两个"梦"则分别指事业之"梦"与家庭之"梦"。

早年，络绮思一心想要实现自己的学术追求，获得社会地位，在"好花未放月将圆"之时，她因担心婚后"家务的主持，儿童的保护及教育"等，会影响甚至妨碍她的事业而悔婚，放弃了与瓦德教授的爱情与婚姻，选择了独身生活与追求事业。当她已过不惑之年，做了一所著名女子大学的教授和哲学主任，"她少年时的梦想，她少年时的野心和希望，此时都已变成事实"之后，却在孤寂中总觉得生活中似乎缺少了点什么。

有一天，她梦见自己结婚了，做了瓦德教授的妻子和两个孩子的母亲，有了和谐幸福的家，此时的络绮思才明白她生命中的欠缺：

> 她此时才明白她生命中所缺的是什么了？名誉吗？成功吗？学术和事业吗？不错，这些都是可爱的，都是伟大的，但他们在生命之中，另有他们的位置。他们或者能把灵魂上升至青天，但他们终不能润得灵魂的干燥和枯焦。

这个在络绮思的内心深处埋藏多年的家庭之"梦"，带给事业有成的她，前所未有的感慨与惆怅，成为她心中一个"绝对不容

---

① 陈衡哲：《小雨点·自序》，新月书店1928年版，第17页。

窥见的神圣的秘密"。

事业与家庭相冲突的问题，是络绮思在给瓦德教授的信中提出的。瓦德教授作为这封信的"隐含读者"，为络绮思写这封信做了铺垫。而络绮思在两个"梦"之间的选择与困惑，则生动反映了现代女性在理智选择与潜意识需求之间的矛盾。络绮思在理性的支配下放弃了传统女性天经地义的"事业"——家庭的持守和经营，而选择了一向为男性所主导的学术事业。但当她终于实现自己的事业之梦时，家庭之梦作为人生的遗憾，却又成为一种挥之不去的内在焦虑。其实，在她的潜意识中还是很希望能够组建一个美满的家庭的，只不过很多年来，这个愿望都被她对事业的追求压抑和遮蔽了。

作者在络绮思的家庭之"梦"中，设计了一个很有意思的细节：梦境中的络绮思正在享受着与瓦德教授以及两个孩子的美满生活，但男主人的角色却忽然被一个目不识丁的"工人"形象所替代，于是，充满惶惑的络绮思从梦中"惊醒"。这个细节透露的信息是，在功成名就的络绮思心里，婚姻与事业不再构成突出的问题，倒是与一个无法进行精神沟通的"工人"生活在一起，成为她不可接受的生活"梦魇"。

至此，作者对络绮思的"问题"做了生动、形象的阐释。有意思的是，在现实中，络绮思的家庭之"梦"与瓦德教授的美满婚姻，正好形成了鲜明的对比。在络绮思为了事业放弃婚姻与家庭之后，瓦德教授很快就和一个中学体操教员结了婚。婚后，他继续做着自己的研究，充分享受着妻子的贤惠与勤劳。对瓦德教授来说，根本就不曾存在事业与家庭的矛盾。而对络绮思来说，则是既做不了像瓦德夫人一样的"彻底的贤母"，也无法接受与一个难以精神沟通的"工人"生活在一起——这一生活"梦魇"，总之，无论如何她都无法很好地平衡事业与家庭之间的矛盾，只有在独身中默默地接受这"空洞的自由"①、接受人生的缺憾和不完美。

梦醒后的络绮思在对她家门前的"山"和"水"的"冥悟"中，逐渐消弥了自己内在的焦虑：

> 她对着那青山注视了许久，心中忽然如有所悟，她觉得那山也和她的生命一样，总还欠缺了一点什么。她记得她从前在离山数十里的地方，曾见过一个明丽的小湖，那时她曾深惜这两个湖山，不能同在一处，去相成一个美丽的风景，以致安于山的，便得不着水的和乐同安闲，安于水的，便须失却山的巍峨同秀峻。她想到这里，更觉得慨然有感于中，以为这真是天公有意给她的一个暗示了。

络绮思就此了悟一个道理，选择了成就事业，就要为此付出代价。

在《络绮思的问题》中，陈衡哲并未对如何解决现代女性事业与家庭的矛盾这一问题，作出明确解答，但她较早地提出了这个问题。任叔永在《小雨点》的序言中就曾说，络绮思的问题"不是络绮思个人的问题，乃是现今时代一切有教育女子的问题。这个问题，在外国已经发见多久了，可是在我国尚不见有人提及。但

---

① 波伏娃在谈到罗马女人的处境时曾说她们是"虚假解放的典型产物，她在男人实际上是唯一一主人的世界上，只有空洞的自由；她诚然是自由的——却没有结果"，笔者认为络绮思同样也是"虚假解放的产物"。参见［法］西蒙娜·德·波伏娃：《第二性》，陶铁柱译，中国书籍出版社1998年版，第111页。

这个问题，迟早总是要来的，总是要解决的。作者此刻把它提出，我相信很值得大家的注意"[1]。

在新文化运动的影响下，五四女性在"做人"与"为我"的现代梦想中，走出了家门，在婚姻家庭这一私密空间以外，有了更多的选择，仅仅在"家庭"内相夫教子的传统生活，已经不能满足她们走上社会、成就事业、建立自己的主体性的愿望。正如陈衡哲所说："家庭的服务，不能满足于少数才高学富的女子的志愿，以致在她们的生命中，要发生爱情与事业的冲突。"[2]五四知识女性在"出走"之后，再不愿将自我的精力与才华，埋没在"妻子"与"母亲"的传统女性角色中，因而，她们宁愿在家庭与事业的矛盾中，选择事业，在"灵魂上升至青天"的生命方式中，默默承担着"灵魂的干燥和枯焦"，也不愿被困守于家庭之内。

对此，陈衡哲保持着清醒的认识，她将女性的人格分为"个人格"与"性人格"，并认为"把女子与男子看为两种绝对不同或绝对相同的个性，是一大错误"[3]，"性人格在一个女子生命上的影响是比它在男子生命上的为大而深刻"的。[4]这一观点，超越了五四时期人们对"人"与"女人"的普遍理解。对此，陈衡哲明确表明，"女性不宜放弃自身性别特性，以致造成扭曲、畸形的人生，女性须保持'为人'与'为女'两重人格的平衡"，而应在做"一个最好的母亲"的同时，也做"一个才能智慧超越的女

①　任永叔：《小雨点·任序》，陈衡哲：《小雨点》，新月书店1928年版，第14页。
②　陈衡哲：《妇女与职业》，《衡哲散文集》（上），开明书店1938年版，第151页。
③　陈衡哲：《妇女问题的根本谈》，《衡哲散文集》（上），开明书店1938年版，第201页。
④　陈衡哲：《两性问题与社会意识》，《衡哲散文集》（上），开明书店1938年版，第224页。

子"①。这一提法在当时是超前的，颇具现代意识。

三、邵玉梅之梦："女英雄"的成长与焦虑

在中国传统文学中，"女英雄"的典型形象出现于北朝时期的乐府民歌《木兰诗》。自此，花木兰女扮男装、替父从军，作为"女英雄"的形象，被各种文学形式不断改编与改写。一些明清才女也常借此作为反叛传统伦理角色、进入男性主宰领域的途径。她们还通过文学作品来书写传统女子渴望求学科考、建功立业的"女英雄"梦想，例如，弹词小说中的《再生缘》《榴花梦》等，都描写了女子女扮男装、考取功名、带兵打仗的英雄故事。

其至有一些女性在现实生活中以自己的实际行动，女扮男装，仗剑天涯，期望成为新时代的"花木兰"。特别是在内忧外患的晚清，"爱国救世、侠肝义胆"的女英雄形象，成为有理想、有抱负的女性心中的楷模。被称为"贤妻良母真醒龃，英雌女杰勤揣摩"（蒋智由:《题留溪钦明女校写真为天梅作》）、"身不得，男儿烈；心却比，男儿烈"（秋瑾:《满江红·小住京华》）的秋瑾，即是晚清女英雄的典型。

在社会引导、革命热情、女性解放潮流的激励和鼓舞下，晚清女性的"女英雄"梦想，初步具有了"做人"与"为我"的意味，"英雌"的称谓相较"花木兰"的内涵，也有所进步，"花木兰""不是'作为女人'这一性别角色本身参与战争"，而"首先是作为母亲、妻子、女儿等男人身后的'内子'角色参与辅佐男性英雄的建

---

① 盛英:《略论陈衡哲的妇女观》,《妇女研究论丛》2000 年第 1 期。

功立业"①，其最终总免不了"还我女儿装，对镜贴花黄"（《木兰辞》）的"雌伏"结局。而"英雌"则意味着女扮男装、参加革命的女性，不再受困于"贤妻良母"的传统角色规范，她们跻身与"英雄"平等的位置。不过，虽然从传统女性的"受命于家"到与男性一起"受命于国"是一种进步，但不可否认女性自身的性别特点，也随着"英雌"对传统性别角色的颠覆而被遮蔽，乃至几近丧失。

此后，在五四运动的影响下，女性的性别角色有所觉醒，但"女英雄"逐渐被雄化的趋势，仍然没有改变。在 20 世纪三四十年代"革命压倒一切"的战争时期，"民族矛盾、阶级矛盾掩盖了女人／男人，女人／人之间的论争"②，女性走上了工农革命的道路，并逐渐由早期的女人是"人"，演变为女人是与"男人"一样的人。冯铿在《红的日记》中就曾说，在伟大的时代里，应"暂时把自己是女人这一回事忘掉干净"。新中国成立后，在革命话语基础上建立起来的"时代不同了，男女都一样"的国家话语，以及一系列为妇女解放而推行的国家政策，愈加淡化了性别之间的差异。

从十七年的女性书写看，这一时期的"女英雄"形象，往往与以国家利益为最高利益、时刻要求进步、努力改造自己的女劳动模范形象联系在一起。白朗的小说《为了幸福的明天》中的女主人公邵玉梅，就是这样一个时刻梦想着成为英雄的女性。白朗从开始创作起，就一直自觉遵从时代的要求和革命的需要，有着神圣的责任感和使命感，也很关注女性的生活经历与情感经历。她的

---

① 常彬：《中国女性文学话语流变》，人民出版社 2007 年版，第 21 页。
② 冯雪峰：《关于新小说的诞生——评丁玲的〈水〉》，《北斗》1932 年第 2 卷第 1 期。

小说《四年间》《探望》《珍贵的纪念》等，都表现了对女性命运的省察与思考。创作于1950年的《为了幸福的明天》，则主要通过对梦想成为"女英雄"的现代女性的成长与焦虑，给予了深刻的揭示。

《为了幸福的明天》讲述的是一个在穷苦人家长大的女孩子邵玉梅，成长为一名女共产党员的故事。玉梅是被父母捡来的，还有两个哥哥。母亲重男轻女，担心哥哥受风，常常逼迫穿着单薄、破烂的玉梅去捡柴、要饭。备受性别歧视的玉梅，从小就"立下个小小心愿：将来长大，一定要做个男人一样的女人"！一连串的苦难把玉梅磨练得越来越坚强。她勤奋聪明，不怕吃苦，乐于助人，对将日本鬼子打退的"八路军"充满向往。二哥去参军了，玉梅开始羡慕起"二哥胸前那朵大红花"。后来大哥也加入了制造炮弹的六一工厂，玉梅又开始做梦能进六一厂当工人，为在前线打仗的二哥制造炮弹。

一天晚上，她真的做了这样一个"梦"：

　　她进了六一厂，许多工友欢迎她，她就在大家的欢呼和掌声中走进了现场。那里面耀眼明光，案子上也是炮弹，地下也是炮弹；长的、圆的、尖的，还有方的，她简直看不过来了，正在眼花缭乱的时候，忽听一阵喇叭声，胸前戴着大红花的二哥，左手拿着一个顶大的炮弹走进六一厂，他右手拿着朵更大的红花，一看见玉梅，就把那朵红花给她戴在胸前了。二哥笑着喊："女英雄，女英雄！"突然大家又欢呼起来，一拥而上，把玉梅高高举起，越举越高，高得使她恐怖，一直举到棚顶，想不到棚顶上也悬着个炮弹，玉梅的头刚巧碰到炮弹上，只听轰的一声，炮弹爆炸了……玉梅一下子就惊醒过来，原来是枕头掉在地上了。

醒来后的玉梅就直接跑到区政府开介绍信，到厂里报到了。进厂之后，玉梅在分场长章林的引导、鼓励和教育下，开始认真不懈地朝着"女英雄"的梦想努力。她吃苦耐劳、兢兢业业、勇敢忘我，很快就入了党，并成为不怕牺牲的英雄模范。为革命致残的党总支书记黎强，是玉梅的精神领袖，在他的鼓励下，玉梅克服一切困难，学文化、学技术，努力成为"党的骄傲"，成为一个像男人一样的"人"。

应该说，与明清时期女扮男装、侠肝义胆的"英雌"女性和在五四运动影响下走出家门、走上社会的新女性相比，能够进入工厂工作，并有机会成长为共产党员的邵玉梅这一女性形象，是具有时代意义的，值得赞扬和肯定。这是现代中国妇女解放运动中的重要一环，女性作为国家和社会的一分子，与男性一样，有了各种机会和途径学习知识、技术，被党的组织接纳为光荣的共产党员，实现自身存在的价值和生活的意义。

但在玉梅的成长过程中，并不是一直都在"勇往直前"，在某些情况下，她的内心深处也会不自觉地流露出一些惶惑和焦虑。就像她在自己所做的"女英雄"之"梦"中所说的一样，在成为"女英雄"、被高高举起时，她的内心充满了恐惧感。

这一点在小说对邵玉梅进入六一厂之后的经历的书写中，表现得非常明显。进厂之后的玉梅，很快就成为一名女共产党员，她每天快乐而认真地工作着。就在这时，年轻的玉梅开始恋爱了，她对黎强产生了特殊的好感。内心的惶惑和焦虑，也从此开始滋生。有一天，玉梅和工友去看苏联影片《战后晚上六点钟》，被影片中美丽的妻子愿意与因战争而残废的丈夫相爱一生的故事深深地感动。她和工友就这个故事是否真有其事展开争论，并以黎强为例，认为"他是人人尊敬的热爱祖国、热爱人民的英雄"，"一个有觉悟的女同志，也许希望和他结婚呢。"虽然玉梅在内心深处认可了对黎强的情感，但在理智上她却将他否定了，因为她担心"在一位党的领导同志面前过高地估计了自己"，也担心这会像两年前一样，因为"婚姻问题"而在厂里引起"一场风波"，遭到旁人的辱骂。最后，作为共产党员的玉梅，将黎强看作是自己"最尊敬信仰"的"党的负责同志"，压制了这份感情。

尽管玉梅是认可残疾军人的价值的，但当这样的事情发生在她自己身上，左臂因炸伤而被锯掉时，玉梅还是忍不住"绝望地哭了起来"。残疾了的玉梅为两个问题而焦虑：一是她的婚姻会不会受影响；二是"党将来如何把她培养成一个能发挥作用的人"。在婚姻问题上，玉梅的顾虑比较多，传统性别意识的束缚，使她不能在感情和婚姻问题上做出主动，再加上残疾的左臂，玉梅的婚姻更是难上加难。

这时，作为党的负责同志的黎强发挥了作用，他与玉梅同病相怜，对她的心理波动有着充分的理解。他代表党向玉梅做出了郑重的承诺，并就婚姻的问题，给玉梅讲了几个生动的故事，鼓励她愉快、乐观地生活下去。曾经满是惶惑与焦虑的玉梅，最后终于用自己的坚强和勇敢战胜了困难，她决心"要和残疾做不屈的斗争"，"要再回到工作岗位上去"，她被人民政府授予了"嘉奖"，真正成为了一个光荣的"女英雄"。

在十七年的语境中，"女英雄"的内涵更多的指向精神层面的上进、坚强、勇敢；对党的忠诚、热爱；作为个人的"小我"对作为集体的"大我"的服从与牺牲等。这与明清时期"英雄"的女扮男装、仗剑天涯已相去甚远，较为强调的是精神、思想和行动层面的"英雄"表现，性别之间的差异基本上被淡化。无论男女，凡是符合上述条件的都可以被称之为"英雄"，只不过当在传统意义上处于弱势的女性成为"英雄"时，其进步意义更为明显，故常被特意指称为"女英雄"，其中含有更多的赞赏意味。

但也应注意到，尽管这一称呼能够表明其主体是女性，但其内涵并没有实质的区别。这里的"女英雄"基本上是像当时的男英雄一样的英雄，女性自身独特的性别特征和性别体验，在此基本上被淹没。也就是说，她们作为与男性同等的"人"的个体价值和社会价值，得到了张扬，而作为与男性不同的"女人"的内在差异，却被忽略了。

在这样的总体背景下，白朗通过《为了幸福的明天》中对"女英雄"邵玉梅这一女性角色的内在惶惑、焦虑的关注，触及了对投入集体事业的现代女性情感命运的省察。不过，这在作者未必是自觉为之。

四、卜零之梦：女性反抗的激进与迷途

20世纪70年代末80年代初，中国社会进入到一个新的历史阶段。从五四时期"人的意识"觉醒的潮流中成长起来的现代女性，在经历了战争、革命和文化改造的洗礼之后，有了接受新的启蒙话语和西方理论影响的机会。在1985年之前，文学女性更关注的是自己作为"人"的身份与社会地位的重新确立，并且也遇到了此前五四文学中提出的，女性为"人"与为"女"、事业与家庭的矛盾等问题；1985年，特别是20世纪90年代以来，部分文学女性在西方女性主义理论的影响下，迸发出强烈的重新发现与确立女性的性别身份，反抗以男性为中心的父权制的愿望，其文学实践也较多围绕这些问题展开。

然而，对西方女性主义理论的片面接受与本土化的缺乏，造成一些女性对"父权制"的概念有所误解。她们狭隘地认为，女性解放就是要反抗代表着父权制的"男性"的压制。这一时期的部分女性小说创作，也反映了这样的思维误区，其中的女性人物自觉不自觉地将矛头对准生活中的男性，并在男性话语中心的社会现实中，"做着女性争取话语权利的突围表演"和"来历不明去处也不明的狂妄冲杀"①，其结果只能是一场梦魇。

徐小斌创作于20世纪90年代的中篇小说《双鱼星座》，可谓是书写现代女性反抗的激进与迷途的代表作。《双鱼星座》是"一个女人和三个男人的古老故事"的现代版，写的是一个生活在现代都市的女性，在三个男人之间自我缠绕与逃离的伤痛之旅。作者十分明确地点明，这是一部关于现代女性的生存寓言，主人公卜零可以说是一位"菲勒斯中心社会"的逃离者。②在这部小说中，卜零的"梦境"是一个引人瞩目、带有很强女性色彩的情节。它惊心动魄，又闪烁着女性独有的智慧的光芒。

作为一个美丽、优雅但却并不幸福的现代知识女性，作者却将卜零设计为一个在父权制社会编织的无形大网中，被禁锢得无

---

① 徐坤：《从此越来越明亮》，《北京文学》1995年第11期。
② 徐小斌：《让我们期待明天更美好》，《徐小斌文集》，华艺出版社1998年版，第343—344页。

法转身和呼吸的受压迫女性，而其受压迫的来源主要是单位老板、丈夫与情人。不懂复杂世事人情的她，被老板哄骗献血后辞退；丈夫在地位日渐升高时，开始对她忽视、冷漠与讥讽；她不惜冒着生命危险，为情人从瓦寨带了一瓶香水，最后却不无悲哀地发现，那香水给了他的一个固定的情人……卜零在生活的道路上，遭遇着一系列的无奈、创痛和失落。"她浸泡在自己的泪水中像是一条垂死的鱼"，在父权制社会的大网里，无力地寻找着可以逃离的出口。一场惊心动魄的"梦境"就在这种情况下出现了：

　　卜零用最精美的奥粉做底霜。她挑了一种淡赭石色，这种颜色和她的肤色很相配，并且使皮肤发出一种瓷一样晶莹的粉彩。唇膏她用了浓艳的深绛色。然后她戴上两只很大的锡制耳环，一个美丽的阿拉伯公主在镜中出现了。

　　……

　　就在韦转身向外走的那一瞬，卜零用一根很长的冰冻里脊击中了他的后脑。这块冷冻里脊是老板送来的冷冻食品的一部分。冻得很结实，像一根粗大的铁棒……这的确是一种通向绝境的智慧。

　　……

　　花非花咖啡厅就在斜对面的街角处，旁边是一个小邮局。卜零像影子一样闪进了邮局，她奇怪的是没有任何人注意她，卜零觉得自己好像已经秘密地穿上了一件隐身衣。卜零在填写汇款单的地方悄悄拿起一瓶墨水，卜零迅速地把那一小包东西倒进去，然后掏出钢笔吸了几下墨水……

……

卜零在老板去洗手间的时候向老板的杯子里挤出几滴墨水。卜零挤得果断而准确，没有一滴洒在外面。

……

水果刀深深地扎起向下无限压缩，然后再随着刀尖膨胀起来。卜零惊慌起来她的刀落得又急又快，但是石的身体却像水那样不断变形完全不受伤害。卜零大汗淋漓真希望这不过是一场梦魇。

作者对卜零之梦的书写，颇富目的性和象征性。在"梦"中，卜零依次用暴力，巧妙地杀死了现实中给她带来伤痛的三位男性，他们分别代表现代生活的三要素：金钱、权力和欲望。"冰冻里脊""钢笔""墨水""水果刀"等都是卜零的绝妙道具。它们不仅适时地充当了卜零"梦"中的杀人工具，而且还在具体语境中，承载着多重含义："冰冻里脊"是卜零的老板在她献血后，通知她被辞退时送来的冷冻食品的一部分，同时也是卜零的丈夫和老板所属阶层的代表物，与他们世俗、油腻、崇尚金钱和权力的生活方式是同质的；"钢笔"和"墨水"是父权制社会权力和文化的象征，男性通过"钢笔"与"墨水"实现着语言、文化与权力的主宰；"水果刀"则是男性性器官的象征。

女性主义者认为，父权制社会是一个以"菲勒斯"（Phallus）为中心的社会，它强调男性价值作为父权制社会的正面价值，是衡量一切的标准，并以此来贬抑女性价值。因而，"冰冻里脊""钢笔""水果刀"等道具，可以说都是父权制文化中男性权力的象征。由此可见，作者对卜零"梦境"和反抗工具的设计，可谓独具匠心，不仅显示出现代女性对以男性为中心的父权制社会的极端反抗和智慧颠覆，同时也借卜零的"梦境"，上演了一场现代女性由被动变主动的性别颠覆的狂欢。

对比现实与梦境中的卜零，我们会发现，二者是面貌迥异的。现实中敏感、柔弱、无奈的卜零，在梦境中变得有主见、坚定、果敢，特别是她对老板实施报复的时候，忙而不乱、滴水不漏、从容镇静。"花非花咖啡厅"是其中一个意味深长的意象。在父权制创造的神话中，女性总是以虚假或被扭曲的形象出现，如"灰姑娘""白雪公主""睡美人"等，这些男性话语塑造的女性形象，为被动的女性提供了虚假的自我"镜像"，而真实的女性，却逐渐消融在男性对女性的塑造与想象里。就像尼采所说："男性为自己创造了女性形象，而女性则模仿这个形象创造了自己。"①"花非花"借用白居易"花非花，雾非雾"的诗句，形象地表达了真实的女性被男性话语所遮蔽的事实；而"花非花咖啡厅"则是作者设想出来的一个不再被男性话语所遮蔽的，展示真实女性形象的独特场所。卜零在其中通过想象，寻找着真实的自己，以虚幻的方式确认并建构着自身的主体性存在。

徐小斌在小说中曾将卜零的"梦境"，称为女性"通往绝境的智慧"。卜零的"梦境"是她为自己创造的一条逃离与反抗父权制象征秩序的途径与通道，反映了女性性别意识的觉醒。她们不再以男性的标准为标准，隐忍改造自己，而是意识到，要通过反抗来达到性别的平等，并确认主体的存在；"通往绝境"则暗示着，卜零以"梦"反抗的方式和"梦"中逆向施暴于男性的反抗方式，都

---

① 孙绍先:《女性主义文学》，辽宁大学出版社1987年版，第14页。

必然走向"绝境"。

可以看出，作者已经意识到，以"梦"反抗的方式虽然源远流长，体现了受压抑女性借助"梦幻"逃离苦难的精神需要，以及在虚拟空间内构建有限主体性的聪明智慧，但它的虚幻性又决定了它仅仅能够对女性的心态起到一定的平衡和缓解作用，并不能起到改变现实的功能。而且，女性借以反抗的"梦幻"，最后往往会演变为某种程度的"自欺"①，并反过来将其有限的主体性淹没。这种逆向施暴于男性的反抗方式，明显是西方女性主义理论影响下的产物。此前的女性，往往以男性为行动的标准与楷模，虽然获得了一定的社会地位，但并未真正建立女性的自信，以及女性不同于男性的主体性。卜零所代表的女性，却在此基础上矫枉过正，站到了父权制与男性的对立面，没有意识到男性和女性一样，也是父权制的受害者。

075

有学者指出，父权制的实质是人对人的统治、占有，是人与人之间人格上的不平等，是人的物化、异化、奴化，是一种"通往存在之深渊的魔方"②。这种物化、异化、奴化不仅是对女性，也是对男性的生活和自我意识的压抑与窒息。卜零将男性误认为敌人，加之对父权制男女二元对立思维模式的沿袭，在"梦"中采取了激进的反抗方式。也正因为如此，她不可避免地要遭遇新的"梦魇"，并陷入孤独、飘零的迷途。

作者在小说中对卜零之"梦"所持的态度，反映了她在书写卜

---

① "自欺"是法国存在主义哲学家萨特提出的一个概念，主要指"人""在他人的不过分恭维或自我的合理推论下虚无其欠缺的现象"，其本质上是一种为了逃避自由选择而进行的自我欺骗。

② ［德］温德尔：《女性主义神学景观》，刁文俊译，生活·读书·新知三联书店1995年版，第33页。

零的情感生活和"梦境"时，并没有完全认同这种单一性别视角下的情绪化的行为反抗方式，而是流露出对女性解放迷途的反思。小说结尾，卜零再次去了瓦寨，开始了她有始无终的流浪生活。这种无家可归的寂寞，不仅反映了女性在男权压制之下的"飘零"命运，同时也反映了作者对卜零之"梦"的激进姿态的质疑。

相比传统女性而言，五四以来现代女性的社会地位、主体精神和性别观念等，发生了重要的变化，这在现代女性小说有关女性角色、女性主体、女性隐秘经验等方面的梦幻书写中，得到了生动的体现。同时，现代女性小说中具有代表性的梦幻书写，也彰显了现代女性所面临的困惑，以及一些值得思索的问题。本章通过这两方面的论述，揭示了现代女性小说创作借助"梦幻"所传达出的现代女性对自身主体性的建构与探寻。这是一个复杂的、动态的过程。在这一过程中，现代女性既经历了"梦想"实现的喜悦，也承担着落入"梦魇"的精神困境与文化命运。

第二章　梦幻女性形象的塑造及其话语建构

　　法国形象学家亨利·巴柔(D.Pageaux)把文学形象界定为"一定时期的社会总体想象物",它是"对一个文化现实的描述,通过这种描述,制造(或赞同,宣传)了这个形象的个人或群体,显示或表达他们乐于置身其间的那个社会的、文化的、意识形态的、虚构的空间",因此,文学作品中的形象就构成了"作者与所处环境的对话、交往和认同关系":文学形象的形成既具有社会性,又包含想象性;既与作者所归属和认同的社会阶层、文化心理和意识形态有关,又包含着作者对所表现对象的描述与想象,隐含着其对对象及其意义的寻找与话语建构。[①]

　　现代女性小说对女性形象的塑造,同样是作者与所处环境的一种对话和交往。而"梦幻"作为作者与所处环境进行对话和交往的一种心理空间及形式,又常同女性形象的塑造杂糅在一起,互相支撑以达到梦幻书写和形象塑造的目的。其中,女性形象的塑造所具有的社会性和想象性,经由与"梦幻"的结合、杂糅得到了淋漓尽致的体现。以下几种情况比较有代表性:对"梦中人"、"梦"

---

　　① 易晖:《"我"是谁——新时期小说中知识分子的身份意识研究》,百花洲文艺出版社 2004 年版,第 12—13 页。

中人、"梦幻人"女性形象的塑造;"梦幻镜像"、对位关系与女性形象的塑造;"梦幻""梦魇"与"疯女人"形象的塑造。

现代中国女性小说如何通过各种形态的"梦幻",来强化并渲染对女性形象的塑造?"梦幻"如何有助于展现与社会文化心理、主流意识形态密切相关的女性形象的社会性?又在何种层面上辅助甚至激发了作者塑造女性形象时的意义建构与话语建构?本章将围绕这些问题进行探讨。

第一节 "梦中人"、"梦"中人与"梦幻人"女性形象

在现代女性小说文本中,梦幻书写与女性形象的塑造互相支撑的一种较为常见的情况是,"梦中人"、"梦"中人、"梦幻人"等女性形象的塑造。其中,"梦中人"指的是作者在文本中所塑造的以爱做梦、爱幻想为主要性格特征、时常沉浸在"梦幻"中的女性形象;"梦"中人指的是作者在文本中通过"梦幻""梦境"等形式,塑造的处于"梦幻"内部的女性形象;"梦幻人"则综合了"梦中人"和"梦"中人的主要特征,指的是作者在文本中塑造的,处于女性人物的"梦幻"之中,同时又独立于女性人物的既虚幻又真实的女性形象。

这三种与"梦幻"直接相关的女性形象,分属于三种不同的叙述层面:前者虽名为"梦中人",却并不是真的"梦"中人,这样称之仅仅是从其性格特征、精神状态而言的,其本身仍然是小说文本所叙述的现实生活的一部分;"梦"中人则是名副其实的"梦"中之人。她们主要出现在小说中女性人物的"梦境"和"幻想"中,是在梦幻主体和叙述者的双重虚构下产生的;"梦幻人"则既是小说

文本叙事的一部分，同时又是女性人物梦幻虚构的产物。

本节着重探讨这三种与"梦幻"直接相关的女性形象的塑造，在现代女性小说中的文本功能，其中所蕴含的社会深层文化心理，以及作者赋予其中的文化想象与话语建构。

一、"梦中人"：性格特征、现实映照与文化心理

爱做梦、爱幻想、整日沉浸在"梦幻"中的"梦中人"女性形象，早在中国古代传统女性的文学创作中，就已经较为常见。宋朝朱淑真、魏夫人等女作家的诗词作品中，就不难见到与缠绵不尽、惨淡忧伤的"梦"或"梦幻"凄婉相伴的抒情主人公，如朱淑真《减字花木兰·春怨》《闷怀二首·其二》《江城子·赏春》等。这类困守于闺阁，思念着不在身边的男子，以"梦幻"、想象慰藉心灵的抒情女性形象，某种意义上即是中国文学中较早出现的女性"梦中人"。可以说，传统女子的生活方式、心理状态、性格特征对"梦中人"女性形象的形成，有着深刻的影响。

"梦中人"女性形象的主要性格特征是爱做梦、爱幻想，这与传统女性的生活处境有着密切的联系。"男子居外，女子居内，深宫固门，阍寺守之，男不入，女不出"①，中国传统宗法礼教对男女两性生活范围与方式的规定，导致传统女性生活空间和视野的促狭，以及"独处深闺无人识"的孤寂。她们"既无法真正作为主体的人去观照自然，也无法使观照对象完全服从自己——除了自己，她再没有任意操纵的对象"②，于是，梦境、幻想、想象

---

① 《礼记·内则》，《十三经注疏》，中华书局1980年版，第1463页。

② 李小江：《女性审美意识探微》，河南人民出版社1989年版，第135页。

等就成了传统女性借以缓解焦虑、排遣孤寂的一种途径。"女人天生爱做梦"也便逐渐成为谈论女性性格特征的习惯用语，以及人们比较普遍的生活印象。女性自身也在内在、外在等各种因素的影响下，强化着爱做梦、爱幻想的性格特征。

时至20世纪，虽然社会文化环境和女性自身的生活处境，都发生了翻天覆地的变化，但女性创作中的"梦中人"女性形象，仍然保持着较高的出现频率。这是非常值得关注的文化和文学现象。

在五四时期至20世纪40年代的女性小说文本中，"梦中人"女性形象的出现颇为频繁。例如，庐隐在小说《海滨故人》中，塑造了露莎、云青、玲玉、宗莹等五位天真浪漫、多愁善感、用"幻想"编织未来、苦苦探索人生问题的五四女青年;《曼丽》则着重刻画了"不问沙鸥几番振翼"，虽明知"永远没有实现的可能"，却还永远抱着"痴望"与"幻想"的五四革命女性曼丽;沉樱的《喜筵之后》描写了年轻时追求爱情的"梦幻"，新婚后又陷入"对男人的种种情状的思虑"等"灰色的幻想"的新女性茜华。

同是对家庭女性形象的描绘，白朗的《四年间》与沉樱的《喜筵之后》明显不同，着力塑造了在爱情之梦破灭后，将全部的梦想、幻想和希望都寄托在将要出生的孩子身上的女性黛珈。丁玲小说中的"梦中人"女性形象尤为常见。如《梦珂》中爱做梦、"整天躺在床上"、"不断地幻想"着"未来的生活"和自由浪漫爱情的新女性梦珂;《莎菲女士的日记》中"无论在白天、在夜晚"，"都在梦想可以使我没有什么遗憾在我死的时候的一些事情"，都在梦想着可以获得"生的满足"的美妙爱情的青年女子莎菲;《暑假中》终日"把自己关在小房里，蓬着不梳的短发，裹着浑身皱褶的旧衣，静静地躺着，瞪着一双日渐凹进去的眼睛，梦幻般想那些只能梦想的事"的女性志清；《日》中生活在半殖民地区，失去天真，日复一日地无聊度日，"常常在诅咒中寻起梦想，而于梦想中又诅咒起来"的独身女子伊赛等。

在这些"梦中人"女性形象身上，烙刻着新女性空有"幻想"、茫然无助、彷徨失措的心灵焦灼。尽管她们已经摆脱了传统闺阁女性的幽困境地，但仍然承续了喜爱幻想的性格特征。这一方面是由于，几千年来女性在自身生活处境的影响下所形成的性格特征会在代际更迭过程中潜在延续，很难一下子彻底改变；另一方面是因为新文化运动的狂飙突进，在带给她们个性解放的契机的同时，也使之陷入前所未有的心理冲击和生活漩涡之中，而"梦幻"则是一种可能的自救方式与途径。

五四时期的女作家们不仅在自己的小说创作中，成批塑造着"梦中人"女性形象，甚至有时候就连她们自己也常常被视为"梦中人"，如苏雪林就曾称庐隐是一个"生在20世纪写实时代却憧憬于中世纪浪漫时代幻梦的美丽"的人。[①]作者与女性形象之间精神状态的趋同，一方面说明，"梦中人"女性形象客观反映了女性知识分子精神生活的一个侧面，是其现实心态的映照；另一方面也表明，当时的女作家们在塑造"梦中人"女性形象的时候，尚未能对其进行更多的艺术提炼和理性审视。

"梦中人"女性形象也时常出现在20世纪80年代以来的女性小说创作中。如张洁在《爱，是不能忘记的》中刻画了"每时，每天，每月，每年"都在自我营造的"梦幻"中，坚守爱情的母亲形

---

①　苏雪林：《关于庐隐的回忆》，《苏雪林文集》(2)，安徽文艺出版社1996年版，第358页。

象钟雨；《无字》塑造了三位具有血缘关系，又同样"善于幻想"和"没有意义的设想"，并时常做"白日梦"的女性形象：吴为、墨荷和叶莲子；王安忆的《妙妙》刻画了总是"梦想"着能赶上时代的潮流，"做一个时髦的青年"，成为城里人的乡村女青年妙妙；蒋子丹的《桑烟为谁升起》描写了丈夫死后仍沉溺在爱情还存在的幻觉中，不断自虐和逃匿的女性形象萧芒；陈染的《凡墙都是门》则塑造了习惯于"在杜撰或想象中"过着"虚设了的生活"的女性形象"我"等。

虽然这些女性"梦中人"仍然拥有爱做梦、爱幻想的性格特征，其中所折射出的现代女性的心理状态与精神面貌，却发生了内在的变化：与现代女性小说早期"梦中人"女性形象的被动、彷徨、无奈、不知所措相比，这些女性的"梦幻"多了一份主动与坚守。例如，《爱，是不能忘记的》中的母亲钟雨，为了追求心目中的理想爱情，情愿独身多年，承受孤独，以"梦幻"为慰藉坚守着无言的爱情；《妙妙》中的乡村姑娘妙妙，为了实现自己对城市文明的追求，不懈地做着美丽的梦和平凡的努力；《凡墙都是门》中的"我"，则在"天天想为什么要活着"的人生思考中，悟出了"凡墙都是门"的道理，主动审视和维护自己的"梦幻"与生活。

与内在精神状态的变化相对应，20世纪80年代以来的女性小说对"梦中人"女性形象的塑造方式也有一定的变化。在早期女性小说中，作者塑造"梦中人"女性形象的主要目的是书写与反映刚刚登上历史舞台的知识女性的生活和精神状态，其塑造方式主要是对"梦中人"女性形象爱做梦、爱幻想等性格特征和行为方式的直接陈述，显得较为直接、单薄；20世纪80年代以来的女性小说创作则往往在叙述的过程中，通过视角的变换、立场的拔高等方式和技巧，在"梦中人"女性形象的塑造中注入比较复杂的意味，有时还将"梦中人"女性形象放置到社会文化心理的更深层次进行书写。

例如，张洁在《爱，是不能忘记的》中，以第一人称"我"（即女儿姗姗）的叙述视角，讲述了母亲钟雨对爱情梦幻的坚守。但这一叙述视角并不能够统摄全篇。随着叙事的展开，其重心逐渐转移到母亲角色上来。叙述视角的这一潜在变换透露出，女儿姗姗和母亲钟雨这两个角色，分别构成了小说隐含作者的一体两面，而小说所塑造的母亲钟雨这个"梦中人"女性形象，则在女儿的叙述、评价和其自身以"日记"的形式所做的"自我陈述"的交织、杂糅中，具有了"梦外人"审视"梦中人"同时又进行自我审视的文化意味。在这里，"梦中人"女性形象不再是女性精神状态的现实映照，而是被当作现代女性的一种深层文化心理来书写和审视的。

这一点在张洁的长篇小说《无字》中表现得更为明显。《无字》塑造了一个家族的三代女性：墨荷、叶莲子、吴为。虽然她们各自有着外祖母、母亲和女儿等不同辈分的家族身份，却具有共同的性格特征，即爱幻想、爱做"白日梦"。与《爱，是不能忘记的》第一人称叙事不同，《无字》采用的是第三人称"异故事"全知叙事，这不仅在客观上拉大了叙述者与人物之间的距离，同时也给叙述者提供了一个冷眼旁观、审视甚至对人物行动做出适当解释评论的位置。

因此，我们看到，在《无字》中，当叙述者刻画吴为等三个"梦中人"女性形象的行为方式及性格特征时，常会像所书写人物的老朋友一样，对她们的行为心理进行概括、解释和评论，甚至有时还会站在人物的角度，进行自我反思。例如，在叙述墨荷的爱情"梦幻"时，叙述者在客观陈述过墨荷的"梦幻"后，又进一步揭示了女性面对爱情时习惯于陷入"幻想"的深层文化心理：

墨荷是个美丽的女人。一个女人，又美丽，该是很不幸的。但她没有走出农村，相对来说还不算过于复杂。美丽的女人大多任性而多情。倒不一定对他人，对自己何尝不可多情！所谓"艳若桃李，冷若冰霜"的人，可能更加自作多情，不然就像糟践了这份美丽的造化。

这个方圆几十里都数得上的美人，在乡下的枯寂日子里，何以消耗她饱满的感情？既不能参加 party，与哪个风流倜傥的男人共舞；也不能在影视上出尽风头，掠获若干崇拜者；更不可能在美术展、音乐会上与哪位趣味相投的男士一见钟情……只能自己给自己制造点欢爱，享受一下爱情的幻觉。

不要以为一个没有读过《白雪公主》的乡下女人就没有对白马王子的希冀。女人们自出生起，就在等待一个白马王子，那是女人与生俱来的本能，直到她们碰得头破血流，才会明白什么叫做痴心妄想。

要想给自己制造点欢爱，在那穷乡僻壤，谈何容易？

而在叙述吴为的"白日梦"时，叙述者同样也对这种思维方式做了进一步的反思：

吴为的思维方式可能早有缺陷，把一生中的很多时间、力气，都花在了没有意义的设想上，或是叫做白日梦。

好比她常常设想，如果她的外祖母和哪个长工私奔，根据毛泽东的阶级分析理论，叶莲子或许从小就参加了革命，或许还能成为抗日联军的英雄……

……

青少年时代的吴为，向往革命生涯，崇拜各种英雄，惋惜自己不曾有过献身革命的机遇，只好企盼一个机会——有朝一日伟大领袖毛泽东得了重症，她会毫不吝惜地把一腔热血贡献出来，以挽救他的生命。这也是她无数白日梦的一个。

在小说叙事过程中，叙述者的这种介入，往往通过对具体人物或事件的概括和评论，表现出叙述者自身的价值取向，从而与所塑造的人物拉开距离，以便进行审视和反思，也正是通过这种叙述方式，张洁从社会性别文化心理这一更深的层次，塑造并反思了"梦中人"女性形象。

二、"梦"中人：内在需求、文化想象与另类形象

在现代女性小说创作中，除爱做梦、爱幻想、整日沉浸在"梦幻"中的"梦中人"女性形象外，还有一类与"梦幻"直接相关的"梦"中人女性形象。

与"梦中人"女性形象不同，"梦"中人女性形象的性格特征，并不具有一致性，她们总是出现在小说女性人物的"梦幻"中，既在故事层面负载着"梦幻"主体的内在愿望与需求，也在叙述层面

承载着隐含作者基于现实女性的文化想象。

"梦"中人女性形象也有着悠久的文学传统。战国时期宋玉在《高唐赋》《神女赋》中塑造的楚王"梦"中飘忽若仙的"神女"，即是中国文学中较早出现的"梦"中人女性形象。这种以男性为梦幻主体的女性"'梦'中人"，在此后的男性创作中屡见不鲜，如曹植的《洛神赋》、沈约的《梦见美人》、沈亚之的《秦梦记》、蒲松龄的《聊斋志异》等。尽管其表现方式不同，但其中所隐含的男性对作为"他者"的女性的欲求、想象与塑造，是一脉相承的。

正如波伏娃所说："女性没有自己的宗教或诗歌，她们仍然通过男人的梦想勾画自己的梦幻。"[①]传统女性创作中的思念男性、沉溺于"梦幻"的"梦"中人女性形象，在一定程度上就是对"男性的梦想"的迎合与内化。但不可否认，传统女性创作中的"梦"中人女性形象，因"梦幻"本身所具有的神秘性与荒诞性，特别是创作者注入的主体精神，有时也会在某种程度上偏离男性对女性的"梦想"。

例如，李清照在《渔家傲·记梦》中描绘的以"梦魂"的形式，飘进"天接云涛连晓雾，星河欲转千帆舞"的天宫，并向天帝诉说自己现实处境的"游仙"女性形象；叶小鸾在《鹧鸪天·壬申春夜梦中作五首》(之二)中刻画的女性形象："春雨山中翠色来。萝门敲向夕阳开。朝来携伴寻芝去，到晚提壶沽酒回。身倚石，手持杯。醉时何惜玉山颓。今朝未识明朝事，不醉空教日月催。"一改闺阁女子惯有的温婉、柔弱的女性形象；洛绮兰在《寄梦》八首中塑造的女性形象："梦入层霄上，星冠着羽裳""梦作青衿客，征才

---

① 转引自叶舒宪：《高唐女神与维纳斯》，中国社会科学出版社1997年版，第323页。

赴选场""梦领貔貅队，橛枪扫雾霭"等，豪气万丈，气宇轩昂，显示出与传统社会中的女性形象和气质的截然不同。

现代女性小说中较为常见的具有代表性的"梦"中人女性形象，是女性"梦幻"中的"女英雄"形象。如前述白朗在《为了幸福的明天》中通过邵玉梅之"梦"所塑造的那个获得众人的欢呼和掌声，胸戴大红花、被高高抬起的"女英雄"；林白在《游击队员之歌》《知青与剑，与马，与恋人，与红薯》《致一九七五》等小说中，通过"我"的"梦幻"和想象，塑造的"穿着白色的衣衫，如流星般迅猛、轻盈而高贵"的"神枪手""女侠客"等女性形象，其间都流露出对男性社会角色、男性英雄形象的向往与羡慕。

不过，与传统女性对梦幻中"女英雄"形象的塑造，在某种程度上源自对男性行为的模仿不同，现代女性对"梦幻"中"女英雄"形象的塑造，更多的是女性个体欲求和社会意识形态复杂结合的产物。仍以白朗在《为了幸福的明天》中对邵玉梅"梦幻"中的"女英雄"形象的塑造为例。

小说对玉梅的"梦境"有详细的描绘：

她进了六一厂，许多工友欢迎她，她就在大家的欢呼和掌声中走进了现场。那里面耀眼明光，案子上也是炮弹，地下也是炮弹；长的、圆的、尖的，还有方的，她简直看不过来了，正在眼花缭乱的时候，忽听一阵喇叭声，胸前戴着大红花的二哥，左手拿着一个顶大的炮弹走进六一厂，他右手拿着朵更大的红花，一看见玉梅，就把那朵红花给她戴在胸前了。二哥笑着喊："女英雄，女英雄！"突然大家又欢呼起来，一拥而上，把玉梅高高举起，越举越高，高得使她恐怖，一直举到棚顶，想不到棚顶上也悬着个炮弹，玉梅的头刚巧碰到炮弹上，只听轰的一声，炮弹爆炸了……

从邵玉梅的"梦境"中，我们可以解读出以下几个以"女英雄"形象为核心的要素：欢呼、二哥、大红花、炮弹、恐惧感。其中"欢呼"既与玉梅被家庭排斥、工厂拒绝的现实生活相对应，显示出玉梅想要成为"女英雄"并被肯定与接纳的内心需求，也反映了"女英雄"在当时受人尊敬的社会地位；"二哥"是"女英雄"形象的一个参照系。作为玉梅身边的男性，是他影响、带动并主动帮助玉梅成为"女英雄"的；同时他的社会地位也是"女英雄"社会地位的一个标杆。"炮弹"与"女英雄"的并列出现，表明女性要成为"女英雄"，就要做在传统社会性别关系模式中属于男性范畴的事情，比如与"炮弹"打交道等。"大红花"作为毛泽东时代"英雄"享有荣誉的一个重要标志，是被群众和社会认可的象征，"女英雄"戴上"大红花"就意味着女性能够与男性一起并肩前进；而成为"女英雄"之后的玉梅所产生的"恐惧感"，则潜在地表明女性人物的内在焦虑。对女性而言，成为与男性比肩的"女英雄"，虽然可以获得社会的认可与接纳，但其女性性别特征却是需要被遮蔽甚至抹杀的。

可以说，玉梅"梦幻"中出现的"女英雄"形象，是她的内心需求与社会意识形态复杂结合的产物。同时，白朗对女性梦幻中的"女英雄"形象的塑造，也是意识形态与女性个体体验之间的合力的产物。只不过她更自觉地表现女性个体体验与社会意识形态相适应的部分，侧重于书写时代政治引导下女性的文化想象；而对二者相悖的部分则不甚自觉，表现得比较隐蔽。这种状况一方面与作者所处的社会文化环境密切相关；另一方面，也与作者自身的性别观念及其对"女英雄"的认知有关，透露出时代的局限性。

另一种较具代表性的"梦"中人女性形象是"梦幻"迷途女性形象，主要出现在 20 世纪 80 年代以来的女性小说中。如徐小斌在《双鱼星座》中通过卜零的"梦境"，塑造了一个将自己化装成阿拉伯公主，用暴力依次杀死生活中给她带来伤痛的三位男性，因激进姿态而陷入迷途的女性形象；林白在《去往银角》中通过一位底层下岗女性的"梦境"，塑造了一个在昏暗腥甜、荒诞诡异、人兽混杂、有进口无出路的"银角"被迫做妓女的迷途女性形象等。

尽管这些"梦幻"迷途女性形象主要出现在小说女性人物的"梦幻"中，是应梦幻主体的内在需求、自我虚构而成，承载着梦幻主体在现实中无法实现的各种愿望欲求，但她们却常有一个共同的特点，即其外在表现形态往往较为夸张、离奇，对梦幻主体而言充满着强烈的"另类感"。

例如，林白《去往银角》中对在"银角"做妓女的"细眯"这一女性形象的描述：

再看她的脸时，我几乎吓了一跳，化妆夸张得简直就像戴了面具，眼角画得都连到头发根了，梢头尖尖长长的，还涂上了一层金粉，猛一看，就跟火狐的眼睛似的。她又在两眉间画了一枚小小的菱形色块，也是金色的，像一种暗器放在了明面上。之后她开始戴首饰，一堆乱七八糟的玩意儿，她从里面东挑一样，西挑一样，头饰、耳饰、臂饰、指饰、臂饰，顷刻全都披挂上了。屁股上围的是一圈金属流苏，人一动，就跟着乱晃摇摆，脚脖子上也弄上了细链子，整个人已经不像人了……

诸如此类的"另类"女性形象，在20世纪30年代男性创作的新感觉派小说中也常出现，如刘呐鸥笔下"狐精似的鳗鱼般的女子"[1]，穆时英塑造的有着"深海的电气鳗"[2]魅力的女性，施蛰存小说中常见的"不可知的异乎人类的'魔女'或'夜叉'"[3]等。作者主要通过对这些梦幻般的"尤物"的塑造，来折射自身在现实生活中的困惑、茫然。

与此不同，现代女性小说塑造的"梦幻"迷途女性形象，则是一种基于现实女性的文化想象。如《双鱼星座》对卜零"梦境"中的激进"阿拉伯公主"形象的塑造，即是对敢于暴力对抗以男性中心的父权制的现代女性的激进文化想象；《去往银角》中对在"银角"做妓女的"动物化"女性形象的塑造，是对处在当代社会底层的女性苦难、艰辛、堕落的现实处境的文化想象。同是对"另类"女性形象的塑造，新感觉派主要突出的是男性对女性兼有幻想和恐惧的双重矛盾心理，而现代女性小说则主要通过"梦幻"，将这些"另类"女性形象与现实女性区分开来，从而以与现实相疏离和对立的极端方式，表现出这些"梦幻"迷途中的另类女性形象被异化的本质。

---

[1] 姚玳玫:《想像女性——海派小说的叙述》(1842—1949)，中国社会科学出版社2004年版，第184页。

[2] [日]片岗铁兵:《色情文化》，刘呐鸥译，《刘呐鸥小说全编》，学林出版社1997年版，第133页。

[3] 姚玳玫:《想像女性——海派小说的叙述》(1842—1949)，中国社会科学出版社2004年版，第212页。

三、"梦幻人"：亦虚幻亦真实，既内在又超越

与"梦中人"女性形象的真实、"梦"中人女性形象的虚幻不同，"梦幻人"女性形象综合了二者的主要特征，指的是作者在文本中塑造的处于女性人物的"梦幻"之中、同时又独立于女性人物的既虚幻又真实的女性形象。这一女性形象跨越小说文本的内容与叙述层面，对叙述技巧的要求比较高。

在现代女性小说中，相比"梦中人"和"梦"中人女性形象而言，"梦幻人"女性形象较为少见，主要出现在20世纪80年代以来的女性小说中。其中，陈染小说对"梦幻人"女性形象的塑造最为突出。

王蒙曾在为陈染的作品集所做的序言中开门见山地说："陈染的作品似乎是我们的文学中的一个变数，它们使我始而惊奇，继而愉悦，再后半信半疑，半是击节，半是陌生，半是赞赏，半是迷惑。"[①] 用这些话语来评论陈染在小说中塑造的"梦幻人"形象，同样中肯。正如王蒙所说，她的作品"是'潜性'的，是要靠'另一只耳朵'来谛听的'敲击'，是'巫'与'梦'的领地，是'走不出来'的时间段，是亦墙亦门的无墙无门的吊诡"，她文本中的"梦幻人"形象，也同样亦陌生亦熟悉、亦虚幻亦真实。

例如，《另一只耳朵的敲击声》中塑造的既出现在黛二的"梦幻"和茫然无绪的神思中，也出现在现实中的伊堕人；又如，《与假想心爱者在禁中守望》中的女主人公寂旖，常常在脑子里与之对话，假想其从"一个半旧的栗色相框里翩然走出"并与之交谈的

---

① 王蒙：《陌生的陈染》，《陈染文集》，江苏文艺出版社1996年版，第1页。

"梦幻人"；以及《角色累赘》中融合了"老Q"和"不穿鞋的隐士"两个人物的"梦幻人"等。

陈染小说中的"梦幻人"并不总是女性。《与假想心爱者在禁中守望》和《角色累赘》中塑造的"梦幻人"形象就是男性。他们常在女性人物渴望爱情、需要倾诉、寻找心灵依靠的时候出现，主要表现为经由女性人物的内心对现实元素如"钢琴""相框"等，或人物如"老Q"等的加工、创造而形成的符合女性人物内心需要的"爱情幻象"，或可以给她带来安全感，并帮助其稳定情绪的"假想心爱者"等。

与"梦幻人"男性形象相比，陈染小说对"梦幻人"女性形象的塑造，在现代女性小说与梦幻直接相关的女性形象谱系中，更具有代表性和典型意义。以下分别以《另一只耳朵的敲击声》和《潜性逸事》中"梦幻人"女性形象的塑造为例进行分析。

《另一只耳朵的敲击声》是陈染的早期小说，其主要人物及基本情况沿用的是陈染早期小说惯用的思路：一对母女寡居，父亲缺席。母女之间既相依为命又冲突对立。独具特色的是，这篇小说在母女之间出现了另外一个既虚幻又真实的女性形象——伊堕人，她最初反复现身在女主人公黛二的"梦"中，"悒郁而艳丽的目光是天角处一道灼然的闪电"，后来开始逐渐向黛二的现实生活渗透：时或以"一双惊世骇俗的眼睛"，注视着处在"茫然无绪""纷乱如云"的"神思"中的黛二；时或以拯救者的身份，出现在黛二与母亲发生争执的时刻；时或坐在黛二的对面，与之交谈、对话，甚至最后演变为一种现实禁忌的同性亲密关系。在黛二眼中，伊堕人是非常熟悉的——"我很久很久以前就已经认识了她"；对伊堕人而言，她对黛二了解得非常彻底——伊堕人捡到了"填满了我的私人机密的日历簿";伊堕人是黛二的心理依靠、拯救者与"守护神"——黛二与母亲发生争执的时候"想打电话"给伊堕人、与伊堕人在一起的时候总会感到"心喜""安全和惬意";同时,也是黛二的审视者与分析者——能够看透她、说穿她、"懂得她"。

可以说,在小说文本中,作为"梦幻人"的伊堕人与黛二既同为一体,又互相分裂。她是黛二的"前世",与黛二在精神气质和外貌感觉上都很相似,如作者在小说中对伊堕人外貌的描绘:"那女人的脸颊内涵丰富而沧桑,但这些形容词并不能遮盖她质本的美貌和光洁,那是一种静观、冷僻而病态的美。"这几乎是黛二自身的写照。伊堕人自己也在"独白"中说:"黛二小姐所经历的内心曲折,都曾经是我的路。"同时,二者又是两个独立的个体,分别住在不同的楼层,可以互相坐在对方的面前坦诚相对、沟通交流,甚至发展为一种十分亲密的关系。

就黛二的心理特点来说,伊堕人在一定程度上也可以说是黛二的另外一个自己,她是黛二根据自己的内心需要,虚构出来的一个既懂她、守护她,又可以审视她的"梦幻"女性。这个女性"梦幻人",不仅为黛二提供了缓解焦虑、获得拯救的"梦幻"之地,同时也是黛二为自己所虚构和创造的一个既一体又分裂的可以进行自我审视的"灵魂"。正如黛二在小说中对自我心理的不断重申:"我是分析者,同时又是被分析者","梦幻人"伊堕人与黛二的关系,在某些时刻也呈现出分析者与被分析者的关系。如陈染在小说中,通过好几个段落的"黛二独白"和"伊堕人独白"来凸显二者之间的分析与被分析、审视与被审视的关系。由于小说中"伊堕人独白"的段落,一度替换了以黛二为焦点的叙述视角,占据了叙述者的位置，就越发在叙述层面暗示了黛二与伊堕人既一体又分裂的状态。

陈染正是通过对伊堕人这一"梦幻人"女性形象的塑造，通过女性人物与"梦幻人"之间扑朔迷离的关系，以及现实与梦幻的交织、杂糅，意识与潜意识之间模糊、混淆、狂乱的关系等，来表现现代知识女性内心的孤寂、敏感、脆弱、不安全感、内在分裂、与外在世界的矛盾冲突等"现代病"的症状，以及她们不断尝试审视、反观自身进行自我分析和自我医治的精神努力。

"梦幻人"女性形象的塑造可说是陈染独具匠心的设计。从开始进行创作起，陈染就在自己的小说创作中，坚持近似于女性内心独白的写作方式，并一直在探索，如何才能更好地表达女性人物复杂矛盾、模糊不清、飘忽不定的思想、感觉与体验。"梦幻人"女性形象，即是她精心设计的一个特殊类型的角色。对此，王蒙在评价同时代的女作家时谈到："她们在艺术上相对更加重视感觉直觉，不拘一格。她们可能缺少思辨的爱好，却更加不受任何条条框框的限制。"①正是陈染在艺术创造上的不拘一格，促使她在对"梦幻人"女性形象的塑造方面，做出了更进一步的探索与尝试。

在小说《潜性逸事》中，陈染塑造了女性"梦幻人"李眉的形象。与《另一只耳朵的敲击声》对伊堕人的塑造不同，《潜性逸事》并没有为女主人公雨子设置明显的"梦幻"情节，而是通过雨子与好友李眉的关系，以及叙述者对李眉的"梦幻性"的描述来凸显李眉所具有的"梦幻人"女性形象特征。

例如，小说一开头，叙述者就刻意用一个独立的段落，对李

①　王蒙:《美丽的红罂粟》,《文学自由谈》1995 年第 2 期。

眉的"梦幻性"做了交代:"关于李眉,周围所有的人都认为无法叙述,她的脸孔像是光或水做成的,在人群中时隐时现,稍纵即逝。"此后,又不断通过雨子对李眉的认知和评价来强化她的"梦幻性":"其实李眉不是一个人,而是一个魂儿";"她常常是来无影去无踪";"李眉永远习惯说半句话,句子像光芒一样在她的嘴唇里闪闪烁烁,断断连连";"李眉像一个忧郁的噩梦降临"。

不仅如此,叙述者还通过雨子的独白来传达她与李眉之间既一体又分裂的关系:"李眉除了雨子,一生没有朋友";李眉是"我的危险可怕的朋友,我的心灵相通的敌人";"雨子望着她的渐渐远离的背影,仿佛是在和自己的一部分灵魂告别,仿佛是自己把自己彻底地丢落在一片荒凉的废墟之上,一片无处栖身的灵魂的矿场上。"对雨子而言,李眉是她的朋友,也是她内心深处的"敌人",正是这个亲密而又陌生的"敌人",逼迫着她进行自我的审视与反思。

至此,陈染在《潜性逸事》中成功地脱离"梦幻"的外壳,塑造了李眉这个亦虚幻亦真实、既内在又超越的"梦幻人"女性形象。

在《另一只耳朵的敲击声》中,陈染曾通过黛二的思绪,传达过这样一种观念:"一个人就是一个理论、一本书。打开,你才会穿透外皮,看到一个由碎裂而纷乱的局部组装起来的女人是多么的分裂、多么的绝望。"对于想要书写、分析和透视这样纷乱复杂的"理论"和"书"的陈染来说,"梦幻人"女性形象是一个借以达到目标的有效途径与方式。它以一个具体的、亦虚幻亦真实的外在形象,传达出女性内心深处复杂多变、隐晦曲折、分裂矛盾、难以言传的意识与潜意识。

可以说,陈染对"梦幻人"女性形象的塑造,不仅开拓了女性文学对女性形象的塑造方式，同时也在某种程度上开拓了小说创作表现人类复杂的内在心理、潜意识等的新的形式和表现方法，具有着积极的实践意义。

第二节 "梦幻"镜像、对位关系与女性形象的塑造

在现代女性小说中，梦幻书写与女性形象的塑造互相支撑的另外一种较为常见的情况是，通过女性人物与其梦幻"镜像"之间的对比、映照，或对两个具有"梦幻"关系的女性人物之间的联系和差别的书写来塑造女性形象，在这种对比或联系之中，凸显女性形象的内在矛盾、复杂体验和双重人格，以及女性形象、女作家与传统文化和主流意识形态之间千丝万缕的联系。

一、"梦幻"镜像与女性形象："自卑"与"自恋"的杂糅

古希腊神话中有一个著名的关于"自恋"的传说：美少年那喀索斯（Narcissism）是河神凯菲索斯（Cephisus）与一个仙女的儿子。由于他拒绝了回声女神厄科（Echo）的求爱，激怒了天上众神。爱神阿佛洛狄忒为了惩罚他的自傲，让他爱上了自己在水中的倒影，最终憔悴而死，死后化作水仙花。Narcissus 作为水仙花的英文名称，也因此而得名。后世常用其来比喻那些孤芳自赏、自傲自恋的人。"自恋"一词在英文中也常常被称为 Narcissism。自我爱恋的"水中的倒影"，其实就是法国心理学家拉康所说的"镜像"之一种。拉康认为，人对自我的认知开始于婴儿阶段对自己镜中影像的认同，其本质是一种"想象性的认同关系"，"是一个不是我

的他物事先强占了我的位置，使我无意识地认同于他，并将这个他物作为自己的真在加以认同"①的过程。当人们在现实生活中需要得到自我的确认时，"镜像"常会适时的起到作用，而且，日常生活中能够产生"映像"的工具、媒介或中介等俯拾即是，比如，水面、他人的目光、梦幻、照片、画像、广告画、电影等。其中，"梦幻"作为人类常见的心理和精神现象，又常与镜子、照片、画像等实物一起构成"梦幻"镜像。

在现代女性小说中，一些女作家在塑造女性形象时，通过女性人物在"梦幻"、镜子、照片中的"镜像"，以及女性人物与这些"梦幻"镜像之间所具有的对应、认同、想象、幻觉等隐秘关系，来衬托并强化女性形象的性格、自我认知和对世界的认知。

例如，王安忆在《妙妙》中塑造妙妙这一女性时，平实而又细腻地描绘了她在电影电视、报刊杂志等媒介上看到的城市女青年的服饰装扮、青年男女的幸福生活等"梦的材料"，以及她根据这些"材料"所"编织"的故事、进行的模仿和她自己也"成为电影里的女人"的"梦幻"想象等心理细节，丰富并增强了妙妙的心理活动及内在张力；海男在小说《粉色》中借助"镜子""粉色的套装""奔跑时突然回过头来冲着自己微笑"的"广告牌"等具有强烈梦幻色彩的"镜像"，塑造了祈求获得新的自我认知、个体定位及生命体验的女性形象罗韵；在小说《关系》中，海男也以类似的方式，塑造了通过由自己做香水模特的广告牌和重新发现并认知自己的镜子等媒介，发挥"过去从未有过的想象力"，幻想出的一个新鲜的、"难以驳倒的"、具有"某种欢乐"的自我形象的女性罗曼

---

① 张一兵：《拉康镜像理论的哲学本相》，《福建论坛》（人文社会科学版）2004年第10期。

林；丁丽英在小说《游乐园》中塑造了一个沉浸在男友给自己画的"从颜色到姿态"各式各样的裸体油画的"梦幻"中，想要"从一个崭新的角度重新发现自己"、审视与欣赏这些"另一个世界里的姐妹"，并"要把她完完全全地占为己有"的女性梅子。

作者在通过"梦幻"镜像塑造这些女性形象时，往往会在女性人物与"梦幻"镜像之间，安排一到多个男性人物穿插其中，在适当的时间、地点，或暗示、促使这些女性寻找那个以前从未发现过的自己，或提供给她们建立自我"梦幻"镜像的途径（如当广告模特等），或配合她们完成对自我的重新认知，以建构新的"梦幻"，或主动拆解这些女性人物的"梦幻"。

例如，在《游乐园》中，丁丽英塑造了一个夹在梅子和其"梦幻"镜像之间，时刻为作者的叙述主旨服务的男性角色——朱明浩。正是他激发了梅子这个农村招工来到城市的姑娘的想象和激情，帮她实现了吸引男人、成为模特的"梦想"，并用油画为她打开了"一扇扇大小不一的通往天堂的门户"；但也正是他最后导致梅子怀孕流产，将她推进"难以弥补的忧伤"。在《关系》中，作者围绕女主人公罗曼林及其"梦幻"镜像，设置了夏雨飞、音乐民、王涛三个男性角色，其中，罗曼林对男友夏雨飞，以及目前生活状态的麻木和厌烦，与老同学音乐民欣喜邂逅后受邀请拍香水广告、做广告模特等情节，为塑造和突出表现罗曼林对自我"梦幻"的渴求，做了铺垫；而成为广告模特后的罗曼林被夏雨飞的主治医生王涛暗恋的情节，也在一定程度上强化了罗曼林对镜子和广告画中的"自己的另一种形象"的陶醉和自恋；最后，通过罗曼林发现音乐民对其女友不负责任，夏雨飞与王涛纷纷与别的女人结婚成家等情节的设置，作者逐步拆解了罗曼林的"自恋"之"梦幻"，同时也在一定程度上使罗曼林陷入"梦幻"破灭的失落和自省之中。

　　与留恋自己"水中的倒影"的那喀索斯的内在心理机制相同，"自恋"也是这些借助"梦幻"镜像塑造的女性形象共有的心理倾向。但这并非是那喀索斯式的纯粹"自恋"。她们虽然普遍具有把"自身当作一个爱恋对象"[①]，"虚荣""自我崇拜"[②]等心理特征，但其自身却并非是她们唯一的关注点，此外，还有围绕在她们身边，给予她们信心、想象力和"梦幻"的男性人物。从某种意义上说，这些女性对自身的爱恋与对男性的爱恋，是相互缠绕、混淆在一起的。对自身的认知、对所爱恋男性的态度，以及二者之间的复杂关系，使得她们在"自恋"的同时，常又显现出一定的"自卑"倾向，二者交织在一起，呈现出有迹可循的事序逻辑[③]：小说的初始情境大多是女性人物存在自卑心理或具有自卑倾向，其主要表现是女主人公对自身身份、生活现状的不认同。例如，妙妙和梅子对农村身份的不认同和急于改变；罗韵、罗曼林对恋爱与婚姻现状的不认同等。继而，与女性"梦幻"镜像直接相关的男

　　① Grunberger, Bela. *Narcissism: Psychoanalytic Essays*.Tran.by Joyce S.Diamante. New York: International Universities Press, 1979,p.1-2.
　　② 1911年，奥地利精神分析学家奥托·兰克(Otto Rank)在弗洛伊德对"自恋"进行解析的基础上，进一步将"自恋"概念扩展，涵括了虚荣和"自我崇拜"的概念，转引自蒋虹：《凯瑟琳·曼斯菲尔德作品中的矛盾身份》，中国社会科学出版社2004年版，第83页。
　　③ "事序结构"是俄国形式主义学派"所用的最不引起争论的名词"，"可以界定为故事内'事件的描写'，更为准确地说，'事序结构'可以解释为动作依照时序和因果关系的呈现。"([荷]佛克马·易布思：《二十世纪文学理论》，袁鹤翔译，香港中文大学出版社1985年版，第15—16页。)许子东教授在《为了忘却的集体记忆——解读50篇文革小说》一书中，提出了"事序逻辑"的说法，并将"事序"界定为"造成主人公处境变化的事件的顺序"。(许子东：《为了忘却的集体记忆——解读50篇文革小说》，生活·读书·新知三联书店2000年版。)

性人物出现，在叙事中造成情境的变化，女性人物的自卑倾向开始获得改善，例如，妙妙遇到了北京男人、梅子遇到了画家朱明浩、罗韵遇到了广告人余刚、罗曼林遇到了老同学音乐民等；其后，"梦幻"镜像逐渐出现和形成，这些女性人物也因此而改变了自卑状态，进入"自恋"阶段。而当情况再次变化，男性人物"撤出"时，女性人物的"自恋"也告失败。

不难发现，这些女性人物从"自卑"到"自恋"的每一步转换，都与男性人物密切相关。从对自身身份与生活现状的不认同，到对"梦幻"镜像的虚幻认同的背后，始终有一双男性的"眼睛"在凝视她们。

海男在《关系》中曾分别通过音乐民和罗曼林的"眼睛"，表现了在面对女性的"梦幻"镜像时，两性的不同反应：

> 他们(音乐民和罗曼林)在进入街心花园之前一直保持着沉默，直到他们都相继抬起头来，广告人音乐民看到了自己的制作展现在夜色笼罩之下的广告牌上，那是香水瓶、罗曼林迷惘的双眼，那是颜色、香水、选择以及为千千万万女士提供重要梦幻的时刻，那是女人最完美的时刻，她给男人和女人都带来了同样的沉醉和诱惑，而香水广告模特儿罗曼林在抬头的那瞬间，夜色弥漫使她激动，她从没有在夜色弥漫之中来到街心花园审视自己：在广告牌上是自我的难以驳倒的一个梦，它也许是千万人的梦，但在保持绝对平静的时刻，那个梦是单独的，也是孤寂的梦，在广告牌上她看到了自己作为女人正在保持着一个女人最基本的东西，那就是自己的另一种形象，她在这形象中看到了某种欢乐。

对罗曼林来说，"镜像阶段是一个主体营造的梦境，陷于空间的身份识别的诱惑，即以片段的身体影像换取完整的形象认同。"[1]她正是通过呈现"在广告牌上"的"片段的身体影像"，这一自我的"梦幻"镜像，来换取并获得"自我"的"完整的形象认同"的，这是音乐民为她营造的"单独的""孤寂的""难以驳倒的"自我"梦境"，她希望也仅能够借此"满足真实的需求和欲望"[2]，并获得"某种欢乐"和愉悦；而对广告人音乐民来说，这个"梦幻"镜像则是他一手制作的，其呈现的是男性对女性的凝视、幻想之中的"女人最完美的时刻"。

也即是说，这些女性形象及其"梦幻"镜像，处在多重"眼光"的复杂"凝视"之下：作为梦幻主体的女性人物，对"梦幻"进行的欣赏、满足、自恋的"眼光"；作为"梦幻"镜像的制造者和欣赏者的男性，对女性人物及其"梦幻"镜像欣赏、沉醉的"眼光"；"梦幻"镜像中的"他者"女性形象，对女性人物自身的审视、反观的"眼光"。这些互相交错、重复折叠的"眼光"有一个共同的尺度，即男性审视女性的标准。

归根结底，对这些女性形象而言，"自恋"其实是一种"她恋"，即对以男性的"女性梦想"为标准，形成的"拟我"的一种爱恋。男性标准始终是操纵这些女性形象及其"梦幻"镜像的"无形的大手"。这也正是她们的"自恋"总是会因相关男性的撤出而失败的主要原因。

————————

    [1] Williamson, Judith.*Decoding Advertisement: Ideology and Meaning in Advertising.* London: Marion Boyars, 1978,p.64.

    [2] Thorn ham, S. *Feminist Theory and Cultural Studies: Stories of Unsettled Relations.* London: Arnold, 2000,p.90.

值得肯定的是，现代女作家在通过"梦幻"镜像书写与塑造这类"自恋"女性形象时，大多具有清醒的反思意识，表现出对这类女性形象既同情又批判的书写态度。有时，她们还在文本中书写这些女性人物在经历了"自卑""自恋"阶段后的"自审"意识。

例如，丁丽英在《游乐园》的开头和结尾处，分别以对比、映照的方式，描绘了梅子到工厂对面的游乐园中去寻找自我，这反映了她在两种不同的人生阶段所表现出的不同的精神需求。前者是从农场招工来到城市的梅子，因自卑而在游乐园中舒展心情，寻找"一种完全陌生、更开阔的生活"的场景；后者则是因男友的抛弃而导致"梦幻"镜像破碎的梅子，在游乐园中"寻找勇气"，审视自我，并重新构画自我的场景。曾经需要通过经男性眼睛折射后的"梦幻"镜像来获得自信的梅子，在成长中构画并想象了一幅新的自我镜像：

> 一个粉红色皮肤的小姑娘的裸体——她的肤色可一点也不是由于寒冷，而是由于兴奋——她的柔软的腿，坚定地朝前迈开，脸孔也朝着这个方向。她有着浓密的毛发，软绵绵的腹部和臀部。她的胸部正在发育，但好像出于怀旧的愿望，那几乎不成形的乳房长久地停留在变化过程中了。她的额头异常纯净，嘴巴紧紧闭住几声惊讶的呼喊。她的两条光滑的臂膀微微前伸，但更像两只尚未完全横向展开的翅膀，以便帮助她的躯体凌空腾跃起来。

从性感的裸体女人到心地纯洁、渴望飞翔的"小姑娘"，梅子"梦幻"镜像的改变，传达出其自身精神层面的内在变化和成长。

二、"梦幻"女性人物的对位关系:"纯洁"与"放荡"的
复杂变奏

"对位"(Counterpoint),是音乐学上的术语,指的是把两个
或几个有关但是独立的旋律,合成一个单一的和声结构,而每
个旋律又保持它自己的线条或横向的旋律特点。这一术语也可
以应用在文学研究与批评中。如后殖民主义理论的代表人物爱
德华.W.萨义德在《文化与帝国主义》(*Culture and Imperialism*)
一书中,曾针对 19—20 世纪的欧洲小说叙事提出"对位阅读法"
(Contrapuntal Reading)[1];巴赫金也曾借用这一术语来评价陀斯
妥耶夫斯基的作品及其人物形象。他认为,在同类概念的集合
中,如果极限的两极分别由两个人物担当,人物之间就构成对
位关系。[2]

　　这种人物之间的"对位关系",在现代中国女性小说中也很常
见。处在对位关系两极的人物形象大多是女性,且二者之间常常
呈现为一种"梦幻"的关系,既相互独立、有着各自的性格特点和
行为方式,同时又互相羡慕、互为补充、相反相成。具有代表性
的文本和女性形象有:蒋子丹在《桑烟为谁升起》中塑造的纯洁、
天真的少女萧芒与早熟、深谙妇人之道的市井小赖;铁凝在《永
远有多远》中塑造的善良、"仁义"、自卑的白大省与妩媚、"恶俗"、
"风情"的西单小六;徐小斌在《海火》《如影随形》中塑造的乖巧、

---

① 陶家俊:《"世界性"的四重变奏——从"对位阅读"论萨伊德的思想特征》,《当代
外国文学》2006 年第 3 期。
② 董小英:《再登巴比伦塔——巴赫金与对话理论》,生活·读书·新知三联书店
1994 年版,第 263 页。

听话的方菁与"娇弱""漂亮""又美丽得有点可怕"的郝小雪；林白在《致一九七五》中塑造的"纯洁""正经而寡淡、生涩"的知青李飘扬与随心所欲、"放荡不羁"的女流氓安美凤，等等。

这一系列具有对位关系的女性形象有着相似的特点：一方纯洁，一方放荡；一方深受主流文化的影响，一方处在社会文化的边缘。二者有着各自的性格特点和行为方式，既相互独立，又互相羡慕、互为补充。同一类型的女性人物关系，分别出现在不同作者、不同年代的三部作品中，虽跨越时空，却遥相呼应，在某种程度上形成了一种颇具症候色彩的互文关系，在文本之外构成一重新的意义阐释空间。

《海火》中的对位女性是"乖孩子"方菁和"美丽得有点可怕"的郝小雪。方菁很少打扮自己，不爱出风头，与男生接触时总是"莫名其妙地感到拘谨"，认为自己"在他们眼里一定是很乏味的"，但与女生在一起时，她却表现得自如随便，因为她"拿得准女孩子们喜欢我"。方菁从小就对那些善于表现自己的女性充满崇拜。"少女时代崇拜的偶像"梅姐姐，帮助方菁从羞怯、自卑境地中走了出来，后来，她又与美丽妩媚的郝小雪形影不离。郝小雪是方菁"从来没接触过的那一类人"，很爱穿"美而古怪的衣裳"，"每天都给人一种新鲜感，弄得人眼花缭乱。"方菁在内心深处对她充满羡慕，"总在不自觉地模仿她。包括她的微笑、说话、走路、听课的姿势什么的"，虽然她知道这"模仿不过是东施效颦"。

《永远有多远》中的对位女性是"仁义"的白大省和"风情"的西单小六。白大省是北京胡同长大的女孩，大方、善良、重情义、讲义气，男生都叫她"老爷们儿""白地主"。她拘谨而自卑，想追求爱情，却又总受挫。西单小六是她"最崇拜的女人"，"蔑视正派女孩子的规矩"，"经常光脚穿着拖鞋，脚趾甲用凤仙花汁染成恶俗的杏黄"，"把辫子编得很松垮"，"像是跟男人刚有过一场鬼混。"白大省时常"巴望自己能变成西单小六那样的女人，骄傲、貌美，让男人围着，想跟谁好就跟谁好"，她还偷偷"学着西单小六的样子松散地编小辫，再三扯两扯扯出鬓边的几撮头发"，这时的白大省总是"亢奋而又鬼祟，自信而又气馁"。

《致一九七五》中的对位女性是先进知青李飘扬与落后女性安美凤。李飘扬的中学时代正赶上"文革"，她与大多数孩子一样，严守纪律，认真劳动，主动要求进步。安美凤却"是一个异数"，"胆大妄为，经常旷课"，"不思悔改。"关于安美凤的传说有很多，她使"我"感到"非同一般，妖气缭绕，不可捉摸"。尽管如此，"我"却"暗暗希望自己成为安美凤"，"不管安美凤多么落后，生活作风多么不正派，我还是与她混在了一起。"

这些对位女性人物有着相似的性格特点和文化背景：一方纯洁，一方放荡；一方深受主流文化的影响，一方处在社会文化的边缘。以纯洁为主要特征的方菁、白大省、李飘扬深受传统文化的影响，按部就班、循规蹈矩，顺应社会行为规范；以放荡为主要特征的郝小雪、西单小六、安美凤则离主流文化较远，处于社会文化边缘，常被归属到市井、流氓、小混混之列。三部作品还不约而同地将她们的内在关系设置为纯洁女性以放荡女性为"梦幻"或"梦魇"的对象。在此，"梦幻"和"梦魇"所表征的人物关系，折射的是前者对后者或羡慕或厌恶的隐秘心理。

梦幻、想象、羡慕、模仿等都是积极的心理活动，当个体在生活中遭遇挫折或面临压力性事件时，常会产生类似的应激心理以调节失衡的内在世界。白大省在恋爱不断遭遇挫折时，对在男性世界穿梭自如的西单小六万分羡慕；先进正派的李飘扬，对如狐狸一样魅惑人的安美凤充满艳羡，常幻想有"一只狐狸精，生长在安美凤的身上，但在某一个晚上，它在我的身体里进进出出"。这是激荡在纯洁女性内心深处的心理暗流，正如白大省的内心独白：

这个染着恶俗的杏黄色脚指甲的女人，她开垦了我心中那无边无际的黑暗的自由主义情愫，张扬起我渴望变成她那样的女人的充满罪恶感的梦想。十几年后我看伊丽莎白·泰勒主演的《埃及艳后》，当看到埃及妖后吩咐人用波斯地毯将半裸的她裹住扛到恺撒大帝面前时，我立刻想到了驸马胡同的西单小六，那个大美人，那个艳后一般的人物，被男男女女口头诅咒的人物。

纯洁女性的梦想，不仅在有限的空间内缓解了她们因循规蹈矩、寡淡正经而导致的情感伤痛，还在纯洁与放荡间架起了一座隐秘的桥梁，于无形间僭越了传统性别规范的女性身份定位。

这同时也是纯洁女性挥之不去的"梦魇"，在文本中表现为对放荡女性的厌恶。方菁觉得郝小雪自私甚至有点儿阴险；白大省觉得西单小六"恶俗"，梦想成为西单小六是一种见不得人、"充满罪恶感"的念头；李飘扬悄悄地认为安美凤"妖气缠绕""不可捉摸"。这些心理细节都凸显了传统性别文化对纯洁女性的规训与内化。所谓"放荡"女性，实质上指的是蔑视社会道德规范、听从内心感受以获得自我满足的女性。在这里，纯洁与放荡是一种和道德与不道德相对应的二元对立，纯洁女性在道德的框架内按部就班，放荡女性的自由、浪漫、享受有着致命的吸引力，但那是不符合道德标准的，纯洁女性在相应的社会负面评价面前望而却步，陷入怨羡交织的心理困境，这是想要突破旧有文化规范女性的两难境地。

三部作品正是通过纯洁女性对放荡女性的幻想、羡慕、模仿甚至怨恨等心理细节，将纯洁女性放置到道德与欲望的夹缝中，并通过一系列生活事件凸显了她们艳羡自由又固守道德、欲摆脱"纯洁"又不得不压抑欲望的隐秘矛盾，淋漓尽致地反映了深受传统思想禁锢的女性，在纯洁、道德、仁义等传统规范面前的压抑扭曲等复杂心理体验。

三部作品在对位女性形象的塑造方面有着共同的特点，以"梦幻"为中介，通过对位女性人物之间的梦幻关系，揭示纯洁与放荡间的隐秘联系。这与中国文学传统中对纯洁与放荡两类女性形象的书写有较大不同，体现了现代性别观念对女性心理和创作的影响。

在传统文学作品中，纯洁与放荡女性形象屡见不鲜，前者主要是在传统宗法伦理的禁锢下从一而终、殉夫守节的节烈女性，后者则主要是可供男性玩赏的美女、歌妓、狐仙等女性形象。二者大多分立呈现，交相呼应，在一定程度上构成了女性形象两极化的文化传统，分别体现了以男性为中心的传统社会文化对女性的双重要求：贞洁与性感。贞洁强调的是女性之于男性的归属权，以及男性对女性的道德要求；性感则突出了女性之于男性的色相诱惑与性别吸引。二者具有鲜明的两极性；相互排斥又相依而生。中国古代文学"对'女色'形象的塑造无论数量还是质量都远远超出对'女贞'形象的塑造"①，这种现象在现代文学创作中依然多见，主要出现在男性文本中，是男性创作心理对女性性感形象的一种文学消费。

在部分传统文学作品中，纯洁与放荡某些时候也会集中在同一女性人物身上，表现出从纯洁到放荡或从放荡到纯洁的两极转换。如《金瓶梅》对潘金莲和《杜十娘怒沉百宝箱》对杜十娘形象的塑造。尽管在《水浒传》"武松杀嫂"故事中，施耐庵曾用寥寥数笔描写了潘金莲从纯洁到放荡的转变，但从她"不肯依从"到"这婆娘到诸般好，为头的爱偷汉子"，转变很突兀。在《金瓶梅》中，兰陵笑笑生则较为详细地书写了促使潘金莲转变的现实遭遇和心理波动：早年丧父，九岁被卖入招宣府做家伎，十五岁转卖给张大户，因遭家主婆嫉妒，嫁给"甚是憎嫌"的武大，从此开始破罐子破摔，"勾引浮浪子弟。"杜十娘误落风尘，历经七年，"韫藏百宝，不下万金"，希望拯救自己。她选择李甲托付"从良之志"，但李甲却以千金之资将她卖给孙富。可见，从纯洁滑落为放荡易，从放荡重归纯洁却很难，但不管是何种转换，她们都不得不背负"放荡"的罪名，承受强大的伦理体系和社会舆论的道德谴责与身心压迫。两个女性生存本相背后所隐匿的传统性别关系模式，以及由此产生的双重审判标准昭然若揭。虽然两部作品对女性人物的书写，都触及到了这一层面，但却未能从女性生命体验的角度给予深刻的理解与同情。

纯洁与放荡的两极转换，在现代女性小说创作中得到了近一步的发展。张爱玲在小说《白玫瑰与红玫瑰》中，试图将纯洁与放

① 王纯菲：《女贞与女色——中国古代文学两极女性形象并存的民族文化缘由》，《东方丛刊》2007年第2期。

荡融入变化着的同一女性形象中，小说以男主人公佟振保为叙事焦点，塑造了由放荡转向纯洁的"红玫瑰"王娇蕊和由纯洁滑向放荡的"白玫瑰"孟烟鹂两位女性，并由此生发出经典传世的感叹：

> 也许每一个男子全都有过这样的两个女人，至少两个。娶了红玫瑰，久而久之，红的变成了墙上的一抹蚊子血，白的还是"床前明月光"；娶了白玫瑰，白的便是衣服上沾的一粒饭粘子，红的却是心口上一颗朱砂痣。

张爱玲的这句名言，生动地揭示了男性对女性的双重欲求，以及道德规训中的自相矛盾性，体现了作者对传统女性纯洁与放荡两极角色的质疑和反叛。

将纯洁与放荡女性进行对位书写，是当代文学试图打破纯洁与放荡两极局面的另一种探索。《海火》《永远有多远》《致一九七五》即属此列。三部作品尝试以"梦幻"为中介，对纯洁与放荡对位女性形象进行塑造，这里的"梦幻"指的是做梦或与梦的特质相类似的想象、幻想等。作为一种较为常见的生理和精神现象，"梦幻"时常表现为梦幻主体内在体验或欲求的外在流露，文学文本中的"梦幻"则往往在必要的时刻，承担着表现梦幻主体内在体验或欲求的文本功能。在三对对位女性形象的塑造中，"梦幻"的中介和表征功能是比较重要的一环。《致一九七五》在这方面表现得最为明显。

在《致一九七五》中，李飘扬也即"我"对安美凤的叙述，生动地表征了纯洁女性对放荡女性的"内心狂想"。小说有两个小节：

"我想成为安美凤"和"狂想骑在红马上",都叙述了想要成为"先进知青"的"我",对我行我素、生活作风随便的安美凤的艳羡,以及"我"在"插队年代里隐秘的梦想":

> 总而言之,不管安美凤多么落后,生活作风多么不正派,我还是与她混在了一起。星月朗朗,我和安美凤骑在白马上,沥青在月光下闪着微光,马尾松的枝条像柳树一样婀娜,我和安美凤骑在同一匹马上,我在前面,美凤在后面,看起来就像是她在搂抱着我。但我又觉得自己应该骑一匹红马,安美凤骑了白马,我就要骑红马,骑了红马就应该穿一身白衣,像《白毛女》下半场喜儿的衣服,白衣飘飘,红马奔驰,这就是我插队年代里隐秘的梦想。

· 110 ·

在这部小说中,"我"表征的是主流社会文化对女性身份的定位,安美凤表征的是女性的本真存在,二者之间的错位,引发了"我"的"角色焦虑"和"角色反抗"①,想成为安美凤的"幻想"和对安美凤恋爱细节的想象,则成为缓解焦虑的一种心理性行为。比如,谈到安美凤与李海军毫无禁忌地恋爱,"我"一面认为是不道德的,一面又忍不住幻想他们在一起的情景。可以说,放荡女性对身体的尊重与认可,打开了纯洁女性被禁锢与压抑的欲望豁口,并在某些时刻充当了纯洁女性内心深处叛逆梦想的外在表征,是纯洁女性掩藏起来的另一个自我。

在纯洁与放荡对位女性形象的塑造中,"梦幻"起着举足轻重

---

① [美]朱迪思·劳德·牛顿:《历史一如既往? 女性主义和新历史主义》,张京媛编:《新历史主义和文学批评》,北京大学出版社1993年版,第204页。

的作用，它像一面哈哈镜，折射出受传统性别观念影响较深的纯洁女性，在传统与现代、道德规范与欲望表达等方面的内在矛盾与复杂体验。

从文学作品对纯洁与放荡女性的书写发展历史来看，这三部作品对纯洁与放荡对位女性形象的塑造，有着重要的文学史意义，主要表现在以下几个方面：

首先，将纯洁女性与放荡女性分别看作独立的个体，肯定了她们源于本体需要的生命欲求。在中国传统文学话语中，纯洁与放荡女性都是基于男性的需要而存在的，其独特的情感体验和生命欲求时常被遮蔽。即使在那些描写女性在纯洁与放荡间转换的作品中，对社会现实的批判与讽刺，也压过了对女性人物的理解与同情。但在这三部作品中，无论是纯洁女性还是放荡女性，都是独立的个体，纯洁女性对放荡女性的模仿、想象，放荡女性对爱情和欲望的大胆追求等，都对原本需要压抑的女性生命欲求，做出了充分的肯定，并对传统观念中的"放荡"内涵重新做了审视与新的文学表征。

其次，将纯洁与放荡两种因素看作人性的不同层面，对在道德自律和本体欲求之间挣扎的纯洁女性，给予了特别关注。传统文学话语中的纯洁与放荡分别表征的是男性对女性的双重需求，但这种双重需求在女性生命体验中，却是被分割开的，纯洁女性不能有所谓"放荡"的想法，放荡女性也与纯洁南辕北辙。事实上，纯洁对女性而言是一种社会道德需求，所谓"放荡"则是个体生理需求的表现，二者之间并不矛盾，但传统性别话语却将之两极化，从而割裂了作为个体的女性的人性内涵。虽然一些小说触及到了放荡女性对传统宗法伦理的蔑视和对本体欲求的张扬，但所谓"放荡"之于纯洁女性的生命意义，却鲜有关注。本书论述的这三部作品却有所突破。

最后，以"梦幻"为中介沟通了对位女性的内心体验，深刻揭示了纯洁与放荡间复杂隐秘的内在联系。"梦幻"是传统女性文学创作中出现频率较高的书写内容，其中，深处闺阁的女子在"梦幻"中思念男子的场景最为常见，某些情况下，也会有大胆女子借"梦幻"，表露被压抑的情思和欲望，如明代女子戴伯龄在《寄林士登》二首、《再寄士登》二首中书写的"默默倚栏干，无缘对面看"的感叹和"若逢元夕夜，便可对巫山"的幻想。如此大胆的情欲吐露，肯定是不被传统封建礼教所容的，戴伯龄自觉无颜，自缢而死。虽然结果凄惨，但其借助"梦幻"书写压抑情欲的文学表达方式却被后世作家一再沿用。《海火》等三部作品即创造性地以"梦幻"为中介，沟通了纯洁与放荡女性间的隐秘联系，将二者容纳于女性流动的心理体验之中，不仅有效开拓了"梦幻"的文本功能，而且借助对位女性人物的"梦幻"关系，深刻透视了纯洁与放荡的二元对立关系中，复杂隐秘的社会性别文化内涵。

三部作品还存在着一个更为有趣的共同点：采用第一人称"同故事"限制性叙述视角，并将叙述视角聚焦于纯洁女性人物一方，也即叙述者"我"与纯洁女性人物有着密切的关系，《海火》中的"我"是方菁；《永远有多远》中的"我"是白大省的表姐；《致一九七五》中的"我"是李飘扬。这意味着三位作家都与纯洁女性人物的价值立场更为贴近。但由于作品创作时的社会文化思潮有较大的不同，三位作家的性别观念和女性意识也不完全一样，因此，每部作品的创作意图和表现形式并不完全一致。

20世纪80年代，"当人们终于发现人的理性之外时时都有一种干扰自己的行动的非理性意识时；终于认识到恶并非人的性格缺陷，而是一种人性的基本事实时，人们开始承认人的心理潜结构，并试图探索这一禁区，于是就产生了某种意义上的心理小说或心态小说。"①《海火》就是这一文学思潮的产物，只不过徐小斌更为敏感地在人性问题中，看到了女性不同于男性的精神困境。也即，《海火》创作的出发点是人性，落脚点却是现代女性人格面具②与爱欲本能③的矛盾，方菁与郝小雪则分别表征了现代女性的人格面具与爱欲本能。这从方菁的内心独白可窥见一斑：

　　我是从工厂考上大学的。初中毕业后我在一个粮食加工厂干了四年，已经出师、调级，当了二级工，带工资上学。厂里给了我一个极好的鉴定，这并不稀奇。从幼儿园开始我就一直在受着别人的夸奖，在他们眼中我是个乖孩子。

113

　　可实际上我并不乖，这一点，只有我心里明白。当我恪守着各种规则的时候，我心里总有个什么在发出相反的呼喊。这个叛逆被我牢牢锁在心灵铁窗里，一有机会便要越狱逃跑。我表面上越乖越听话，越遵从这个世界教给我的各种戒律，我心里的那个叛逆就越是激烈地反抗。我狠狠地给它以惩罚，决不让它的欲望得逞。后来，它终于不再挣扎了，它麻木了，匍匐在那儿，萎缩成可怜的一点点儿，然而却无

　　①　张抗抗：《心态小说与人的自审意识》，《文艺报》1987年8月29日。
　　②　人格面具是荣格的精神分析理论之一，主要指的是一个人在公众道德的规范下公开展示的符合社会主流标准的一面。
　　③　法兰克福学派左翼的主要代表人物赫伯特·马尔库塞（1898—1979）在《爱欲与文明》一书中，吸收了弗洛伊德关于无意识理论的基本观点，提出爱欲作为人的生命本能是人的本质，但人们为了生存不得不对这种本能加以压抑。参见[美]马尔库塞：《爱欲与文明》，黄勇、薛民译，上海译文出版社2005年版，第224页。

法消失，于是我便警惕着。

但做一个好人毕竟很难。当了好人，便要永远当下去，不能中途改变。改变了，还不如从来不当好人。我悄悄羡慕着哥哥轻松散漫的生活，真想再重活一次，以别的面目出现。

在别人眼中，"我"是个乖孩子，"可实际上我并不乖……当我恪守着各种规则的时候，我心里总有个什么在发出相反的呼喊。这个叛逆被我牢牢锁在心灵铁窗里，一有机会便要越狱逃跑。"在"我"需要恪守与遵从的各种戒律中，"纯洁"是一项重要内容，它是男性社会文化对女性的道德要求，也是现代女性人格面具的内涵之一。"我"想要叛逆逃跑，是因为这一戒律压抑了"我"的爱欲本能。"我""心里锁着的那个家伙"总"搅得我神不守舍"，不知道"'好'和'坏'的界线究竟在哪儿"，只能在内心深处"激烈地反抗"。郝小雪是"我"的"幻影"，是从我"心灵铁窗里越狱逃跑的囚徒"，是"我"掩藏起来的另一个自我，是我想要再重活一次的那个"别的面目"。她代表了"我"在社会道德规范下不能也不敢越界的东西，诸如对美丽、性感以及所谓"放荡"等本体欲望的自觉追求。

方菁与郝小雪其实代表了作为个体女性的一体两面，二者在人性中都有属于自己的位置，是不可割裂而存在的，然而现实规范的压抑，使得二者常处于割裂状态。这种人物关系模式的书写，不仅与时代文化思潮联系密切，还与徐小斌年轻时"对于朦胧初起的性意识陷入的一种渴望、恐惧与弃绝的矛盾与危机"[1]有关，她

---

① 徐小斌：《逃离意识与我的创作》，《当代作家评论》1996 年第 6 期。

借助于这样的人物关系，表达了对深受传统性别观念侵害的纯洁女性的深切同情，对压抑人性的男性社会文化的痛彻批判。

《海火》与《致一九七五》的叙事者都是纯洁女性，只有铁凝在《永远有多远》中，选择了白大省"表姐"这一个不远又不近的人物作为叙事者。这与铁凝独特的女性意识不无关系。她曾说："我本人在面对女性题材时，一直力求摆脱纯粹女性的目光，我渴望获得一种双向视角或者叫做'第三性'视角，这样的视角有助于我更准确地把握女性真实的生存境况。"①虽然《永远有多远》中并没有明显的"第三性"视角，但白大省"表姐"作为一个既是知情者又是旁观者的叙事者，却切实地承担着"第三性"视角所具有的既跳出故事又审视故事的双重功能。

选择这一叙事视角有明显的优势。它与《海火》将放荡女性处理为纯洁女性心灵幻影的叙事方式有较大不同。在表姐的叙事口吻中，白大省与西单小六都是独立存在的个体，放荡女性不再依附于纯洁女性而存在，而是有着自己独特的生命内涵。同为女人，仁义的白大省与妖娆的西单小六是如此的不同，她们都住在驸马胡同，家庭环境、成长氛围、个性特征等却差别很大，是在男性社会文化中形成的截然不同的两极，按理说应少有交集，但事实上却有着隐秘的联系：西单小六是白大省最崇拜的女人，但白大省清醒地知道她永远也变不成那样的女人。这种隐秘联系在白大省表姐的叙述中，显得更为真切、客观，更能博得读者们的同情与认可。

这一叙事视角也有它的局限。铁凝曾在一篇《创作谈》中谈到

---

① 铁凝：《玫瑰门·写在卷首》，《铁凝文集》第 4 卷，江苏文艺出版社 1996 年版，第 1—2 页。

白大省与西单小六的关系："白大省已然成为的这种人却原来根本就不是她想成为的那种人。而她梦想成为的那种人又是如此的渺小，不过是从前胡同里一个被人所不耻的风骚女人'西单小六'。白大省的这种秘密梦想就不免叫人又急又怕。"①从这段话我们可以得出这样的认识，纯洁女性白大省非常矛盾，对放荡女性既羡慕又不屑；放荡女性西单小六位置尴尬，既让人羡慕又"被人所不耻"；作者认为放荡女性"如此的渺小"，对怨羡交织的纯洁女性"又急又怕"。这也是铁凝选择白大省的表姐作为叙事者的原因所在：她既是知情者，又是旁观者；既同白大省有共同的生活经历，又在外貌、爱情、事业等方面都优于白大省；既与纯洁女性价值立场贴近，又与放荡女性存在着审视的距离。与放荡女性在文化格局中的尴尬位置相对应，以纯洁女性为聚焦点的叙述也显得极为尴尬："我"认可并同情白大省对西单小六的秘密梦想，同时又不自觉地对与"我"所处社会阶层截然不同的西单小六充满不屑。

其实在《海火》中放荡女性的位置也比较尴尬。这与作者选择纯洁女性为叙事者有很大的关系。叙述视角指的是叙述者观察世界的特殊眼光和角度，"它错综复杂地联结着谁在看，看到何人何事何物，看者与被看者的态度如何，要给读者何种'召唤视野'。"②它往往是作者与文本内容、人物形象等之间的心灵结合点，不可避免地包含并体现着作者的性别观念和叙事态度。《海火》中的纯洁女性和放荡女性之间，就存在着看与被看的关系，纯洁女性不仅发自内心地看到并羡慕放荡女性的漂亮妩媚、性感魔力，同时也看到了放荡女性的阴暗自私，甚至还不由自主地将

---

① 铁凝：《永远的恐惧和期待》，《铁凝散文》，浙江文艺出版社2001年版，第270页。
② 杨义：《中国叙事学》，人民出版社1997年版，第191页。

其置于道德的天秤上进行审判，并不断反省自己的艳羡心理。

例如，"我"一直"不自觉地模仿"着郝小雪，但有一天"我"发现她竟然偷东西：

> 我不相信自己的眼睛，她大概也不相信，起码是做出不相信的样子……小雪在说这话的时候，从容不迫，还带着种轻蔑的笑容。她的笑向来是迷人的，可今天我才发现那迷人的妩媚中似乎还藏着一种邪恶和狠毒。我眼睛都变凉了，突突地冒着冷雾，眼前模糊起来。那胖女人听了这话，便不再做声了，紧紧地裹了件旧袍子，系上腰带，仍坐在原先的藤椅上，一只手撑着前额，一动不动，小保姆便拿了一沓钱递给小雪。小雪收了钱，笑吟吟地不知轻轻说了句什么，就离开了，直到门响，我才下意识地闪过一旁。小雪并没注意我，她把那只装着书的织锦袋绕在手臂上，一甩一甩地，活泼泼地走进黑暗里。
>
> 我的心也完全沉浸到黑暗里，像是被一个邪恶的梦窒息了。我体内流动着循环着的那一切统统凝固了，周围的真实存在似乎成了一片虚幻，我甚至不敢迈脚踏上那石阶。我搞不清它是真的还是幻影，好像一踏上它，就有可能突然落进万丈深渊。在黑色的梦魇里，一个蛇发少女揭开面纱，发出狞笑。
>
> 但愿这一切都不是真的！

"邪恶""蛇发少女""面纱""狞笑"，这些常被用来形容坏人的词汇，传达了叙述者对小雪的道德批判，源自"我"真实体验的梦魇感受，与此前的艳羡心理形成了鲜明的对比，促使"我"对怨羡交织的复杂情绪做出反思。虽然叙述者对放荡女性不无理解和同情，但诸如上述对此类女性自私阴暗、道德品质等问题的书写，还是间接地传达了作者的价值判断，并流露出试图与她们拉开身份的距离的不自觉意识。

这一叙述现象表明了徐小斌与铁凝两位作家性别观念的新旧杂糅。尽管她们对纯洁与放荡女性形象两极化的文学传统，融入了现代意识的改写，对女性文学书写也有较大的反思和突破，但不可否认，就这个问题她们仍存在着一定的困惑和局限。

《致一九七五》有所突破。虽然安美凤与郝小雪、西单小六一样与主流文化格格不入，但林白并没有将她放置到道德的天秤上审视和审判，而是将她作为李飘扬回忆中的众多"他者"之一，以纯洁女性为视点，展示了她身上与扭曲年代极为不符的茁壮生命力，并从个体生命价值的角度，断续交代了安美凤在时代流转中的命运波折。与此同时，李飘扬对安美凤的感受与评价，也在发生变化，1975 年的李飘扬对安美凤既羡慕又害怕，在她多年以后的回忆里，安美凤却有着异样的光芒：

> 多年后我意识到，安美凤没有被毁掉，她的青春年华是开出花的，她既懒散，又英勇，她的花开在路上，六感和六麻，香塘和民安的机耕路，自行车和公鸡，五色花，和左手，和土坎，到处都是她的花。

可以说，将放荡女性的位置尴尬，化解在纯洁女性的成长与回忆中，是《致一九七五》较为成功的一笔。很长一段时间，林白的作品都与"私人化写作"这个标签联系密切，在这些作品中，男权社会和男性也一直是对立于女性"自我"的"他者"，而在《致一九七五》中，"自我"成为淹没在历史洪流中的女性生命个体，安美凤则仅仅是与这个独立"自我"构成各种关系的"他者"之一。

按照这个思维逻辑，三部作品的相异之处变得愈加明显，《海火》中的对位女性是"自我"与另一个"自我"的关系，《永远有多远》是以"第三性"为视点的一个"他者"与另一个"他者"的关系，《致一九七五》则是作为独立个体的"自我"与"他者"之一的关系。虽然三位作者有着相似的价值立场，但由于女性意识、创作意图等方面的不同，对位女性人物之间呈现出了不同的逻辑关系，生动地表征了她们对女性主义的不同理解，对相同女性生命体验的不同视角、不同层次、不同深度的关注与书写。

从三部作品的诸多细节中，我们还可以窥破一种意蕴深厚的文学现象，女作家处理道德敏感问题时，常会以"犹抱琵琶半遮面"的写作姿态，掩盖自我价值立场的尴尬。纯洁与放荡的复杂变奏只是其中一种表现。这可说是女作家们经历的一种独特的集体创作经验，归根结底还是潜伏在人们思维深处的传统性别观念在作怪。

首先，作家自身很难真正撇清传统性别观念的印痕。在文化传统、性别观念、创作心理、阅读期待等各种力量的相互作用下，她们在作品中处理道德敏感问题时，会不自觉地出现价值立场自相矛盾的情形。比如，本书所论述的三部作品，叙述者不可能完全放弃对作风迥异的对位女性人物的道德判断；作家在创作时既想要书写和呈现类似的女性心理困境，又想要千方百计地与放荡女性人物拉开距离，以避免被误读。

其次，道德敏感问题本身即处于传统性别关系模式二元对立的一极，其文学书写很难走出这种思维陷阱。就本书所涉及到的道德敏感问题，如妖娆自私、与男性关系开放等而言，在传统性别关系模式中都处于社会推崇行为方式的对立面，是触犯社会道德规范的内容。以往的文学创作对此类问题的处理，也常出现两极化情形，要么站在社会伦理规范的立场进行道德抨击，要么完全无视社会伦理规范的约束，直白书写女性身体。前者以道德约束压抑了个体生命体验，后者又因对个体欲望的张扬，再次迎合了男权文化对女性的身体消费。而这三部作品却另辟蹊径，主要从心理层面书写女性在纯洁与放荡间的隐秘挣扎，既有效地规避了男性消费眼光，也揭开了女性掩埋较深的集体困惑，纵然如此，却也很难避免陷入困境。

最后，个人经验与集体经验对接过程中遭遇道德敏感问题的伏击，发生了较难察觉的移位。"历史的真实书写依赖于集体经验的书写，而集体经验的书写依赖于个人经验的书写。"[1]但对个人经验的书写并不能直接抵达集体经验，需要较好地对接才能造就好的文学作品。有意思的是，在有关道德敏感问题的文本中，对接常会错位。这一点在这三部作品中表现较为明显，对于以纯洁为本位的女性而言，对放荡的隐秘纠结仅仅是一种心理活动，虽然不时会有自我道德谴责，但并没有公然抵触道德规范；而对于想要通过个人经验，书写传达女性集体经验的作者而言，就不得不考虑自己的价值立场和阅读期待中的道德

---

① 曹文轩：《小说门》，作家出版社 2003 年版，第 38 页。

压力，从而努力把自己从集体经验中隐退出来，以避免不必要的尴尬，错位就此产生。

如何才能将错位对接呢？三位作家也在寻找答案。她们在作品中对道德敏感问题的处理方式相差很大。《海火》通过方菁的自我反省、对郝小雪的道德批判，以及叙事者时或流露的负面叙事等，将道德敏感问题归结为人性中阴暗的、需要压抑和清除的内容，从而试图与方菁羡慕的人性自由层面撇清关系。《永远有多远》则干脆选择白大省"表姐"为叙事者，对白大省和西单小六分别作出审视，这当然也包括对西单小六种种"被人所不耻"的道德敏感行为的审视。在《致一九七五》中，作者和叙事者都没有对安美凤和她的行为做道德评判，反而在李飘扬的回忆中显耀出异样的光芒。

显而易见，《致一九七五》对道德敏感问题的处理，纠结和尴尬最少。这是因为相较于"自我"分裂的方菁和作为"他者"的白大省，李飘扬更是一个独立存在的个体，她对安美凤等人的回望与追忆，是从作为独立个体存在的女性"自我"的视角，对在历史中被遮蔽的鲜活个人的打捞，以及对曾经需要缄默的个体生命体验的去蔽。这其中女性"自我"的变化，确切地说是纯洁女性"自我"的变化，其实暗喻了当代女性自我意识的变化与成长，同时也彰显了女作家自身女性意识成长。

第三节 "梦魇""梦幻"与"疯女人"形象的塑造

福柯认为，"疯癫不是一种自然现象，而是一种文明产物。没有把这种现象说成疯癫并加以迫害的各种文化的历史，就不会有疯癫的历史。"①"疯癫"形成的历史，与女性"形成"的历史颇为相似。波伏娃说，"女人并不是生就的，而宁可说是逐渐形成的。"②"疯癫"这种精神疾病与文化现象也是"形成"的。这种相似性使得"疯癫"与"女性"有着天然的内在联系。"疯女人"形象作为二者的结合，也因此在中外文学传统中占有着重要的位置。

现代中国女性小说对"疯女人"形象的塑造较为集中，并且表现出一些新的值得关注的特质。其中，利用"梦幻""梦魇"等生理与精神现象的隐喻意义和"疯癫"及女性文化处境之间的相通性，来塑造女性形象的方式比较具有代表性。它不仅彰显了"疯女人"形象所表征和隐喻的女性，在以男性为中心的社会文化、家庭关系等层面所遭受的压抑、扭曲，同时也在一定程度上承载着现代女作家基于"梦幻""梦魇"等生理和精神现象的特征，对超越传统性别话语规范、与以男性为中心的社会文化期待大相径庭的意念性"疯女人"形象的文化想象。

一、"梦魇"与"疯女人"形象的塑造：从文化"梦魇"到个体"梦魇"

"梦魇"，从生理的角度讲，是指人睡眠时发生的眩晕、心悸、胸部压迫感和各种神经功能障碍等症状，它常与可怕、恐怖的"梦境"一起出现，成为人类梦幻的一种表现形式。人在梦魇时会有一种压迫感，仿佛被不可知的力量所控制，想要摆脱却无能

①　[法]米歇尔·福柯:《疯癫与文明——理性时代的疯癫史》，刘北成、杨远婴译，生活·读书·新知三联书店 2000 年版，封底。
②　[法]波伏娃:《第二性》，陶铁柱译，中国书籍出版社 1998 年版，第 309 页。

为力，既无法发出自己想要发出的声音，身体也不能自由动弹。从文化的角度讲，"梦魇"既可以用来比喻那些具有强烈恐惧感的人生经历、可怕事件，也可以用来指代那些失去主体性，被某种外在的意识形态所控制，又竭力想挣脱这种处境的人的存在状态。从这个意义上来看，"梦魇"与"疯癫"具有一定的相似性，都处在现实秩序的边缘，都表现为一种被压抑和扭曲的高强度心理变形。具体到女性文学创作中的某些书写，"梦魇"则时或会与被封锁在父权制的黑暗大陆中，没有自我言说权利、被压抑于近乎"疯癫"状态的"疯女人"形象的精神状态颇为接近。

在现代女性小说中，一些女作家时常利用"梦魇"的生理表现及其文化隐喻意义来刻画"疯女人"形象。例如，张爱玲在《金锁记》中塑造了既深处父权社会的"梦魇"，又将儿媳芝寿推入"梦魇"之中的"疯女人"曹七巧；在《半生缘》中描写了因被亲姐姐陷害、关禁闭、与外界完全失去联系，而陷入绝望、愤恨、恐怖等"梦魇"氛围的"疯女人"曼桢。张洁在《无字》中塑造了总是在睡着之后"就开始有了梦魇"，"她的屈辱、哭泣和哀叹"都能在其中"无拘无束的伸展、摊放开来"的"疯女人"叶莲子。迟子建在《晨钟响彻黄昏》中刻画了因被强奸而进退失据、精神分裂，陷入几代女性共同的暴力"梦魇"的"疯女人"刘天园。斯妤在《梦非梦》中塑造了一个总是重复做同一个"噩梦"，并尝试"在梦里杀梦中人"的"心中有鬼"的"疯女人"聂心。张悦然在《跳舞的人们都已长眠山下》中塑造了一个即将结婚，却还纠缠在死去男友的"梦魇"里寻爱的"疯女人"小夕，等等。

这些与"梦魇"有关的"疯女人"形象有一个共同的特点，即精神极度压抑与扭曲，且这种压抑都与男性直接相关。如曹七巧的心理变态，源自丈夫姜二爷的"骨痨"残肢；曼桢的压抑、愤恨，源自姐夫祝鸿才的强暴，姐姐曼璐的自私和凶狠；叶莲子的屈辱、哀叹，源自丈夫顾秋水战乱年代对她的抛弃，以及让她与他的情人共居一室的摧残；刘天园的精神分裂、屡次试图自杀，源自"大胡子"博士和医生李其才的强暴；聂心的内心恐惧、脆弱疯狂，源自她曾未婚先孕，又被男友抛弃；小夕的幻听、恍惚、压抑和不切实际的疯狂想象，则源自对死去男友的想念和愧疚。

尽管小说中的男性，往往构成"疯女人"形象压抑、扭曲、变态的直接诱因，但女作家们在创作过程中并没有将造成女性"梦魇"和"疯癫"的根本原因，完全归咎于男性，而是比较自觉地注意到了以男性为中心的传统性别观念和社会秩序对"疯女人"身心的压迫和摧残。如，张爱玲在《金锁记》中塑造"疯女人"曹七巧形象时，通过曹七巧因丈夫残肢而造成的多年性欲压抑，虽身为姜府二奶奶却因出身而备受歧视带来的自卑，以及她对季泽与其暧昧关系中金钱作用的内在叩问等情节，使七巧内心的压抑、苦闷蓄积到一个临界点，进而表现出变态、歇斯底里与疯癫的倾向。张洁在《无字》中则通过被吴为称为"兵痞"的父亲顾秋水抛弃母亲叶莲子，另找情人，置叶莲子于孤寂、绝望之境而不顾等一系列现实事件，书写了逐步将叶莲子逼迫到整夜通过梦魇、哭泣、哀叹等接近"疯癫"的心理行为进行释放的女性境遇。在这些作为表象呈现的现实事件的内里，起主要作用的是封建伦理性别规范对传统女性欲望的忽视和压抑，以及夫荣妻贵、从一而终、女性贞洁等传统性别秩序对女性的禁锢和束缚。

现代女性小说中"疯女人"形象的塑造具有一定的文化意义：

其一，借助于对与男性话语所宣扬和赞美的贤惠淑德的传统女性截然不同的"疯女人"形象的塑造，从一个特定的方面写出了在以男性为中心的传统社会文化中被压抑扭曲的女性真实处境，表达了在以往创作中很难拥有一席之地的女性苦闷、绝望，甚至变态、疯狂的情感体验。

其二，借助于"疯女人"形象的塑造，质疑和批判了导致她们陷入"梦魇""疯癫"状态的传统社会文化及男女不平等的性别秩序，并通过"疯女人"的焦虑、疯狂、歇斯底里等病态，以极端的形式揭露了传统封建伦理吞噬、残害女性的文化本质。

其中，"梦魇"是塑造这些"疯女人"形象并表现出上述文化意义的一个关键词。对这些"疯女人"本身而言，"梦魇"是一种传达并释放其内在压抑、扭曲的有效途径。如《无字》中叶莲子夜晚绵延不绝的"梦魇"和哭泣。对作品中深受父权制社会文化熏陶的男人、女人而言，"疯女人"形象及其"梦魇"所具有的内在爆发、撕裂的力量，也在一定程度上造成了他们的惶恐、惧怕和梦魇。如《金锁记》中曹七巧自述："她知道她儿子女儿恨毒了她，她婆家的人恨她，她娘家的人恨她。"对于父权制社会文化而言，"疯女人"形象则是"揭示那些潜抑在统治秩序深处的、被排斥在既有历史阐释之外的历史无意识，揭示重大事件的线性系列下的无历史，发露民族自我记忆的空白、边缘、缝隙、潜台词和自我欺瞒"，"具有反神话的、颠覆已有意识形态大厦的潜能"[1]的巨大的文化"梦魇"。

在此基础上，20世纪80年代以来的一些女作家，在利用"梦魇"的文化喻义塑造"疯女人"的形象时，其关注重心有所偏移。

125

---

[1]　孟悦、戴锦华：《浮出历史地表》，河南人民出版社1989年版，第5页。

她们既注意到"疯女人"形象对传统女性所遭遇的文化梦魇的揭示和彰显，也从女性个体心理的角度，注意到了现代女性因传统性别规范的内化与残留、自我压抑而成的"心中有鬼"的"疯癫"状况。

"心中有鬼"，指的是人的内心被一种心造的幻影或现实中没有的事情所困扰。在此主要用来比喻"疯女人"内心无法清除的传统性别规范的内化与自我惩罚。斯妤《梦非梦》中的聂心和张悦然《跳舞的人们都已长眠山下》中的小夕等，即属此类。

斯妤的小说《梦非梦》写的是深受传统文化观念影响的现代女性聂心的个人悲剧。她曾未婚先孕，然后被男友抛弃。此后便一蹶不振，精神恍惚，"对男人产生了无法遏止的厌恶"，"脆弱、神经质、爱发呆、爱做噩梦"，还时常觉得别人有阴谋，"周围的一切都是冲着她来的。"办公室里的两位上司也成为她的反击对象，被她称之为"狗男女"。不仅如此，经常被"噩梦"袭击的聂心还发现，原来这对"狗男女"就是"噩梦"里那"凶神恶煞"的像"白日见鬼"般的有着"两张面孔的怪物"，而导致这一切的原因全都是因为八年前聂心曾被男友抛弃。聂心自己悲叹："如果不是当年的一意孤行，她何至于噩梦醒来无处诉说，无人慰藉？""这八年里，她像一条狗一样忍气吞声，任人宰割。"然而，当聂心终于有勇气敢于反抗上司的欺压时，却又出现了新的问题，她开始将矛头指向自己，总认为自己做得不对，总是抑制不住地感到羞愧，甚至以下跪的方式来向别人道歉。最后，当聂心在精神病院尝试着用气功进行"意念杀人"时，又因为上司的偶然死亡而产生了更加强烈的自责心理，最终，"真的疯了。"

在现代心理医学中，聂心的这种"疯癫"症状被称为"抑郁性神经症",又称"神经症性抑郁"。它是一种由社会心理因素引起的以持久的心境低落状态为表现特征的神经症,常伴有焦虑、躯体不适感和睡眠障碍等。研究数据表明,女性更容易得这种病,这主要是因为"女性在社会生活中较男性遭受更多的应激源",而且"女性面对生活应激事件的能力较男性差,心理上具有依赖性","不自信","在遇到不好的事情时更易责怪自己。"①聂心就是这样一个不够自信,过于脆弱,时常责怪自己而又神经质的女性。未婚先孕、被男友抛弃、流产等事件,一直是她的人生阴影。这些事件不仅让她在上司、同事面前自觉"矮三分",孤独面对惨淡的单身生活,还让她习惯了一种"心中有鬼"、被欺压忍让、压抑自责的心理状态。与其说是她前男友的抛弃和上司的欺辱,造成了她的"疯癫",不如说这与她自己的个性以及无法走出"心魔"的心理状态有更大关系。

作者正是通过对聂心细微多变、茫然无措、惊慌恐惧的情绪感觉和心理状态的描写,入木三分地刻画了一个深受传统文化观念影响,无法正确面对生活应激事件,无法较好地调节并战胜自己内在"心魔",不够自信、习惯自责的一种新的类型的"疯女人"形象。

张悦然的小说《跳舞的人们都已长眠山下》也塑造了一个类似的"疯女人"小夕。小夕要与罗杰结婚了,但却无法忘记六年前自杀的前男友次次,并在将要结婚的早晨,产生了次次要来接她走的幻觉与幻听。作者通过小夕与幻想中的次次的大段对话传达出她内心的矛盾、愧疚与不安:

---

① 袁静:《女性抑郁症相关因素的研究进展》,《中国妇幼保健》2007 年第 22 期。

你为什么还要来？请走吧。我要结婚了。

结婚？他面无表情地问，像是在说一件与他们毫不相干的事。

是的，我要结婚了。

不，你怎么能结婚呢，你是要跟着我走。

这不可能，次次。现在不是六年前，一切都不会再相同。

······

我说过的，如果你嫁给别人，我一定会来婚礼上捣乱的，记得吗？

在小夕的内心深处，六年前自杀的次次要来她的婚礼捣乱的"誓言"，以及她要陪次次而去的"誓言"，都是她迈不过去的"梦魇"。她为自己没能及时去那个"寒冷而孤单"的地方陪次次，感到"抱歉"、愧疚；为他曾经说过的要像"一个佐罗般的英雄"，在她的婚礼上适时出现并带她走的"誓言"，焦虑不安；同时她又为曾经珍藏在心底的天真的"梦和心愿"，激动和矛盾。次次成为小夕心中难以清除的"心魔"。她挣脱不了过往感情的束缚，也摆脱不了自我内心的矛盾、愧疚和惩罚，最后只能在自己心造的"梦魇"中，无奈地永远"闭上了眼睛"。

从文化"梦魇"书写中蕴含的反抗，到个体"梦魇"描绘中流露的自审，现代女性小说对"疯女人"形象的塑造经历了颇具意味的成长。

二、"梦幻"般的"疯女人"形象塑造：隐匿、飞翔与治疗

"疯癫"作为一种精神疾病，主要表现是精神错乱失常，其实质是一种对现实秩序的逃离、僭越与抗争。"梦幻"作为一种常见的生理和精神现象，在某些情况下承担着类似的文化功能，因而，一些现代女作家时或将"梦幻"与"疯癫"杂糅在一起，结合二者的特征，来塑造那些因现实环境的压抑与扭曲而陷入精神错乱或以"疯癫"形式进行反抗和逃离的"疯女人"形象。

例如，方方在《暗示》中塑造的因被男友抛弃，而导致精神分裂、关闭心门、在自己的内心世界中"梦幻"般漫游的二妹；徐小斌在《对一个精神病患者的调查》中塑造的有着反常规的思维模式，喜欢沉浸在梦幻中飞翔，宁愿待在精神病院也不愿面对现实世界的景焕；林白在《子弹穿过苹果》中塑造的如梦如幻般飘忽不定，四处游荡、神出鬼没的蓼；斯妤在《出售哈欠的女人》中塑造的"没爹没妈"，"没兄没妹"，"没有名字，没有身份，没有过去，也没有前景"，"像梦一样模糊，像风一样飘忽不定"的"出售哈欠的女人"，等等。

这些梦幻"疯女人"形象与传统意义上的"疯女人"形象的表现形态有所不同。"疯女人"，顾名思义是陷入精神错乱、内心分裂、愤怒狂躁等极端状态的女人。中外文学作品中不乏对拥有此类性格特征的"疯女人"的文学表现和书写。例如，清代女作家邱心如在弹词《笔生花》中塑造的"疯女人"沃良规，就被描述为脾气暴躁，狂妄乖戾，"满怀毒气"，几近疯狂；英国女作家夏洛蒂·勃朗特在《简·爱》中塑造的"阁楼上的疯女人"伯莎·梅森，也被描述

成一种如"母兽"般愤怒、咆哮和疯狂的精神极端状态。这些女作家主要关注和呈现的是"疯女人"被压抑、扭曲的精神状态，以及其之所以会成为"疯女人"的生活背景。现代中国女作家则更注意挖掘"疯女人"的正面情绪与精神状态，以及其中所蕴含的积极的文化建构意义。

梦幻"疯女人"形象出现在小说中大体有三种形态：隐匿、飞翔和治疗。本书分别从这三个方面对其进行具体的分析与论述。

（一）表现形态之一：被动或主动的"梦幻"隐匿

隐匿，指的是以神智错乱等非理性的方式，从现实中退离出来，隐匿于"梦幻"般的内心世界。这种表现形态与"疯癫"的原意及"疯女人"的传统意义最为接近，但又不完全相同。如，方方《暗示》中的二妹和徐小斌《对一个精神病患者的调查》中的景焕，虽然都是精神分裂症患者，但作者在塑造这些"疯女人"形象的时候，并没有刻意凸显她们内心的黑暗、痛苦、矛盾与分裂，相反，却强调、刻画了导致她们精神分裂的现实原因和个体因素，以及她们在患病后充满幻想、天真幸福的精神状态。

当此之时，所谓精神分裂，并不完全是一种精神疾病，而是具有可以与现实进行对抗的精神隐匿方式的意味。根据"疯女人"精神分裂的程度的不同，可将其分为被动隐匿和主动隐匿。而无论是被动还是主动，"梦幻"在这些"疯女人"形象的塑造中，都起着重要的作用，或为她们的隐匿提供一条建构与现实截然不同的"自己的天空"的途径，或构成与现实存在相对立的隐匿世界的主要特征，或为进入她们的隐匿世界提供体验的路径等。

《暗示》中的二妹是因被男友抛弃而导致精神分裂的。正如大姐叶桑所言："二妹二十岁时精神分裂，业已五年光景。叶桑总觉

130

得她被分裂的不是精神而是年龄。"这是一种典型的拒绝长大、拒绝进入现实秩序的被动隐匿：

> 二妹仅如一个四五岁的小女孩，脸上满是童稚的神气。一副茫然的样子看着大人说一些她听不懂的话。有所不如愿发起脾气，也不过是坐在墙角嘤嘤地哭泣。

有意思的是，由于二妹无法清晰地表达自己的内心，作者在小说中专门设置了叶桑这个人物，以及她对二妹单纯思维的幻想、体验等情节来传达和显现二妹的精神世界：

> 叶桑穿着她长及膝盖的银灰色毛衣，光着小腿，在客厅里试步。她的脚上过药之后业已好得多了。她的小腿很白，皮肤细腻，稍近一点便能看到皮肤下浅蓝色的毛细血管。二妹仍然依在窗口看树叶。二妹长期不出门，面色苍白如纸，眼睛愈发地显得黑幽幽的。因为表情单调，望之便如纸偶。她静静地看着树叶的经脉，阳光落在她的手上脸上和她专注的神情上。叶桑看着她，竟看出些许浪漫的意味，心里便又生出许多感动的情绪。叶桑想，沉醉在二妹心境里的东西一定很美，否则她怎么可以这样旁若无人地独享一份满足呢？

"梦幻"不仅成为作者和姐姐叶桑进入二妹内心的通道，同时也成为二妹精神分裂后内心世界的主要特征。那是一片辽阔的天空，颜色蓝得纯净无比，河水纯净、"流水哗啦"、"芬芳扑鼻"、"鸟语花香"的梦幻之地，她的精神在其中"自成一体，简洁而又深刻"。

与二妹不同，《对一个精神病患者的调查》中的景焕则是"一个不能与众人交流"，"独异的聪颖感知与直率的话语从来也没有获得过同类的信任"，"只专注于自己能够倾听或诉说的世界"①，精神总是游走在别处、不被社会认可的"疯女人"。她的清醒、固执和"梦幻"，与其"精神分裂"的标签截然对立。进入精神病院是她的一种主动选择和主动隐匿。这里，"梦幻"成为景焕逃匿与反抗现实的一个"标签"和性格符码：

　　我知道，她又要讲她的梦了。第一百二十回地讲她的梦，那个奇怪的、神秘的梦。对正常人来讲是不可思议的梦。这种梦也许只能产生于天才或者精神病患者的意识之中。

　　那个蓝色的结了冰的小湖，就是这么被朦朦胧胧的月光笼罩着。周围，就是这样低矮的灌木丛。风，轻轻地吹，灌木丛沙沙地响……我走到湖面上，轻轻地滑起来。我不会滑冰，也从来没滑过。可是……也不知是怎么回事，就那么旋转了几下之后，我就轻轻易易地滑起来。那是一片朦朦胧胧的世界，在那个世界里，你会忘了一切，甚至忘了你自己。你忘了你自己，才感到自己是自由的。真的，我无法形容我当时的那种感觉——那是一种身心放松之后的自由。我飞速地旋转着。头顶上是漆黑的夜空和一片泛着微红色的月亮。冰面上泛着一层幽蓝的寒光。我越滑越快，听见耳边呼呼的风响，在拐弯的时候，我仿佛有一种被悠起来的感觉。我想起童年时荡秋千的情景。可那时是在碧蓝的晴空里。空中飘

___

①　陈福民：《无罪的凋谢——写在徐小斌〈羽蛇〉再版重印之际》，《南方文坛》2005年第2期。

荡着伙伴们的欢声笑语……突然，我发现湖面上的一个大字——哦，是的，那湖面上有字——她突然顿住，声调变得恐惧起来了。

……

那是一个大大的"8"字。这"8"字在蓝幽幽的冰面上银光闪闪的……哦，我这才发现，原来我一直按照这条银光闪闪的轨迹在滑行，不曾越雷池一步。而且我发现，这"8"字已经深深地嵌入冰层——这证明不知道有多少人在上面滑过了。

我想摆脱这个硕大无比的"8"字，于是有意识地按别的路线滑行。可是，我的双脚却被一种无形的引力牢牢钉死在这个"8"字上，无论如何也不能如愿。我惊奇极了。我感到这是一块被施了魔法的冰面——

……

景焕在现实生活中应付不了自己所遇到的现实问题，当贪污一事出现时，她就开始自我封闭、自我隐匿，不愿意在常规的生活道路上行走下去。于是，上述的"梦"时常出现，她总想要摆脱这块"魔法冰面"，想要脱离那个固定的轨道，可是无论如何也不能如愿，更找不到可以理解的人。但正是如此，她却拥有着常人所没有的创造能力，创造了一个属于她自己的漫画世界和美丽花园，这是她寄托灵魂、放飞心灵的隐匿空间，是她借以摆脱枯燥无味的固定轨道的秘密武器。被世人嘲讽、与现实格格不入、反常规的思维模式等，都促使景焕更倾向于沉浸在"梦幻"中隐匿，在纵横开阔的"幻想"、思索和创造中"飞翔"。

（二）表现形态之二：在秩序外飞翔的"梦幻"女巫

"飞翔"，有广义和狭义之分。狭义的飞翔，指的是像鸟一样展翅、凌空翱翔；广义的飞翔，指的是心灵与精神的自由高远、任性驰骋。景焕梦幻中的"飞翔"即含有追求心灵与精神自由的意味。与此同时，在女性文学批评中，"飞翔"又有着文化层面的特殊含义。法国著名女性主义理论家埃莱娜·西苏在《美杜莎的笑声》一文中曾说："飞翔是妇女的姿势——用语言飞翔也让语言飞翔。"①在她看来，"飞翔"意味着打破简单、直线、非此即彼的平面式的逻辑，从而接近无限行为和无限空间。"飞翔"中的女人无处不在，无法捉摸，是性感的混合体、"空中的游泳者"，她是四处弥散的。可以说，这种"飞翔中的女人"本身就具有"梦幻"的特质，是对现实秩序中的女性形象的一种颠覆。

林白是当代文坛对"飞翔"情有独钟的女作家。她敏锐地意识到"飞翔"与"梦幻"之间的内在联系，并在自己的作品中多次言及二者的关系。如，"写作也是一种飞翔。高悬在空中，身体轻盈，不经意间就长出了翅膀，那是我们的梦想之物"②；"做梦是一种飞翔，欣赏艺术是一种飞翔"③；"梦境是一种飞翔"④，等等。不仅如此，她还依据"飞翔"和"梦幻"的文化功能及其隐秘联系，在小说《子弹穿过苹果》中塑造了一个在秩序外飞翔的"梦幻"女性形象——蓼。

---

① ［法］埃莱娜·西苏：《美杜莎的笑声》，张京媛主编：《当代女性主义文学批评》，北京大学出版社1992年版，第203页。
② 林白：《空中的碎片》，《林白文集(4)：空心岁月》，江苏文艺出版社1995年版，第303页。
③ 林白：《选择的过程与追忆——关于〈致命的飞翔〉》，《林白文集(4)：空心岁月》，江苏文艺出版社1995年版，第306页。
④ 林白：《猜想大麻》，《林白散文集：秘密之花》，新华出版社2005年版，第310页。

《子弹穿过苹果》这部小说创作于1990年，当时就"以其异域色彩和尖锐的女性意识而引人注目"①。小说中那个像"梦"一样飘忽不定、四处游荡、神出鬼没、有着橄榄色皮肤的马来女人"蓼"，给读者留下了深刻的印象。在小说中，"蓼"就像是"我"童年视野中的一个"梦"，有着独特的异域风情，想成为她，又难以捉摸：

> 我一回头，先被太阳晃了下眼，接着就看到一株异常高大的木棉树，一半是蓝天，一半是火焰，临河的那半边是天一样的颜色，树底下站着那个橄榄色的马来女人，她正在跟我的父亲说话……蓼远远地站在河堤上，她赤着脚，她全身忽闪着，像一个湿淋淋从河中央钻出来的河精。

作者在小说中设置了大量的细节来表现"我"对蓼发自内心、来自本源的模仿与认同。"我"不仅继承了蓼橄榄色的皮肤，凹凸分明的脸，而且从身体到精神都越来越像蓼，"我"觉得她比母亲还更像是自己的母亲。与"我"对蓼的认同和倾慕相对照的，还有一个意味深长的细节，即"我"的父亲怎么都画不出蓼的画像。这样的对比凸显出，蓼作为一位居住在丛林深处、怀有自己想要的爱情和幸福，在秩序外自由飞翔、独舞的"梦幻"女巫，对男性和女性而言，其意义是截然不同的，蓼是"我"（女性）成长过程中不停追随、模仿、想象，并确认新的自我的梦幻"镜像"；但这样的女性，却是父亲（男性）无力解读和描绘的，因为"她"是突破了男

---

① 陈晓明:《仿真的年代——超现实主义文学流变与文化想象》，山西教育出版社1999年版，第56页。

性对女性的惯有想象的一个异类女性形象。

美国女性主义批评家桑德拉·吉尔伯特和苏珊·格巴在谈到"妖女与镜"时指出,"女妖"像一个"黑影","为了富于启示性的革命,反对法则和秩序,潜伏在镜子的另一边。"①"妖女",本意是指男权话语中被称为男性"梦魇"的、既魅惑又可怕的女性形象。在女性文学批评中,"妖女"则被解读和阐释为对男权话语构成挑战,在特定意义上突破了传统话语规范、具有革命性的女性形象。林白在《子弹穿过苹果》中塑造的蓼,便是这样一位从男权之镜中走出来,在秩序外自由舞蹈的"妖女"。她身上所具有的原始、神秘、梦幻、飘忽的奇异特征,不仅与现代女性生命对超越现实生存的精神向往相契合,而且也具有着刷新父权制关于女性的"成规与想象"的魔力。

(三)表现形态之三:具有"治疗"功能的"梦幻"女性

"疯癫"作为一种精神疾病,历来与"医院"(或"精神病院")和"治疗"联系密切。米歇尔·福柯在《疯癫与文明》一书中,介绍了很多种古典时期对待疯癫病人和治疗疯癫病症的方法,如"隔离""禁闭"等针对患者的"罪恶意识"采取的强制性行为,以及"强固法""清洗法""浸泡法"等"借鉴自关于肉体的道德观念和道德疗法"的"物理疗法"②。中国传统史书及文学作品中,也有关于疯癫治疗的记载,《后汉书·陈中传》中就有对"疯人"实施法律重刑的记载等。清代弹词作家邱心如在弹词《笔生花》

① [美]桑德拉·吉尔伯特、苏珊·格巴:《镜与妖女:对女权主义批评的反思》,张京媛主编:《当代女性主义文学批评》,北京大学出版社1992年版,第286页。
② [法]米歇尔·福柯:《疯癫与文明——理性时代的疯癫史》,刘北成、杨远婴译,生活·读书·新知三联书店2003年版,第148页。

(1857)中也书写了"疯女人"沃良规被"锁禁幽房似牢狱"[1]的身心遭遇。

与上述对"疯癫"病人进行"治疗"或处罚的书写不同，作家斯妤在小说《出售哈欠的女人》中，塑造了一个具有"治疗"功能的"梦幻"般的"疯女人"形象：

> 她很懒，而且不漂亮，不富有。她什么都不会，不会绣花，不会缝衣，不会煮饭，不会喂猪，更不会对诗饮酒，软语轻歌。她又从小没爹没妈，没兄没姐，谁也不知道她是怎么长大的，从哪里来，到哪里去。其实连她自己也未必知道。她只是和别人一样一天接一天地打发着日子。所不同的是别人用劳作或者享受，用忧愁或者快乐打发时光，她则用连天的哈欠，用无数的茫然一天一天地送走日子。她对那些有时兴高采烈，有时哭天抹泪的女人十分不解，不明白她们为什么有那么多的眼泪和笑声，为什么会那样跌宕起伏，时啼时鸣。她自己，则是多少年一贯制地睡醒了打哈欠，哈欠打累了睡觉。除了睡觉和打哈欠，她再不知道别的欲望，别的状态，当然也不知道别的快乐和忧伤。

她"没爹没妈"，"没兄没妹"，"没有名字，没有身份"，"不知道从哪里来，到哪里去"，"像梦一样模糊，像风一样飘忽不定。"她以"连天的哈欠"打发日子，并在一个叫做"城市"的地方以"出售哈欠"为生，满足各色人等的欲望需求，为人"治病""解围"。小

13/

---

① ［清］邱心如：《笔生花》，赵景深主编、江巨荣校点：《中国古典讲唱文学丛书》，中州古籍出版社1984年版，第1117页。

说通过三个主要事件，刻画了这个"梦幻"般的"出售哈欠的女人"的"治疗"作用：她使作为公司主管的阿明女士，由脾气暴躁变得"不温不火"；让曾是校花的某师范学院的林老师免于副校长的纠缠与骚扰；帮助一个女副局长在与局长的争权夺利中"顺利晋升"。

仔细阅读文本会发现，作者在小说中设计的"哈欠"的"治疗"功能，主要针对的是，在以男性为中心的现实社会中受压抑、被欺辱、焦虑、扭曲的现代知识女性，在这个"梦幻"般的"疯女人"的"哈欠"的帮助下，她们逐渐摆脱了压抑和焦虑，改变了饱受歧视和骚扰的生活现状。

从自己作为被"治疗"者，到对他人起"治疗"作用，女性文本中"疯女人"形象的塑造，在现代中国女性文学创作中发生了深刻的变化。清代女作家邱心如虽然在《笔生花》中塑造了敢于违背传统道德规范的"疯女人"沃良规，但其笔法和塑造方式，仍然没有脱离男性话语和传统封建礼教对"疯女人"的丑化、责难。斯妤在《出售哈欠的女人》中塑造的"疯女人"形象，则已摆脱了传统话语的要求。她有着"梦幻"般的飘忽感，甚至根本就不属于这个"熙熙攘攘、闹闹哄哄的世界"。她没有称呼，也没有命名。这与福柯所说的"在社会秩序中""找不到自己位置的形象"①的"疯癫"病人是相对应而存在的。其不同在于，斯妤并没有从现实秩序对"疯女人"的压抑与扭曲的角度切入，而是以"疯女人"对社会现实秩序的颠覆、对抗和治疗作用为切入点来塑造这一女性形象的，通过"疯女人"哈欠的"治疗"，现实社会中男性对女性的压抑、扭曲等性别不平等现象都得到了改变。

---

① [法]米歇尔·福柯：《疯癫与文明——理性时代的疯癫史》，刘北成、杨远婴译，生活·读书·新知三联书店2003年版，第106页。

但值得注意的是，斯妤在颠覆传统"疯女人"形象，突出梦幻般的"疯女人"的"治疗"功能的时候，也在一定程度上陷入了两性二元对立的误区，有女性反压男性的倾向。

通过以上分析可以看出，现代女性小说塑造的梦幻般的"疯女人"形象，虽然有着不同的表现形态，但却有着共同的特点，即都是以"梦幻"为主要表现特征的。"梦幻"为"疯女人"形象的塑造，增添了不少以往"疯女人"形象所不具有的表现方式和性格特点，为现代女作家建构并想象新的女性形象，开拓了思路。但也应注意到，这些梦幻般的"疯女人"形象的塑造，一定程度上带有神秘化、梦幻化、妖女化和虚无化的倾向。正如肖尔瓦特所指出的，这些"女权主义空想家们对起码的妇女生活缺乏了解，也不下决心去弄清自己的本质和文化，就想跳过男性世界走向与男性传统截然相反的文明"①。在这个意义上，现代女作家所塑造的这些梦幻般的"疯女人"形象，某种程度上脱离了女性生活的本质。

综上所述，现代女性小说中对"梦中人"、"梦"中人、"梦幻人"女性形象、以"梦幻"镜像为参照点的女性形象和以"梦幻"为中介的对位女性形象，以及具有"梦魇"或"梦幻"特征的"疯女人"形象的塑造等，分别利用了"梦幻"的一些基本的文化功能和文本功能，例如，对现实秩序的逃离和对抗，心理视像性与体验性，神秘、飘忽不定、跳跃无常的表现形式，对文化命运的隐喻等，并注意结合女性普遍的文化心理特征进行创作，表现和彰显了现代

---

① ［美］伊莱恩·肖尔瓦特：《她们自己的文学》，美国普林斯顿出版社1977年版，第4—5页，转引自李小江：《女性审美意识探微》，河南人民出版社1989年版，第80页。

女性在传统与现代、男性与女性、社会与个体之间的矛盾纠结和内在悖论，同时也在一定程度上体现了传统性别观念和主流意识形态对现代女作家的影响。

第三章 现代女性梦幻叙事模式及其文本功能

现代中国女性小说的梦幻书写在文学实践中形成了一定的梦幻叙事模式。根据小说文本中的"梦幻"情节所承担的文化功能和文本功能，可以主要归纳为三种，即"梦幻—消解"叙事模式、"栖息—救赎"叙事模式和"思虑—表征"叙事模式。

本章希望通过对这些与"梦幻"直接相关的"有意味的形式"的分析，探求在现代女性小说文本中，女性"梦幻"是基于怎样的观念和目的被组织进文学叙事的，这些梦幻叙事模式呈现出了怎样的文本功能和文化功能，体现了这些女性和女作家怎样的性别观念，在何种层面产生了怎样的话语建构，进而挖掘产生这种叙事现象的社会文化等方面的原因。

第一节 "梦幻—消解"叙事模式

"梦幻"作为人类较为常见的生理和精神现象，与人所处的现实生活有着密不可分的关系。可以说，现实是"梦幻"得以发生的背景和舞台，是"梦幻"内容的原材料和源泉，无论何人在何时、何地发生的"梦幻"，都要先从现实进入"梦幻"，然后再从"梦幻"

回归现实。弗洛伊德认为，梦是愿望的达成。[①]这种观点为我们观照"梦幻"提供了一条思路，即"梦幻"的生成与梦幻主体的欲望、梦想有着直接的关系。但"梦幻"并非任何时候都能够满足或实现梦幻主体的愿望，当愿望没有达成的时候即是"梦幻"的消解。这是"梦幻"与"现实"的关系之一种。

在现代中国女性小说中，很多女性人物的"梦幻"都会以"梦幻"的消解、梦想的失落、愿望的无以达成为终结，这便形成了现代女性小说的"梦幻—消解"叙事模式。

一、爱情、婚姻的"梦幻"和"消解"

法国结构主义叙事学家克洛德·布雷蒙着重从故事表层的发展逻辑来理解故事情节，认为在分析叙事时，应注重研究每一个功能为故事发展的下一步提供了哪些可能性。他以叙事逻辑为出发点，将"叙事作品的事件"分为两个基本类型：一是"要得到的改善—（有或没有）改善过程—（有或没有）得到改善"；二是"可以预见的恶化—（有或没有）恶化过程—（产生或避免）恶化"[②]。也就是说，在任何一种叙事类型中，故事的发展基本上都会有两种可能性：逐渐改善或逐步恶化；以及两种结局：得到改善或产生恶化。

现代女性小说叙事同样遵从了这样的叙事逻辑。具体到"梦

---

① ［奥］弗洛伊德：《梦的解析》，赖其万、符传孝译，作家出版社1986年版，第38页。

② ［法］克洛德·布雷蒙：《叙述可能之逻辑》，张寅德编选：《叙述学研究》，中国社会科学出版社1989年版，第156页。

幻—消解"叙事模式，其故事发展和情节演变的过程，围绕女性与"梦幻"形成了一种固定的叙事逻辑：（女性人物）希望得到改善—改善过程（"梦幻"）—没有得到改善／甚至恶化（"梦幻"消解）。在这些小说叙事中，女性的"梦幻"与她们"希望得到改善"的事情或对象，往往同步出现，最后"梦幻"又常会因为事情的没有改善或恶化而导致消解。这种叙事模式和叙事逻辑，与现代女性的主体追求、自我确认联系密切。其中女性人物所"梦幻"的内容和对象，常是她们得以确认自我的主要人生层面，如爱情、婚姻、社会等，这也形成了"梦幻—消解"叙事模式的基本主题。

最常见的是有关爱情与婚姻的"梦幻—消解"叙事。在中国传统文化中，两性之间的情感常常被压抑，而对君主的"忠"、对父母的"孝"、对丈夫的"从"则多被宣扬。五四运动以后，爱情与婚姻开始成为现代女性小说创作的一个显在主题。尽管在不同的历史时期，爱情与婚姻之于女性的意义和价值，不断发生着内在的变化，但近一个世纪以来，不少女作者的小说文本围绕女性人物的爱情"梦幻"，呈现出一个大致相似的叙事模式：女性"梦幻"的生成和消解。这些小说中与女性人物相关的爱情、婚姻"梦幻"的内容和其最终的"消解"方式各不相同，但依然透露出现代女性在与爱情、婚姻有关的"梦幻"方面的一些共性，以及其中随时代进步所发生的具有现代意味的变化。

有关爱情、婚姻的"梦幻—消解"叙事中的女性"梦幻"，主要包括四种情况，即自由恋爱和结婚、同性之爱、被爱、理想爱情与理想男性。

有关自由恋爱和结婚的"梦幻"主要出现在受五四时期反封建和个性解放启蒙思潮影响的小说文本中。例如，沉樱的小说《妖君》叙述了在当时个性解放、自由恋爱的大潮中，一心梦想着要与恋人私奔、迈向幸福生活的妩君，最后在恋人的失约中，从温柔的爱情"梦幻"中惊醒的故事。她与男友约好晚上九点半一起逃走，内心充满了对未来的"幻想"：

> 为了逃脱这焦待的现实，暂时把心沉入那少女所惯有的美梦中去，想到父亲顽固的怒骂，母亲的慈祥的悲痛，自己为了爱，为了理想，毅然地逃脱……她仿佛俨然实行了她理想中的勇敢而伟大的行为，再想到悲壮奥妙的前途，像被什么崇高的情绪包围了似的，她迷茫地微笑了，这微笑结束了她的幻想，猛然意识到在这缭绕着死寂的恐怖的情境中的反映，这微笑又不觉使她有些悚然起来。

最终，妩君的男友还是失约了，她的"梦幻"也随之破灭，从"少女所惯有的美梦中"惊醒，"平日幽会时的这山林的美丽和温柔哪里去了？那昨日的此地的情境，竟像隔世一般的梦了"，"昨日的'明天'哪里去了！昨日是梦吗？此刻是在梦中吗？"在一连串的自我反问中，妩君对自己的"梦幻"做出了反思和自省。幸好的是，她所有的"幻想"和"少女所惯有的美梦"，都消解于私奔成为事实之前。

沉樱的另外几部小说，如《喜筵之后》《一个女作家》《爱情的开始》等作品中的女主人公，更加让人同情。她们都满是激情地投入到自由恋爱中，并如愿以偿地走进了婚姻的殿堂，但婚后的生活并不如"梦幻"中想象的那么美好，现实的灰色使多彩的"梦幻"冲淡并消解。《喜筵之后》中，陷在"恋爱的狂热中"的茜华，新婚后终日待在家中，"任何亲近的朋友也无意地疏远起来"，丈夫的情意也日渐淡薄，不仅在婚后有了新的追求，而且还限制女人的行动，只希望她整天待在家里，唯有孤独和幻想作伴。"乃至从这爱情的梦中醒来，就又狂热地追念起那隔绝了的友人。恋爱的欢情是飞也似的全无痕迹地消去了，淡漠、愁苦却永远地留住"，甚至"常有着怎样将身心毁灭了才好的意想"：

> 坐在那里，眼睛说不定注视着什么东西，便凝住了，逞其种种幻想，可是这幻想再不复是往昔少女时代那样美丽，而种种的过去现在及将来，在忆想中形成一个灰色的圈子，把自己紧紧地围住，这样，灰色的四周就愈来愈浓厚，像向着黑暗的深渊陷去似的，想摆脱都不可能，直到等待着的男人在晚间归来了，这才似乎将她从其中救出，那些灰色的幻想暂时消去。

《一个女作家》中的钰珊，从上中学起"便有着对于文学的爱好"，"她觉得没有比文学更使她爱好使她欣慰的事物了"，"虽然她隐隐地有要成一个女作家的希望，但那从读书和写作中得来的快感中是并不掺杂着这种成分，而是一种单纯的莫名的喜欢。"为爱好和兴趣而写作，是钰珊一直以来的梦想，上大学后，她也不断地在努力创作、投稿，偷偷地享受作品发表的"快感"。但当她大学毕业，与恋人结婚后，曾经的"梦幻"渐渐褪色，现实的窘迫、繁琐的家务，逐渐使她走上了为稿费而写作的无奈境地：

她的最初的对于"作家"的憧憬的幻想，现在觉得完全是错误的是永久的幻想。也许那时的幻想是太幼稚了吧，她没有想到所谓作家的光荣，是作品的易于发表，是稿费易于增高，所谓作家的快乐是从作品换来的经济的援助；更没有所谓作家的生活是寄稿索钱的忙碌。

在她和这有着相同的志趣和爱好的人结婚的时候，便抱着此后两人去过一种文学生活的理想，这理想是使她非常快乐的。

但到了这种生活中以后，"快乐"的理想是完全幻灭了，她仿佛变成了为生活而创作的机器，这创作除了为生活而外是什么意味也没有的。

在《爱情的开始》中，经过短暂的自由恋爱而结婚的女主人公，"只在初恋的时候过了几天甜蜜的日子，以后就没有一天不是苦恼的"，爱情开始时候的美梦，很快就在婚后丈夫的不忠实中破灭了，在苦恼、希望、伤心、创击、堕落的往复循环中，逐渐走到婚姻崩溃的边缘。作者借助内心独白，展示了女人接受梦幻消解这一事实的整个心路历程，其中不乏自我的反思和批判：

在半年前和这男人急促地陷入恋爱后，不久便发觉了他的不忠实，同时向着别的女子追求的事实，那时的情势是即便自己不爱他了，他也不会介意，或者竟是正如所愿，但如果那样便和他断绝了关系，是仿佛有点不甘心，而且自己热烈地爱着这男人，又是无可奈何的事实。这样，便作了爱的虐待者，自己仿佛是抱着死的决心往死的路上走去似的，无所祈求，无所希望地向着痛苦之深渊沉去。男人有时是虚伪地欺骗，有时是公然地侮辱。在最初自己还希望着这爱能够恢复，但每次的希望，不过造成些更深的创伤，因此屡屡被毁灭着的心渐渐死寂了，是像无赖似的尽量地堕落去。不是为了爱情全不知为了什么，便和这男子同居了牺牲了学业，牺牲了一切，毫不顾惜地蹂躏着自己的身心，这冷酷的黑暗的同居后的生活，不想变更也不想逃脱，就在其中把自己埋葬了吧……

有关同性之爱的文本不多。庐隐的《丽石的日记》和陈染的《破开》，即属此列。虽然其创作时间相差半个多世纪，但内质却不无相似之处。小说中的女性人物走到一起，都是出于对男性的失望，作者也同样对女性同性之爱的"梦幻"内容，进行了详细的描绘：

沅青她极和我表同情，因此我们两人从泛泛的友谊上，而变成了同性的爱恋了……我们两人都有长久的计划，昨夜我们说到共同生活的乐趣，真使我兴奋！我一夜都是做着未来的快乐梦……我梦见在一道小溪的旁边，有一所很清雅的草屋，屋的前面，种着两棵大柳树，柳枝飘拂在草房的顶上，柳树根下，拴着一只小船，那时正是斜日横窗，白云封洞，我和沅青坐在这小船里，御着清波，渐渐驰进那芦苇丛里去。这时天上忽下起小雨来，我们被芦苇严严遮住，看不见雨形，只听见渐渐沥沥地雨声，过了好久时已入夜，我们忙忙把船开回，这时月光又从那薄凉云里露出来，照得碧水如翡翠砌成，沉青叫我到水晶宫里去游逛，我便当真跳下水，忽觉心里一惊就醒了。回思梦境，正是我们平日所希冀的呵！

——《丽石的日记》

这个局面再一次把我置身于一种庞大的象征中，一种没有往昔故乡的痕迹也没有未来遥远的他乡可以寄身的境地，一种空前而绝后的境地。

殒楠把垂落到额前的一缕拂乱的头发理到耳后，不胜凄凉地说，看来，今天果然就是我们的末日了。

我望着她那件青灰色的衣衫，在四处透风的高空里瑟瑟抖动，闪烁着钻石般的光芒。也许，再过一分钟或者半分钟，就会机毁人亡。一切再也不能迟疑。

殒楠用力抓住我的肩，神情严肃地说，我得告诉你一个长久以来的想法，再不说就来不及了，你是我生活中所见到的最优秀、最合我心意的人，你使我身边所有的男人都黯然失色。

殒楠说完紧紧抱住我。

我大声说，我也必须告诉你一件事，不然就来不及了……这时，訇然一声弥天撼地的巨响，整个飞机在云中熔化消散，在倒塌了的玫瑰色阳光中坠落或浮升，时间在陷落在消逝。

……

我说，我要对她说，如果我不能与你一起生活，那么我要你做我最亲密的邻居，因为我不能再忍受孤独无伴的生活。我们要把天下的才女都招揽在一起，我们要姐妹成群。

——《破开》

两部小说都描写了女性的同性之爱"梦幻"，丽石说："沅青是我的安慰者，也是我的鼓舞者，我不是为自己而生，我实在是为她而生呢？"殒楠说："你是我生活中所见到的最优秀、最合我心意的人，你使我身边所有的男人都黯然失色。"同样的，这两个"梦幻"都最终在现实面前破灭了。

但仔细阅读文本会发现，两个同样的"梦幻—消解"故事，作者却分别赋予了它们不同的含义：前者通过丽石对女伴沅青的恋爱"梦幻"，反映了在男女恋爱中，女性易受压迫与伤害的事实，同时又借助丽石的"梦幻"消解叙事，传达出同性之爱不被社会认可，觉醒女性无路可走的困窘；后者则通过"我"在飞机上的"梦境"，入"梦"前的自我冥想，以及"梦"醒后，象征着姐妹情谊的石珠"滚落一地"等情节的叙事，传达出女性内心祈求躲避男性伤害的内在需求，又通过"梦幻"的虚拟消解，对女性同性之爱进行了反思。相较而言，20世纪90年代以后的女性创作，在面对这一问题时，做出了更多理性的思考和探索。

这种转变在有关"被爱"的"梦幻—消解"叙事中也有表现。这类故事中，"被爱"通常是女性"梦幻"的主要内容。通过"被爱"，她们可以在一定程度上获得价值被认同的满足感。在现代女性小说中，"被爱"梦幻主要出现在那些审视传统女性的小说创作中，如凌淑华的《绣枕》《吃茶》等。

《绣枕》中，深处闺阁的"大小姐"终日精心缝制"绣枕"，幻想着有人因这精美的"绣枕"而爱上她、珍惜她：

她只回忆起她做那鸟冠子曾拆了又绣，足足三次，一次是汗污了嫩黄的线，绣完才发现；一次是配错了石绿的线，晚上认错了色；末一次记不清了。那荷花瓣上的嫩粉色的线她洗完手都不敢拿，还得用爽身粉擦了手，再绣……荷叶太大块，更难绣，用一样绿色太板滞，足足配了十二色绿线……做完那对靠垫以后，送了给白家，不少亲戚朋友对她的父母进了许多谀词。她的闺中女伴，取笑了许多话，她听到常常自己红着脸微笑。还有，她夜里也曾梦到她从来未经历过的娇羞傲气，穿戴着此生未有过的衣饰，许多小姑娘追她看，很羡慕她，许多女伴面上显出嫉妒颜色。那种是幻境，不久她也懂得。所以她永远不愿再想起它来撩乱心思。今天却不由得一一想起来。

　　但这一梦想最终却在"绣枕"被践踏与轻视的结局中，无奈消解。而更为反讽的是，"绣枕"的遭遇，都是通过大小姐的佣人张妈的女儿小妞儿传递的，而这个十三四岁的姑娘，也在学习着如何"绣枕"。这不禁让人想起明代女诗人沈宜修的《夏初教女学绣有感》："春风二十年，脉脉空长昼。流光几度新，晓梦还如旧。落尽蔷薇花，正是愁时候。"

　　《吃茶》叙述了一个现代背景下的传统女性芳影被爱的"梦幻"。芳影正当"芳菲"之年，时时"幽闺自恋"、孤芳自赏，哀叹"如此年华如此貌，为谁修饰为谁容？"有一天，芳影和同学淑贞及她的哥哥王先生，一起看了一场电影，因王先生从国外留学归来，懂得国外的礼节，处处关心她、照顾她，对她殷勤有加：为她捡掉在地上的手帕；翻译电影中的爱情台词；为她披外套；扶她上车。从未受过男士如此厚待的芳影，陷入忐忑不安的揣摩猜想中，再见到王先生，便觉得"脸上有些发热，举止极不自然起来"，总觉得王先生"处处都对她用心"，跑前跑后，事无巨细。芳影彻底陷入被爱的"幻觉"，茶饭不思，却最终收到了王先生的婚礼请帖。一场美梦结束了。一切都是个误会，是对两性关系还处在"男女授受不亲"的传统阶段的传统女性和接受了西方文化、推崇"女士优先"的现代男性之间的误会，更是传统文化和西方文化之间的误会。这部小说有着以现代视角反观传统的意味，女性的梦幻与消解在某种意义上成为一种象征。

同样是对传统女性的审视，当代女作家盛可以的小说《二姐在春天》，书写了农村姑娘二姐被爱的"梦幻"和消解。二姐从小没有父亲，母亲总是骂她没用，希望她早点出嫁。她和所有情窦初开的小姑娘和小伙子一样，自己一个人的时候，会憧憬美好的爱情，听着一首名叫《九九艳阳天》的歌，想象那"十八岁的哥哥坐在河边"的情景。然后，二姐的那个"十八岁的哥哥"出现了，他就是二姐做服务员的那家饭店老板的儿子，"他走在街上，二姐就觉得小镇的木房子矮了，那木刻版画一样的夜景，变得生动而温馨。"二姐的心里充满了美好的"梦"。她因为西渡的感情而变得丰富，觉出了自信，但当她稀里糊涂地怀孕后，却不得不接受西渡不可能娶一个乡下姑娘的事实。备受打击的二姐开始不断找人算命，有时还精神恍惚：

> 她常觉得自己飘浮起来，离人和大地都有一段距离。有时候明明有人从前面走近，她却愣是看见对方往后退去。她的生活中，最真实的事情只有两件，那就是发出金属音质的

咳嗽与喘气。

这些情节都是二姐对自我的怀疑和对命运的无可把握的一种心理表征。作者正是通过二姐被爱的"梦幻"及其消解，审视了传统女性在爱情面前主体性的缺失。

有关理想爱情和理想男性的"梦幻—消解"叙事，在现代女性小说中出现最多，并且，理想爱情和理想男性在女性人物的"梦幻"中时常合二为一。如丁玲《莎菲女士的日记》、沉樱《某少女》、张辛欣《我们这个年纪的梦》、张洁《爱，是不能忘记的》和《方舟》等小说，都写到了女性人物对与其梦想中的"爱情"较为匹配的理想男性的"梦幻"和追求。

例如，在《莎菲女士的日记》中，莎菲爱上了像"欧洲中古的骑士"的南洋华侨凌吉士，这是她想要通过实现爱情的梦想，来获得快乐和生命激情的一种印证；《某少女》中的女主人公，在给一个男人写 58 封信的过程中，因为其对爱情的"幻想"和某种程度的心理依赖，而真的爱上了他；《我们这个年纪的梦》中的"她"，面对现实中无爱和琐碎的婚姻，时常在"梦幻"中怀念童年时代的"青梅竹马"和理想爱情；《爱，是不能忘记的》中的母亲钟雨，通过对一个老干部的近乎洁癖的情感执着，守护着支撑自己走下去的纯洁爱情；《方舟》中的三位知识女性，都经历了对理想爱情的"梦幻"和失望，以保持独身、组织女性小团体的方式表现了她们对男性的鄙视和愤慨。

这些女性的爱情"梦幻"有一个共同的特点，即把对理想爱情的追求等同于对理想男性的爱恋，并时常因这些理想男性的一些现实行为，而最终导致爱恋消解。如，莎菲在得知凌吉士已有妻室之后，爱情不再；"某少女"在那个读信的男人明确拒绝之后，认清了自己的虚妄；"她"对理想爱情的"梦幻"，因认出了现实中已变得庸俗不堪的"青梅竹马"而告终。

20世纪90年代以来，很多女作家尝试在有关女性爱情的"梦幻—消解"叙事中引入审视和反思，如张洁的长篇小说《无字》等。张洁在《无字》中通过叙述者的口吻，对吴为进行过这样的评价：

> 吴为总是把男人的职业和他们本人混为一谈，把干过革命、到过革命根据地的那种人，当作革命。纵观她一生所选择的男人，差不多都和这种爱屋及乌的情结有关。

这种评价一方面点明了，一些女性常将爱情与理想男性相重合的惯常梦幻心理；另一方面，也点明现代女性的爱情"梦幻"，时常受到她们有关社会的"梦幻"，如革命等的影响。

80后女作家张悦然则以个体"成长"的视角，颠覆了此前有关爱情的"梦幻—消解"叙事，将女主人公对爱情梦幻的追求、消解，与成长的省察和体悟联系在一起，通过男性人物的突然死亡、女性人物的主体性选择等情节的设置，使作为梦幻主体的女性获得梦幻消解之后的正面力量。

例如，小说《毁》叙述了"我"生命中的王子"毁"的出现和离去：

> 天使在我的心中以一个我爱着的男孩的形象存在。天使应当和他有相仿的模样。冷白面色，长长睫毛。这是全部。这样一个他突兀地来到我的面前，我也可以做到不盘问他失去的翅膀的下落。倘若他不会微笑，我也甘愿在他的忧伤里

居住。是的，那个男孩，我爱着。将他嵌进骨头里，甚至为每一个疼出的纹裂而骄傲。

为什么叫这个男孩"毁"？因为"'毁'是一个像拼图一样曲折好看的字。'毁'是一个在巫女掌心指尖闪光的字符"，男孩的"出现，于我就是一场毁。我的生活已像残失的拼图一般无法复完。然而他又是俯身向我这个大灾难的天使，我亦在毁他"。可以说，"毁"是"我"对二者关系的一个认定，也是我对这段爱情的准确心理体验。

为什么会爱上"毁"呢？因为"我"需要一个天使或王子来，拯救自己陷入粗俗的"十八岁的爱情"：

　　　我生活在云端，不切实际的梦境中。可是认识毁以后我才发现他所居住的梦境云层比我的更高。他从高处伸出颤巍巍的手，伸向我，在低处迷惘的我。并不是有力的，粗壮的手。甚至手指像女子一样纤长。可是我无法抗拒。

就是这样一个男孩，却突然"死于意外"，"我"继续做"梦"，"相信泪水可以渗入毁的掌心纹路里。它或者可以改写毁的命运。改写他病态的、紊乱的命运，让我，爱他的我，贯穿脉承他的生命"，但"梦"醒后的"我"，清醒地知道，"什么都不可能再改写"，"我"只能常常在教堂围墙外观看黄昏时候绯色的云朵，想象着"毁""早已经由它，离开"，坚强地让自己"健康地活下去"。

《霓路》中"我"同样爱做梦，但也同样理性和坚强。"我"和男朋友小野一起离家出走，去旅行，看远方，最初的时候，"我"是快乐的，但是慢慢地，"我觉得跟上他的步伐是一件异常艰难的事情。我甚至开始丧失掉坚持我的优雅的决心和勇气"，一开始我还勉强觉得要"和我的双脚分道扬镳。它们连累了我"，后来实在受不了了，请求小野算了吧，但他虽然窘迫，却仍要坚持，而"我"却开始想念北方温暖的家：

小野脸上的表情突然明亮了一块。像是日全食过去之后的夜空。星星狡黠。他说，你在想家了。

是啊是啊是啊。给我买刨冰的女人给我买礼物的男人任我撒野的家和我可以摘下星星的城市。我的北方，秋天到了吧，树叶噼里啪啦地落下来。我家门口的树，叶子掉下来，没有机会见到我它们就腐烂掉了。一个轮回有多长呢，再次相见的时候或者我是一棵树了。小野，让我来告诉你吧，你知道我从爱上你的那一天起我就总是说，让我做一棵树也站在小野身旁吧。你觉得这些话是不是很有趣呢，我现在觉得很有趣呢。我忘记小野你是有脚的了。小野恐怕做一棵树也会是一棵很不安分的树吧。小野你走了可是我一直在。小野，你把我所有热情的花瓣都摘光了。你看到我粗糙简略的枝干。我把我长大之后的第一个故事写在上面。

他们只允许我写一句话，我就写：我要跟着小野走。

这句话占的空间太大了。结果它挤占了我良心的位置。你知道了吧，我的心就是带着这几个空空荡荡的字来来去去地跟着你奔波。它不想家因为良心没了啊。

小野再坐过来了一些。他拿开手表和饼，我们之间再也没有任何阻隔。

　　他说，为什么会是这样的呢。

　　我说，归根结底是因为你不太爱我。

　　这段对话在整个女性文学史中，是颇具象征意味的，在经历了以追随男性一起离家出走为女性解放的标志的漫长岁月后，终于有女性，确切地说是女孩，站出来反思，为爱"离家出走"这件事情的悲惨结局和荒唐体验，新世纪的"娜拉"不再是那个男人走到哪儿、就跟到哪儿的"新女性"，她们可以为爱出走，可以追求自己梦想中的爱情，也可以清醒地、认真地思索，出走到底是为了什么？在霓虹消失了的路口，敢于面对现实，并说出"你不太爱我"的事实，然后选择一个人回家。

　　总之，现代女性小说中的"梦幻—消解"叙事，相当一部分集中在具有切己性和私密性的爱情与婚姻主题上，其中女性"梦幻"的内容，常具有比较鲜明的女性主体意识，一定程度上体现了现代女性的内心欲望和主体需求。不同历史阶段的女性创作，对"梦幻—消解"叙事的设置和理解，都有较大的不同，尤其是21世纪初的女性创作，显示出更多的女性意识和对人生的主动性。同时，作者在叙事过程中所具有的不同的价值指向和性别观念，使小说叙事在梦幻与消解、叙述话语与梦幻内容等之间形成了某种张力。

二、"梦幻—消解"模式的叙述张力

　　所谓"张力"，"在物理学中指的是被拉伸的弦、绳等柔性物体对拉伸它的其他物体的作用力或被拉伸的柔性物体内部各部分之间的作用力。"[①]1938年，美国新批评派批评家艾伦·退特(Allen Tate)，首先将"张力"引入诗歌理论，这一概念经过不断探索，逐渐扩展到文学批评的众多领域。尤其是对小说叙事张力的分析，成为文学研究的一种重要手段与方法。"一个时代的伟大艺术都来自于两种对立力量的相互渗透"[②]，"一般而论，凡是存在着对立而又相互联系的力量、冲动或意义的地方，都存在着张力"[③]，以语言、情节、叙述为基本构成要素的小说文本，其本质也是"两种以上力量的既相互依存又相互制约中形成的某种平衡，它既存在于语言层面，又存在于故事与情节、场景与形象等的关系之中，体现为结构、手段、肌质、效应等的张力场"[④]。

具体到现代女性小说的"梦幻—消解"叙事模式，以"梦幻"的追求与消解为主要情节结构的小说文本，也正是以这两种"既相互依存又相互制约"的力量为基础，形成了各层面的叙事张力，主要表现在以下几个方面：

其一，"梦幻—消解"间的落差对比。在现代女性小说的"梦幻—消解"叙事模式中，"梦幻"和梦幻的"消解"时常相继对立出现，构成女性人物在"梦幻"追求和"梦幻"消解之间的心理落差与对比。这一现象不仅导致小说情节的跌宕起伏，同时也在这两部分之间，构成一种既两极撕扯又相依而存、整体统摄的紧张关系

---

①　金健人：《论文学的艺术张力》，《文艺理论研究》2001年第3期。

②　[德]恩斯特·卡西尔：《人论》，上海译文出版社1986年版，第207页。

③　王先霈等主编：《文艺批评术语词典》，上海文艺出版社1999年版，第287页。

④　王金圣：《充满张力的寓言化叙述——重读〈孔乙己〉》，《社会科学论坛》2004年第1期。

和张力场。

下表是就本书所涉及到的部分作家作品，对"梦幻—消解"叙事模式中，关系到"梦幻"与"消解"间人物心理落差的基本情节构成所进行的简要梳理：

作家作品	女性人物	"梦幻"内容	"梦幻"消解方式
沉樱《妩君》	妩君	与恋人私奔	私奔对象失约
沉樱《一个女作家》	钰珊	与自由恋爱对象结婚	结婚后理想的落空
凌淑华《绣枕》	大小姐	做绣枕、幻想被爱	绣枕被践踏，幻梦破灭
凌淑华《吃茶》	芳影	幻想被爱	幻想对象无意
庐隐《丽石的日记》	丽石	同性之爱的梦幻	不被社会认可
张辛欣《我们这个年纪的梦》	"她"	梦幻中的"青梅竹马"	"青梅竹马"在现实中变得庸俗
张洁《爱，是不能忘记的》《方舟》《无字》	"母亲"、吴为、墨荷	梦想理想爱情和理想的男子汉	独身、离婚；对男性失望；疯癫或退居女性世界
张悦然《毁》	"我"	梦想"王子"出现	"王子"死于意外

可以看出，在这些女性小说中，以女性人物为梦幻主体的"梦幻"内容，时常与梦幻的"消解"相对应存在，构成女性人物出现心理落差的要素。"梦幻"的内容，往往会带给她们生活的希望，

如沉樱的《妮君》《一个女作家》等，分别书写了女主人公妮君、钰珊，对自由恋爱、与恋人生活在一起，成为一个女作家的梦想和希望；凌淑华的《绣枕》《吃茶》，分别书写了女主人公"大小姐"和芳影，希望被爱、被珍惜的梦幻和期望；张辛欣的《我们这个年纪的梦》和张洁的《爱，是不能忘记的》等小说，则书写了女主人公"她"和母亲钟雨，对理想爱情和理想男子汉的追求与梦想。这些女性人物的"梦幻"，通常出现在小说的开始部分，随小说情节的发展出现转折点，女性人物的"梦幻"消解，在情节的转换中，人物心理失衡，产生叙述的张力。

例如，在小说《妮君》中，作者通过主人公妮君的心理活动，用了相当大的篇幅，叙述、渲染了她为获得恋爱的自由，不顾家庭反对，准备与恋人私奔，奔向自己的幸福生活的"梦幻"想象和激动心情，并在此基础上，细腻地刻画了妮君在等待恋人赴约的时间里，不断借"梦幻"自我安慰的内在矛盾和心理起伏。这种既期待又担心的矛盾和犹疑心理，在轮船的汽笛声响起时，达到了最大值，妮君的"梦幻"也在这个时刻随着她的希望一起崩溃。

"梦幻"的追求和"梦幻"的消解于此形成鲜明的落差和对比：

更远一点是码头，灯火明灭的船只密密地排着；其中哪一只是今晚约定要逃亡的船呢？热望与好奇使她明知无用还在细辨着默想。突然响起的汽笛惊破了夜的沉默，打断了她的迷惘，再看手表，那开走的船不正是预备乘它逃亡的船吗？望着它独自去了，向着那水月濛濛的天边去了！等待着，等待到船没声敛，一切又入睡了！贴着石栏的手腕，感到透骨的冰凉，她像清醒了一下，接着又感到腿的酸疼，沉沉地回转身来，"忠魂碑"三个黑色的大字迎面对着她，像在狞笑……她已不再探望，不再谛听，心里重复着说着："他是不来了！他是不来了！"但不期待而又期待地预感着他是无声地走上来了，怕惊骇了她，他一直轻轻地走到她的面前才低声喊着"妩君"……四周是坟墓般的静默，这静默中又充满了驱逐她、恐吓她的活动的鬼魂，像是要逃去，像是被追逐着，发了狂般的她奔下山去。

……

她像幽灵似的来到这夜的世界中飘着，而又像幽灵似的消失了，夜又照旧的寂静，只有一直照着的月亮是随着光辉的黝黯而逐渐斜沉了！

其二，生活场景与"梦幻—消解"叙事的交织、杂糅。"梦幻—消解"间的落差对比和张力呈现，是从小说情节发展的角度来看的，而若从小说叙事空间的角度看，同样存在着内在的张力。在现实生活中，"梦幻"作为人类普遍的生理和精神现象，是与现实联系密切、但又异于现实的另一时空；在文学文本中，"梦幻"则是文本突破常规时空限制、跳跃往回、拉伸延长以达到文学叙事的陌生化效果和时空张力的有效策略之一。它并非孤立存在，而是与现实生活场景紧密相连。不仅如此，现实世界里按照时间线性顺序发展的事件，在小说文本中，还时常被作者根据一定的叙述目的和意义指向颠倒、交错、回环，甚至模糊化、陌生化。因而，在现代女性小说的"梦幻—消解"叙事模式中，"梦幻—消解"叙事与现实生活场景间的交织、杂糅，不仅体现着一定的叙事张力，同样也蕴含着创作主体的叙事目的和意义指向。

表格中列举了部分具有代表性的"梦幻—消解"叙事作品，以及其中女性人物的"梦幻"及其"消解"。仔细阅读文本会发现，这些女性人物的"梦幻—消解"，常常只是构成小说的情节框架，而并不足以完全构成小说的情节内容。除"梦幻—消解"的叙述主线外，小说文本中大篇幅出现的主要还是对现实生活场景横截面的描绘与叙述，而且，这些被描绘和叙述的生活场景，往往在"梦幻—消解"的情节发展过程中，起到控制叙事节奏、连接、铺垫并催化情节转折的作用。如，凌叔华的《绣枕》中，作者在叙述大小姐的隐秘"梦幻"及其消解的故事的同时，一直贯穿着对主人公的主要生活场景的描绘与渲染：大小姐在闷热的闺房中绣花。小说主要叙述了这一生活场景的两个横截面。第一个横截面是在小说的开头，大小姐一边绣靠垫，一边和张妈聊天。大小姐的认真、勤劳，以及张妈家的小姐儿对"绣枕"的赞叹、艳羡，都传达出深处闺阁的大小姐寄托在"绣枕"中的天真"梦幻"：

> 大小姐正在低头绣一个靠垫，此时天气闷热……张妈站在背后打扇子，脸上一道一道的汗渍，她不住地用手巾擦，可总擦不干。鼻尖的刚才干了，嘴边的又点点凸了出来。
>
> ……
>
> 张妈走过左边，一面打着扇子，一面不住眼地看着绣的东西，叹口气道："我从前听人家讲故事，说那头面长得俊的小姐，一定也是聪明灵巧的，我总想这是说书人信嘴编的，哪知道就真有。这样一个水葱儿似的小姐，还会这一手活

计！这鸟绣的真爱死人！"大小姐嘴边轻轻地显露一弧笑涡，但刹那便止。张妈话头不断，接着说："哼，这一对靠枕送到白总长那里，大家看了，别提有多少人来说亲呢。门也得挤破了……听说白总长的二少爷二十多岁还没找着合适亲事。唔，我懂得老爷的意思了，上回算命的告诉太太今年你有红鸾星照命主……"

"张妈，少胡扯吧。"大小姐停针打住说，她的脸上微微红晕起来。

第二个横截面是在小说的结尾，通过两年后的一个相似场景（大小姐与张家小妞儿无意闲聊），透露出她曾经的天真"梦幻"的破灭（具体引文请见本章第一节的第一部分的《绣枕》引文）。梦幻和梦幻的消解之间，形成前后呼应的对照和叙事的落差，把传统女性生活空间的狭窄、生活内容的重复、不被社会所重视的各种窘迫境地，表现得淋漓尽致。

在张辛欣的《我们这个年纪的梦》中，同样贯穿着"梦幻"及"梦幻"的消解，与现实生活场景穿插、交织在一起的叙述。主人公"她"带着儿子去市场买菜，为了晚饭和晚饭后那"一顿接一顿"的饭盘算着，忙活着。为儿子讲的童话故事，自己在建设兵团时对"明天的路"如何走的渴盼，对那"莫须有"的"青梅竹马"的"幻想"，还有工作和生活中的那些烦心事，都在"买菜"的路上和回家做饭的当口，在自己脑海里翻腾来、翻腾去。可最终，一切有关童话的梦幻色彩和"青梅竹马"的幻想，都在粗陋、残酷的现实中，一点点"消解"了：

这又算得了什么呢？谁也不能说，要是当初事情不是这样，而是那样的话，就不会有这些烦恼了。

青梅竹马？简直是个童话。

那句话也像是一个童话：

天上有一颗你的星，必定还有另一颗星在向你闪烁，召唤。不论世界有多么大，总有那样一个人，哪怕永远不知道是谁，不知道这辈子能否寻找到，能否相遇，你，应该属于这个人。

——除了煽动盲目的激情和盲目的努力之外，这样玄妙、美丽的哲言一点儿意思也没有。

当人从偏僻的角落被"移"到渴慕的地方，改变了一下环境，仿佛真也改变了自己命运的时候，有那么几天，会在城市生活循环的热闹中，体会出一种似乎是单单为她或他独创的、新鲜的气氛。她也曾尝到这种滋味儿。

该谈恋爱了。她终于能够喘口气，名正言顺、心安理得地去好好爱那个属于她的人了。

那个人呢？

记忆在无边的空间跳跃，却又总是这么狭隘。回忆起一个真实的梦，会那么慢、那么难……

曾经的"梦"在"梦幻"消解之后，重又浮现，可也只不过又重新走了一遍"梦幻"消解的寻常之路，从周围人催着"该谈恋爱了"，到按部就班去"相亲"；从麻木的"见面，见面，见面"，到"她"烦躁地想："下一次，闭上眼，遇上谁就是谁！再也不折腾了"，到最后的最后，仍免不了别人拉"她"的手时，"她"觉得恶心！现实生活与"梦幻"想象之间的冲突和矛盾，在这里达到了一个高峰。

与此同时，小说又再次引出"她"那"青梅竹马"的"梦"，对"青梅竹马"的命运的猜测和想象，以及"梦"醒后"她"面对现实时的无奈和顿悟：

> 她怎么也记不清"他"那时候的模样了，仅仅记得，"他"是一个很美的小男孩。可那眼睛、鼻子、嘴具体是什么样！……何况"他"也要长大呀！"他"现在变成什么样儿了呢？
>
> 会是一个现在男子中间少有的，女孩们人人心里渴慕的、高高大大的人吗？也许，不那么漂亮了，但更有男人气质了……也许，是一个岩石一样的人了，是一个清秀的安静的人，是一个绝不外露的深沉的人，还是从外到内都变得平平的人？
>
> 现在，"他"怎么样在生活呢？一天，一天，他在做些什么呢？
>
> 她并不在等待着和"他"再次奇遇，甚至，在她的各种梦破了一个、生了一个、又破一个之后，她觉着，在实实在在的生活里，所有的奇遇，所有"戏剧性"的碰撞，比梦更像是梦！像她所看见、所经历的所有过于悲壮、辉煌的东西一样，更容易变质、消失。
>
> 她并不在等他。
>
> 但是，就是在大街上走着的时候，有时，她会从一晃而过的脸孔中，发现某种似乎熟悉的东西。那眉，那眼，那说

不出来的、很有可能存在的和谐，都会使她隐约想起在她内心最深处供着的"他"来。然而，无由交往，无法沟通，有的只是被指定的人和人的关系；有的只是被"介绍"的相见和预定的隔膜……她有时觉着，他其实就在她的背后，在同一个地方，不过是在跟另一群人说话而已，不用回头，当然不会有。但每当这种时候，她会在寂寞和越发的淡然中，突然涌出一股近似柔情的哀怨。

他为什么不来呢！假如是他，不管他变成了什么模样，不管他是在做什么工作，不管他是由什么样的条件组合成的，不管怎么样，她也会跟他的。

因为，是他呵！

可以看出，在现代女性小说的"梦幻—消解"叙事中，现实生活场景与"梦幻—消解"叙事的交织、杂糅，常蕴含着现代女性与外在世界、生存环境之间的波动、冲突、转化等动态关系。现实生活场景是"梦幻"得以生发和展开的背景与基础，同时又往往是这些"梦幻"最终"消解"的原因和催化剂，二者之间所形成的内在的张力场，凸显了现代女性内心世界与外在世界间的紧张关系，以及她们的自我挣扎和自我调节。

其三，故事呈现与叙事态度间的内在张力。前述"梦幻—消解"间的落差对比、生活场景与"梦幻—消解"叙事的交织、杂糅，构成了小说文本的表层结构与张力。在不少文本中，叙述者通过这种突转、对比的情节设置，以及反差、衬托的艺术处理，折射出其自身关注的焦点和叙事意图。但在有的情况下，当小说在讲述"梦幻—消解"这一表层故事时，叙述者与女性人物之间，常常

"分属两个不同的本体存在层面"①。也即是说，叙述者在讲述故事的同时，对女性人物的一些心理、行为等，并不完全认同，甚至有时会表露出对"梦幻"本身及其内容的疑虑和反思，从而在故事呈现与叙事态度之间，形成某种内在的叙述张力。

例如，在《莎菲女士的日记》中，叙述者在叙述莎菲爱情"梦幻"的消解时，以莎菲自我反问的形式对"梦幻"做了反思：

> 我应当发癫，因为这些幻想中的异迹，梦似的，终于毫无困难地都给我得到了。但是从这中间，我所感到的是我所想象的那些会醉我灵魂的幸福吗？不啊！

在《莎菲日记第二部》（未完稿）中，叙述者又进一步通过莎菲的日记和自我反省，否定了她以前"所有的梦幻"和"爱幻想"这一习惯本身：

> 我得审判我自己，克服我自己，改进我自己，因为我已经不是一个可以只知愁烦的少女了。
> ……
> 我过去有一个坏习惯，便是当睡醒了的时候还舍不得起身，总要多躺一会儿，为的好想事。我确是一个喜欢幻想的人。现在我不准我这样了。

---

① ［美］苏珊·S.兰瑟：《虚构的权威——女性作家与叙述声音》，黄必康译，北京大学出版社 2002 年版，第 18 页。

《妩君》则以第三人称全知叙事视角，讲述了女主人公妩君的梦幻和消解，但在叙事过程中，叙述者时常介入叙事，发出声音。当妩君等待的恋人一直没有出现的时候，叙述者冷静地陈述了她的"梦幻"及其产生的原因："为了逃脱这焦待的现实，暂时把心沉入那少女所惯有的美梦中去。"这种陈述不仅突出了叙述者超越于人物之上的叙事声音，也表露了隐含作者在面对焦虑女性沉入惯有"梦幻"时的审视和批判意味。

可以看出，《莎菲女士的日记》中曾经被莎菲寄予厚望以获得"生的满足"的"美的梦想"，最终被隐含作者"审判"与否定；《妩君》中叙述者的潜在审视和批判，未曾受限于"梦幻—消解"的表层结构，而是向深处延伸，体现了现代女性的自我探求，也使小说文本生发出一种动态的审美张力。

三、"梦幻—消解"叙事模式的文化反思

现代女性小说往往突出描写女性人物的"梦幻"追求、现实"消解"之间的落差对比，通过情节的跌宕起伏、女性人物的心理变化，以及叙述过程中形成的内在张力，凸显现代女性所面临的切己问题。其中，对现代女性的现实处境、心理困境的清晰认知和反映，对"梦幻"之于女性的文化功能，以及在文本中所充当的叙事功能的探索等，都具有现代意味，体现了现代女性主体精神的成长。

但与此同时，我们也不能忽视，现代女性小说的"梦幻—消解"叙事模式也存在一些局限。

第一，现代女性的"梦幻"与传统女性的"梦幻"之间所存有

的内在联系，反映在小说文本中，常呈现出性别观念杂糅的状态。这主要体现在现代女性有关理想爱情与理想男性的"梦幻—消解"叙事中。这方面的叙事内容与传统女性的"梦幻"有一定的相似性，即其"梦幻"对象往往与男性直接相关。不同之处在于，现代女性对理想男性的"梦幻"追求，是以个性解放、人性复苏、爱情自由等现代观念为前提的，且时常在文本中为某种宏大的叙事目的服务。例如，丁玲的《莎菲女士的日记》中莎菲爱上凌吉士的"梦幻—消解"叙事，就生动地表现了五四时期女性对个性解放的追求和由叛逆而来的苦闷。张洁的《爱，是不能忘记》、张抗抗的《北极光》等小说所叙述的女主人公对理想爱情与理想男性的"梦幻"追求等，则主要针对的是当时社会中常见的庸俗、势利、无爱的婚恋观。

正是这种看似现代的"梦幻"叙事，一定程度上掩盖了"梦幻"内容在某些方面受传统观念影响的一面。现代女性对理想男性的认知，还无法在根本上完全从传统女性对"如意郎君"的理解中剥离开来，虽然"梦幻"的具体内容有所变化，但英俊潇洒、能像英雄一样拯救自己的男性，依然时常在她们的"梦幻"中萦绕。传统女性希望在"梦幻"中，借助于男性安抚自己的孤寂、思念之痛，如朱淑真的"昨宵结得梦寅缘，水云间，悄无言。争奈醒来，仇恨又依然"（《江城子·赏春》）；甚至有的时候，还想要在"梦幻"中将自己变成理想中的男性，持枪骑马、建功立业，如王筠、吴藻等的"愿天速变做男儿"（黄崇嘏:《辞蜀相妻女诗》）。而现代女性则希望通过对理想男性的"梦幻"与追求，寻找并确认新的自我，如丁玲笔下那个想要从凌吉士那里寻求"生的满足"的新女性莎菲，以及张洁早期书写中向往并享受柏拉图式梦幻般的精神恋爱的钟雨，等等，她们的"梦幻"对象都是男性，又都与解救自身困境、获得自我的确认相联系，其间所体现出的不自觉的依赖性，仍然流露出传统文化影响的痕迹。

第二，一些作家在处理女性人物的"梦幻"及其"消解"时，存在二元对立倾向。如沉樱的小说《旧雨》，在叙述五四时期女性升学、奋斗、憧憬未来的"梦幻"及其消解时，将其归因于结婚、嫁人，认为"自命不凡的新女性，结果仍是嫁人完事，什么解放，什么奋斗，好像自由恋爱，便是唯一目的，结婚以后，便什么理想也没有了"，并以"结婚是女人的坟墓"而简单化地否定了婚姻对女性的意义。白朗在《四年间》中，也借主人公"黛珈"之口，表达了同样的观点："结婚是女人坠落的路，是女人的陷阱，是埋葬女人的坟墓！"并认为结婚、生子等是女性为此付出的代价，主人公的名字"黛珈"其实就是"代价"的谐音，可见当时的女性对婚姻意义的消解和负面理解，颇具普遍性。到了20世纪80年代，女性小说"梦幻—消解"叙事的二元对立仍然存在，其指向从"婚姻"这一征兆女性自由的仪式，转向了站立在女性对立面的男性身上。张洁的《方舟》《无字》等小说，就书写了一些现代女性在理想爱情的"梦幻"消解后，因对男性的失望、憎恨而采取的极端反抗方式：退居于女性的小团体；模拟男性的生活方式等。可见，这一阶段的女性是自觉把男性放置到了女性的对立面，一边憎恨着、失望着、远离着，又一边希望自己能够成为像男人一样的女人，好摆脱女性的不利处境。

从希望借助婚恋自由而获得女性个体自由的"梦幻"，到寻找理想爱情和理想男性的"梦幻"，最终都以"梦幻"的"消解"而告终。在这一"梦幻—消解"叙事模式中，都存在一个传统的局限性思维：女性人物在自己的"梦幻"遭遇现实的消解后，常会将导致其消解的原因或"梦幻"内容本身完全否定，以此缓解"梦幻"消解的焦虑与失衡。这一现象不仅彰显了一些现代女作家以男性的标准为标准的思维误区，同时也反映出，她们对女性不同于男性的生理特质，如生育、性欲等，在认知和理解方面的偏差。

总的来说，"梦幻—消解"叙事作为现代女性小说中的一种"有意味的形式"，有着一定的文学意义。它一方面体现出现代女性所遭遇的与男性不同的问题、矛盾和冲突，以及现代女作家对这些问题的思考和探索；另一方面，也在文本功能的层面展示出这一模式中所蕴含着的审美张力。

第二节 "栖息—救赎"叙事模式

"失衡"是现代中国女性小说中的女性人物常有的一种心理状态。除梦幻的"消解"外，其他一些因素，如成长经历、生活遭际、挫折失败等，都会引起她们生活的失衡和内心的焦虑。在这种情况下，"梦幻"又有可能体现出另外一种文化功能：栖息和救赎。这种类型的"梦幻"在现代女性小说创作中较为常见，一定程度上构成了"栖息—救赎"梦幻叙事模式。

一、两种基本的叙事序列

"梦幻"作为人类一种常见的精神现象，其来源和内容是同"梦幻"主体的现实生活紧密联系在一起的。它既是人类"内部和外部、自我与环境"①之间的桥梁，也是"当前现实问题和生活样式"②之间的桥梁，且常会构成介于人类自我与环境、心灵与现实之间的另一重心理空间和时间。这重"梦幻"时空，为在生活中出现失衡状态的女性，提供了一条想象、逃离、栖息与救赎的途径。人处在"梦境"中时，就像婴儿蜷缩在母体的子宫里，外界的干扰和刺激暂且消失，"梦境"成为夹在前后两重现实之间的一块封闭区域，它与拉康所说的"想象界"相类似，是人得以逃离象征秩序的一种救赎的途径；而"幻想"则是一种"白日做梦"的方式，通过想象甚至自欺，借以躲避和化解来自现实世界的压抑束缚。

在现代中国女性小说文本中，具有"栖息—救赎"功能的"梦幻"，呈现出各种不同的形态，如梦境、幻想、梦幻意象等。以"梦境"直接进入叙事的文本很多，如庐隐的《丽石的日记》、徐小斌的《双鱼星座》、斯妤的《浴室》等；以"幻想""冥想"形态出现的"栖息—救赎"梦幻也不少，如庐隐的《或人的悲哀》，丁玲的《暑假中》《韦护》《日》，林徽因的《九十九度中》，陈染的《与假想心爱者在禁中守望》《巫女与她的梦中之门》等。此外，现代女性小说还营造了一系列接近于"栖息—救赎"功能的梦幻意象，如《白云庵》(石评梅)中如梦如幻、促人成长的"白云庵"，《锦绣谷之恋》(王安忆)中白云袅袅、超然世外的"锦绣谷"，《北极光》(张抗抗)中魅力炫目、神奇瑰丽的"北极光"，《私人生活》(陈染)中倪拗拗的"浴缸"，《一个人的战争》(林白)中多米的"蚊帐"，《羽蛇》(徐小斌)中的羽在童年经常逃往的湖水、蚌、水泥管，《山上的小屋》

①　[美]安东尼·史蒂文斯：《人类梦史》，杨晋译，海南出版社2002年版，第162—163页。
②　[奥]A.阿德勒：《自卑与超越》，黄光国译，作家出版社1986年版，第95页。

（残雪）中"我"家屋后荒山上的"小屋"……

这些不同形态的"梦幻"，承载着相同的文化功能：构成为女性提供精神栖息与生命救赎的空间和途径。它们在女性生命中起着重要的沟通作用。由于女性所生存的外部世界，为父权制象征秩序所覆盖，而女性生存的内部世界，是被压抑与遮蔽的女性生命体验的沉默之所，因而，通过"梦幻"的内外沟通与连接，女性生命中这些相互隔离的部分，可以以女性体验为纽带结合起来，并在对现实世界进行回应的同时，寻找新的生长点。这是女性逃离父权制象征秩序、寻求精神栖息的过程，也是回应外界和获得生命救赎的过程。"梦幻"就像是女性生命的"调制解调器"①，在她们因各种焦虑而无法获得平衡的时候，运转起来。

这类"梦幻"在文本中也承担着一定的叙事功能。它经常在女主人公的生活遭遇困境、冲突或挫折后出现，为其提供与外界隔离开来的虚幻空间，使她们受压抑的心灵获得暂时的平静。

20世纪80年代以来，女性小说中的"栖息—救赎"梦幻叙事，呈现出克洛德·布雷蒙(C.Bremond)所说的"基本序列"。在《叙述可能之逻辑》一文中，布雷蒙曾指出："任何叙事作品相等于一段包含着一个具有人类趣味又有情节统一性的事件序列话语。没有序列，就没有叙事。"②他还以"叙事逻辑"为基点和出发点，将"叙事序列"分为"基本序列"和"复合序列"。其"基本序列"主

---

① "调制解调器"是计算机的生命中枢，它把存储在计算机中的信息转换为能被电话线传输的声音信号，传送到电话线上，同时又把通过电话线传来的声音信号转换为计算机格式，传输到计算机中。本书借用这一比喻，以其运转中的这两个过程分别对应女性通过"梦幻"所获得的精神的栖息与生命的救赎。

② ［法］克洛德·布雷蒙：《叙述可能之逻辑》，张寅德编选：《叙述学研究》，中国社会科学出版社1989年版，第156页。

要包含可能性—（是否）采取行动—（是否）达到目的三个功能。①
按照小说中"梦幻"的情节功能和叙事逻辑，现代女性小说的"栖
息—救赎"梦幻叙事主要采用了以下两种基本的"叙事序列"：

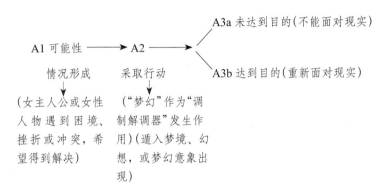

在上述模式中，虽然女主人公遇到的情况千差万别，梦境、
幻想与梦幻意象等作为女性生命的"调制解调器"，在文本中也
呈现出不同的形态和表现方式，但她们在遭遇困境、挫折或冲突
时，所采取的行动往往有着内在的一致，即逃离现实、遁入精神
栖息的空间，或生命救赎的暗道。至于梦醒之后的女性，是否面
对现实、如何面对现实，现实会得到怎样的改善或恶化，很大程
度上则取决于女主人公的主体意识、女性意识和精神力量。而女
作家之所以不约而同地在创作中选择"梦幻"作为女性人物焦虑的
救赎方式，其中的女性人物又在"梦幻"之中或"梦幻"之后呈现出
不同的命运走向，与她们所持有的性别观念和叙事态度有着密切
的联系。

173

① 罗钢：《叙事学导论》，云南人民出版社1994年版，第93页。

二、心灵的栖息与生命的"调制解调器"

一定历史时期的文学叙事模式，总是受社会意识形态的影响，现代女性小说的"栖息—救赎"梦幻叙事模式也不例外。A1 → A2 → A3a 与 A1 → A2 → A3b 两种基本的叙事序列，并非在任何时期的女性文本中都有出现，而是随着社会文化环境的变化而有所不同。如 A1 → A2 → A3a 叙事序列，在五四时期和三四十年代的女性小说创作中，较为常见，而在 20 世纪 80 年代以来的女性小说文本中，出现的频率大为降低，偶有出现，也与此前的叙事方式和"梦幻"表现形态有所不同；A1 → A2 → A3b 叙事序列，则大量出现在 20 世纪 80 年代以后的女性小说中。这一现象与作家自身的性别观念、创作中女性个人话语的成长以及社会文化等对性别的认知等密切相关。

A1 → A2 → A3a 基本叙事序列的主要运行路线是："情况形成—采取行动—未达到目的"，也即，当女主人公或女性人物在生活中遇到困境、挫折或冲突，希望得到解决时，具有"栖息—救赎"功能的"梦幻"常在小说中出现，被用来缓解、调节梦幻主体的失衡和焦虑，但其结果却往往是未能达到目的，陷入"梦幻"的女性依然处于失衡状态，甚至愈加难以面对现实。其中，具有"栖息—救赎"功能的"梦幻"，较多地表现为各种漫无边际的"幻想"和"冥想"，这与女性的生存状态有较大关系。在五四运动的影响下，现代女性开始尝试着走出传统家庭、走向社会，努力做一个社会的"人"。而面对社会生活产生的困惑、迷茫和焦虑，一些受过教育的知识女性开始思索人生的意义、探究人生的究竟。"幻想"和"冥想"正反映了现代女性在特定历史时期的社会生活中的一种精神生活状态。

五四时期的女性小说文本中，"栖息—救赎"梦幻叙事主要包括两方面内容：

一是对现代青年女性面对人生时深陷迷茫感与失败感时的"梦幻"逃离的书写。如庐隐的小说《或人的悲哀》，通过亚侠写给KY的信，刻画了当时的青年特别是青年女性的人生困惑和渴望解脱的"幻想"：

> 我并不是信宗教的人，但是我在精神彷徨无着处的时候，我不能不寻出信仰的对象来，所以我健全的时候，我只在人间寻道路，我病痛的时候，便要在人间之外的世界，寻新境界了……这几天，我一闭眼，便有一个美丽的花园，——意象所造成的花园，立在我面前，比较人间无论哪一处都美满得多；我现在只求死，好像死比生要乐得多呢！

丁玲《暑假中》也写了几个找不到人生意义的五四女青年的救赎幻想：嘉瑛经常梦想着"一些不意的事会来到"；志清则觉得自己的生命中"缺少一种更大的能使她感到生命意义的力"，她"想不出一条方法来自己拯救自己"，便把自己关在小房里，静静地躺着，"梦幻般想那些只能梦想的事。"《韦护》则书写了青年女性丽嘉厌倦了学生生活，无耐心念书，又无事可做，"惟有在小说中、梦幻中得到安慰"，并"幻觉着那不可言说的，又是并不能懂的福乐的来临"，好实现自己逃避现实的幻想。

二是对一些家庭女性想要摆脱传统文化束缚的痛苦、撕裂，在想象中寻求"梦幻"救赎的书写。如林徽因在小说《九十九度中》，描写了少女阿淑面临与一个"异姓的异性的人"结婚时的困惑和焦心。她不能也没有勇气像社会宣传的那样，"为婚姻失望而自杀"，"大胆告诉父亲"或"逃脱这家庭的苛刑(在爱的招牌下的)去冒险，去飘落"，只有在婚礼进行中，以无边的"幻想"缓解焦虑，期望能有个"恋人骑着马星夜奔波地赶到"，搭救自己：

> 迷离中的阿淑开始幻想那外面吵闹的原因：洋车夫打电车吧，汽车压伤了人吧，学生又请愿，当局派军警弹压吧……
> ……
>
> 临刑也好，被迫结婚也好，在电影里到了这种无可奈何的时候总有一个意料不到快慰人心的解脱，不合法，特赦，恋人骑着马星夜奔波地赶到……但谁是她的恋人？除却九哥！学政治法律，讲究新思想的九哥，得着他表妹阿淑结婚的消息不知怎样？他恨由父母把持的婚姻……但谁知道他关心么？

阿淑很快就否定了自己的"梦幻"，以自审的眼光审视了自己不现实的"幻想"和现实的残酷：

> 幻想是不中用的，九哥先就不在北平，两年前他回来过一次，她记得自己遇到九哥扶着一位漂亮的女同学在书店前边，她躲过了九哥的视线，惭愧自己一身不入时的装束，她不愿和九哥的女友做个太难堪的比较。

这样的清醒认知，让自己的"梦幻"救赎也因此而显得无力，只能无奈地妥协于现实。

丁玲在《梦珂》中，通过梦珂表嫂的一席话，写出了一个想要摆脱旧式婚姻和受害地位的女性，无端的"幻想"。梦珂表嫂二十多岁，有家庭，有孩子，看到杂志上"说的关于女子许多问题的话"，"尤其是讲到旧式婚姻中的女子，嫁人也等于卖淫，只不过是贱价而又整个的"，认为这很对，因为她自己就是旧式婚姻的受害者，所以才会有这样一个可笑的"梦想"：

> 真可笑，我也是二十多岁的人，并且还有丽丽，自然应该安安分分地过下去，可是有时，我竟如此幻想，愿意把自己的命运弄得更坏些，更不可收拾些，现在，一个妓女也比我好！也值得我去羡慕……

《阿毛姑娘》则刻画了一心想要逃离破旧农村、无爱婚姻的乡村姑娘阿毛的凭空幻想与飘渺"梦幻"：

> 她希望有那么一个可爱的男人，忽然在山上相遇，而那男人爱上了她，把她从她丈夫那里、公婆那里抢走，于是她就重新做人。她把那所应享受的一切梦，继续做下去。

她还"希望凭空会掉下什么福乐来。或者不意捡到一个钱包，那里面装有成千上万的钱，拿这钱去买地位，买衣饰，要怎样，便怎样，不也是可能的吗？"最后的结果是，"阿毛除了那梦幻的实现，什么也不能满足她的需要。"渐渐地，连这"梦幻的实现"，也无法满足她的需要了，她沉浸在这"不可及的梦幻中"，回避面对现实，其结果往往是"疾病"。阿毛病了，"她整夜不能睡，慢慢地成了习惯，等到灯一熄，神志反清醒了。于是恣肆地做着梦。"隔壁姑娘的死，"给予阿毛思想上一个转变，使她不再去梦想许多不可能的怪事上去。不过她的病却由此更深了。"她陷入了虚无，直至自杀。"她本以为幸福是不久的，终必被死所骗去，现在她又以为根本就无所谓幸福了。幸福只在别人看去或羡慕或嫉妒，而自身始终也不尝着这甘味。"

我们看到，无论"梦幻"发生的原因是什么，这些女性都只能通过"梦幻"来获得暂时的安慰或解脱，很难达到改变现实的目的。她们整日沉浸在漫无边际的"幻想"中，要么醉生梦死，游戏人生，要么将心灵寄托于宗教，要么在不断地幻想中，寻找"地上的乐园"，或者仅仅靠漫无边际的"幻想"度日。在文本中，当这些女性人物连依靠"梦幻"也无法获得栖息与救赎时，不可医治的疾病、悲哀无奈、绝望自杀、心灵麻木等，就成为她们无法逃脱的遭遇或结局。这种基本的"梦幻"叙事序列，既传达出隐含作者对那个时代的女性，身心两方面都陷入困境的同情和悲悯，也反映了隐含作者自身对女性出路的困惑和迷茫。

A1 → A2 → A3a 叙事序列，在 20 世纪 80 年代以来的女性小说中也有出现，但其表现方式、其中的梦幻形态及意义指向，已有所改变。受西方精神分析理论和女性主义理论的影响，在 20 世纪 80 年代以来的部分女性小说中，具有"栖息—救赎"功能的"梦幻"形态，在书写梦境、幻想、梦幻意象的同时，又进一步将精神方面的疾病纳入"梦幻"的因素。美国精神病理学家 C. 费希尔曾说："梦是正常的精神病，做梦是允许我们每个人在我们生活的每个夜晚能安静地和安全地发疯。"① "梦幻"作为个体在现实秩序中的一种逸出和逃离的空间，是女性在日常秩序中"安静地和安全地发疯"的途径。当一些女性长期蜷缩于"梦幻"，无力面对现实时，就有可能形成精神方面的疾病，或显示出此方面的征兆。

例如，徐小斌在《对一个精神病患者的调查》中，刻画了一个宁愿待在精神病院、也不愿面对现实世界的女孩子景焕。她有着反常规的思维模式，希望通过梦幻中的飞翔，挣脱现实秩序的束缚，获得心灵的自由，这也是她在现实残酷的逼迫下的一种无奈选择。陈染的小说《巫女与她的梦中之门》中的"我"，是一个面对内心"一扇永远无法打开的怪门或死门"，"没完没了、不厌其烦地设想"，并通过"回忆""虚构""冥想"或"写作"等方式来做梦、幻想的女性。"梦中之门"成为她"打不开的死门"这一现实焦虑的替代物。这种疏导和释放，甚至成为她"生命里一个无法抵御的诱惑"。方方《暗示》中的二妹则是一个无忧无虑、徜徉在自己内心世界，拒绝长大、拒绝进入象征秩序的"精神漫游者"。她像一个回归母体的婴儿，关闭起朝向现实的心门，又在内心建构了一方"自己的天空"。外界的纷扰和伤害于此全都淡出，她只是一味沉醉在斑斓的梦境里不愿醒来。

不难发现，这些女性在面对现实社会中的不如意、压力、挫折等社会现象时，更倾向于逃匿、祈求帮助和救赎，其自身缺乏强大的精神力量。此时，"梦幻"便为她们提供了一个隐匿空间和生命退路。而实际上，"梦幻"作为女性现实生活之外另一维度

179

① [美] N. 克莱德曼：《梦的模式》，转引自 [美] R.F. 汤普森主编：《生理心理学》，孙晔等编译，科学出版社 1981 年版，第 372 页。

的人生场景，虽然是虚幻的，但本质上却依然不可避免地联系着现实，并在一定条件下可望回应现实。当这种回应可以有所收获时，便进入了 A1 → A2 → A3b 这一基本叙事序列："情况形成—采取行动—达到目的"。

20 世纪 80 年代以来的不少女性小说，都书写了这样的女性"梦幻"。如王安忆的《锦绣谷之恋》讲述了一个女人婚外恋的故事。"她"在爱情和婚姻里厌烦了自己的现状，"锦绣谷之恋"在一次偶然中，成为她生命中永远斑斓的"梦境"。"梦"中的"她"游离了自己的日常角色，"感到在他的面前自己是全新的，连自己也感到陌生"，而"梦"醒后的"她"，又以新的面貌面对生命里新的早晨。陈染《时光与牢笼》中的水水，在报社做记者，她悟透了文字的虚空，看透了人情的虚伪，厌恶了单位里的蝇营狗苟。梦中，她用粗粗的炭水笔在单位厕所的墙壁上抒发自己的苦闷，但梦醒后的早晨，仍要"毕恭毕敬、谦卑顺从"地向领导请假。残雪《激情通道》里的述遗和水水一样，在无数个这样的早晨之后，开始慢慢学会生活的"分身术"，努力让自己做一只在黑夜里穿越与飞翔的"蝙蝠"。她既需要通过做梦和幻想来获得平衡，也清醒地认识到，要努力让自己从"冗长的梦里"走出来，"开辟新的空间"，面对现实生活。

除了通过"梦幻"锻造生活的"分身术"之外，这一时期女性小说中的女性人物，还较多地借助"梦幻"对抗现实，以想象的方式为自己营造摆脱现实困扰的空间。陈染的小说《另一只耳朵的敲击声》中的黛二，"害怕人群""耽于幻想"，希望能有人给她"一套墙壁森严、门扇无孔、窗帘可以拉紧的房间"，使她获得"精神的睡眠"，并安放"心和身体"。当她与守寡的母亲发生冲突时，"梦"

中又常会有"一位没见过面的伊堕人反复出现",充当着她的"守护神"。《破开》中的"我",则在"梦"中勾画了一个"像姐妹一样亲密"的女性同性之爱恋,以获得生命的救赎与抚慰。徐小斌《双鱼星座》中的卜零,在现实中无法获得平衡,只有在"梦"中化装,并分别用三种意想不到的方式,对现实生活中的三个男人进行反击。斯妤《浴室》中的包布依,饱受上司淫威,在"梦"中通过幻想来反抗。她梦见一间"敦敦实实"的浴室,里面的神秘符号,可以把她由被动变为主动,由怯懦不安变为敢说敢做。于是,布依突发奇想,希望以此来改变上司,使他由盛气凌人变得平易近人,从而改变自己的境遇。

在"栖息—救赎"梦幻叙事模式中,这两种基本的叙事序列,分别代表了两种不同类型的通过"梦幻"来获得生命平衡的女性。A1 → A2 → A3a 基本叙事序列,立足于"梦幻",祈求通过"梦幻"逃离现实秩序的束缚与困扰;A1 → A2 → A3b 基本叙事序列,则立足于现实,通过"梦幻"来调节自己在现实中遇到的困惑和焦虑。虽然二者都带有不同程度的自我拯救和寻求自我的色彩,但在后一基本叙事序列中,女性人物显然更具有主动性和能动性,比较生动地体现了"梦幻"作为女性生命的"调制解调器"的文化功能。

在"栖息—救赎"梦幻叙事中,这两种基本叙事序列之间的差别,与二者在不同的历史时期和社会文化环境中出现的频率,在一定程度上有所对应。在五四及其以后的一段历史时期中,刚刚接受启蒙,渴望摆脱传统、走上社会的现代女性,还没有足够的精神准备来对社会现实中的各种现象做出反应,因而往往会倾向于在"梦幻"中消沉甚至绝望;而20世纪80年代以来的女作家,随着社会经济的发展和文化的多元,女性意识得以强化，这一时期部分女性小说文本中的"梦幻"，也在一定程度上逐渐演变为女性主动对外界做出反应和寻找自我的途径，这也正是 A1 → A2 → A3b 基本叙事序列，在 20 世纪 80 年代以后的女性小说中大量出现的原因。

三、单向救赎、性别对立与潜在对话

尽管具有"栖息—救赎"功能的梦幻叙事，在现代女性小说中客观上呈现出两种基本的叙事序列，但在具体的小说文本中，不同作家作品对具有"栖息与救赎"功能的"梦幻"的叙事和文本的处理，仍然存在差别。其中较为明显的是，在处理"梦幻"与女性人物的心理需求及现实生活之间的关系时，不同的作家作品时常会有不同的叙事呈现。这与作家的性别观念及其他社会、政治、文学的因素直接相关。

第一种情况也是最常见的一种情况是，对女性人物而言，文本中的"梦幻"仅起到"单向救赎"的作用。这时，一些作家的性别观念显示出新旧杂糅的倾向。"单向救赎"，在这里指的是文本"梦幻"与女性人物的心理需求之间的关系是单向的，即"梦幻"是以女性人物为中心，并为其改变生活现状等内心愿望服务的。在这种情况下，女性人物"梦幻"的内容，通常会成为小说书写的关键点，并与她们对生活现状的不满密切相关。这在有关"理想男子汉"的梦幻书写中，有较为典型的表现。

林徽因的《九十九度中》、丁玲的《阿毛姑娘》、张抗抗的《北极光》等小说，在这方面具有代表性。阿淑迫于无奈，要和一个陌生的人结婚，在婚礼上，她不断地"幻想"能有一个"恋人骑着

马星夜奔波地赶到"，把她救走(《九十九度中》)；阿毛也整日做着"白日梦"，希望有一个男人"把她从她丈夫那里、公婆那里抢走，于是她就重新做人"，去过城里人的生活(《阿毛姑娘》)；陆芩芩时常进入童话般的"梦境"，向往有一天一位"挥舞着长剑"而来的"勇敢的骑士"，来到她平凡、世俗的生活中(《北极光》)。这些"梦幻"往往对应着女性人物对现实婚姻生活的不满。

此类"梦幻"归根结底还是以男性为中心的，它与传统女性创作中的某些梦幻书写有相似之处。虽然小说中的女性人物，或多或少地接受了现代思潮的影响，如《九十九度中》的阿淑就因为"多留心报纸"，而对当时有关"婚姻问题"的讨论很熟悉；《北极光》中的陆芩芩，生活在 20 世纪 80 年代，受社会环境和文化教育的影响，在一定程度上具有独立自主的现代意识，但她们仍然不约而同地选择在"梦幻"中将希望寄托在理想男性身上。这种情节设置，一方面，反映着特定历史阶段女性观念的现实表现；另一方面，也折射出现代女作家性别观念中的矛盾：既要追求女性的独立与自主，同时又期盼理想男性的拯救或支撑。实际上，潜在透露出女性与男性相互支撑、两性需要和谐相处的理想追求，但男性处于父权制中心这一性别观念，又同时制约着女性对待两性问题的开拓视野，内在矛盾便由此而生。

因而，具有"栖息—救赎"功能的梦幻叙事，在文本中就显得有些吊诡：源自女性内心的"梦幻"，是一种女性自主性萌芽的象征，而"梦幻"中的理想男子汉，则又重新淹没了作为梦幻主体的女性人物的自主意识。也正是通过这样的对比书写，一些作家尝试写出特定时期女性的心理矛盾和困惑挣扎。如，林徽因在《九十九度中》，通过阿淑婚礼上的"幻想"和自我审视，揭示了残留的传统性别文化和封建礼教，对现代人特别是现代女性的束缚，并对当时社会对于女性婚姻问题的关注，以及女性自身遭遇间存在的反差这一社会文化现象，作出了深刻的反思。

王安忆在《锦绣谷之恋》中塑造了一个可以正视和控制自己的欲望，努力平衡自我意识与生命节奏，具有主体性和现代精神气质的女性形象"她"。经由锦绣谷"梦幻"般的短暂恋爱，"她"更新了自我的认知，并重新获得了生命的意义。"梦幻"为她提供了一个可以逸出现实秩序和重新确认自我的途径。但作者并没有在此停步，而是继续描写了"她"在离开"锦绣谷"这个给她带来新生"梦幻"的地方之后，内心的失落和压抑。前后的对比更加凸显出"梦幻"之于女性主体性建构的虚幻意义，是对女性企图通过自身以外的人或事物获得新生和独立的内在愿望的一种解构性、反思性书写。

但也不可否认，个别作家为了更集中地表现小说的主题，而忽略了其间的内在矛盾，将具有"栖息—救赎"功能的"梦幻"，仅仅看作是为女性人物的心理需求服务的，其一端指向女性人物的内心，另一端指向对现实的不满，"梦幻"在这个二元对立中，就只起到了超越现实、单向救赎的作用，显得过于表层和单薄。这也说明，在现代女性小说创作中，作者自身性别观念的局限和对"梦幻"的认知，既关乎所写"梦幻"的内容，也关乎作者对"梦幻"的叙述。当文本中的"梦幻"，只是一种针对女性人物而设置的单向救赎时，不免缺乏更为开阔的视野观照和更加立体、丰富的"梦幻"叙述。

第二种情况是，"梦幻"与现实之间的界限被混淆，文本叙述中出现了明显的性别对立意识。如《另一只耳朵的敲击声》《时光与牢笼》《巫女与她的梦中之门》《双鱼星座》《浴室》等。这类文本大都预设了压抑、扭曲女性的父权制象征秩序的存在。如，陈染在其早期创作中，将女性视为"失去笼子的囚徒"①，徐小斌则明确点明，《双鱼星座》的主人公卜零是一位"菲勒斯中心社会"的逃离者②等。沿着这一思路，她们不约而同地把孤立、改变或反抗男性，作为女性从父权制象征秩序中逃离或突围的前提和必由之路。同时，她们还深受法国女性主义者埃莱娜·西苏关于女性与"梦境"的论述的影响，即认为女性"在自己的历史中始终被迫缄默，她们一直在梦境中、身体中（尽管是无言的）、缄默中和无声的反抗中生活"③。

这类创作在将"梦幻"作为女性逃离现实秩序的途径时，甚至混淆了现实与"梦幻"的界限，将其作为女性与男性彻底决裂、对抗，或企图改变男性的"战斗场"。这种思维方式将男性看作父权制象征秩序的代表，而没有看到男性也是与女性一样，受困于父权制象征秩序的受害者，从而在低矮的天空下构建了一座座女性"自我缠绕的迷幻花园"④。

第三种情况是，"梦幻"成为作者与文本及女性人物之间进行潜在对话的途径与通道。陈染的小说在这方面表现得相当充分。她对梦幻的书写可谓别具一格。"与其说她的作品充满了丰富的潜意识流露，是某种梦或者白日梦，不如说那是相当清醒或理智

---

① 陈染：《沉默的左乳》，《陈染文集》(2)，江苏文艺出版社1996年版，第76页。
② 徐小斌：《让我们期待明天更美好》，《徐小斌文集》，华艺出版社1998年版，第343—344页。
③ [法]埃莱娜·西苏：《美杜莎的笑声》，张京媛主编：《当代女性主义文学批评》，北京大学出版社1992年版，第201页。
④ 戴锦华：《自我缠绕的迷幻花园——阅读徐小斌》，《当代作家评论》1999年第1期。

的释梦行为与自我剖析。"①她不仅常在小说中，通过叙事者阐述"我是分析者，同时也是被分析者"②，"我的判断力常常站在我的身体之外几步远的地方，像看待另外一个人似的审视我自己"③等观点，同时还有意地在叙述过程中，进行自我对话与反思，而"梦幻"则是她在文本中所建构的潜在对话的一种途径。

在小说《破开》中，陈染通过主人公"我"的梦境，勾画了一个女性同性之爱，但她同时又通过"我"做梦前后的冥想和叙述，对这一"梦幻"进行了潜在的反思与颠覆：入梦前的"我"恍惚感觉"脚下踩踏的只是一层虚幻的白纸，它高悬在深渊之上一触即破"；梦醒后的"我"又"惊愕无比"地看到梦中老妇人给的那串石珠"滚落一地"。小说既通过"梦"，叙述了女性以同性之爱躲避来自男性世界的伤害的愿望，又通过"我"于梦境前后的敏锐心理，进行了潜在的对话，反思了女性同性之爱的可行性，从而拓展了作为女性救赎途径的"梦幻"的叙事功能与文化功能，一定程度上与西方比较激进的女性主义拉开了距离。

此外，还有一种类型是，通过"梦幻"叙述、表征现代女性的生存状态或策略，其间没有明显的性别对立意识。如，徐小斌的小说《对一个精神病患者的调查》，通过一个男性叙事者，讲述了一个不适应社会的女孩子景焕的"梦幻"。社会现实与精神病院，现实的纷乱与飞翔的梦幻，受禁锢的生活与梦幻中的自由等，成为叙事过程中明显呈现的二元对立，但作者在小说中刻意设置的

① 戴锦华：《陈染：个人和女性的书写》，《当代作家评论》1996 年第 3 期。
② 陈染：《另一只耳朵的敲击声》，《陈染文集》(2)，江苏文艺出版社 1996 年版，第 176 页。
③ 陈染：《凡墙都是门》，华艺出版社 1996 年版，第 12 页。

男性叙事者对女性心理的叙述，巧妙地中和了这一对立。徐小斌自己也称这是一部"中间色的作品"①。景焕的"梦幻"传达的是，在当时社会背景下滋生的一种想要逃离现实秩序的女性的生存状态，其逃离的对象，主要并不是性别压迫，而是病态的社会现实。

残雪的小说《激情通道》则不同，她在其中所书写的主人公述遗的"梦幻"，是一种建立在荒诞、残酷的生存背景之下的女性生存策略。尽管述遗在其中是一位独身女性，但残雪并未刻意突出她的生活经历与性别遭遇，而是着重叙述了她如何经由"梦幻"的启示学会了生活的"分身术"，使这篇小说成为一种存在意义上的女性"梦幻"寓言。

通过以上分析可以看出，同样具有"栖息—救赎"功能的"梦幻"，在小说文本中往往承担着不同的叙事功能和文本功能：或在"梦幻"中获得指向自身的单向救赎，或混淆梦幻与现实的界限，以极端的性别对立的方式，反抗以男性为代表的父权制象征秩序，或构建潜在对话途径，既传达梦想又作出反思，或通过梦幻建构女性主体性，呈现并探索女性生存状态与策略。这些情形一方面显露了20世纪80年代以来女作家复杂多样的性别观念，同时，也让我们看到现代女作家们在梦幻书写中所努力进行的思考和探索，以及"梦幻"本身在文本中所具有的生发性功能。

可以说，作为女性生命"调制解调器"的"栖息—救赎"梦幻，对女性而言有着普遍的意义，充分体现了"梦幻"本身的特点与特质：它处于父权制象征秩序的边缘，是女性内心世界与象征秩序的临界地带，既构成女性生命体验的一部分，又传达着被压抑的

187

---

① 徐小斌：《世纪回眸：生命中的色彩》，《蔷薇的感觉》，华艺出版社1998年版，第8页。

女性生命体验。同时，现代女性小说中的"梦幻"也在此基础上呈现出丰富的形态和多样的文本功能。

第三节 "思虑—表征"叙事模式

现代女性小说的"梦幻—消解"叙事模式和"栖息—救赎"叙事模式，分别体现了作为人类常见的生理与精神现象的"梦幻"，在梦幻主体为女性的情况下，所扮演和承担的两种与女性生命存在直接相关的文化功能：内在欲望的传达与彰显、精神的栖息与救赎。除此之外，"梦幻"还有一个不容忽视的文化功能，即内心冲突的隐喻表征。它在现代女性小说文本中同样也有所表现，并形成了"思虑—表征"叙事模式：当女主人公面临内心冲突，或与外在世界发生矛盾时，小说文本常常通过噩梦、梦境、幻想、幻觉等多种"梦幻"形式，来表现与表征她们对自身处境、外在世界的思虑和认知。

一、内心冲突、梦幻思虑与女性生命意识

在中国传统女性文学创作中，女性抒情主人公时常面临内心与外在世界的矛盾冲突，但通过梦境、幻想等"梦幻"形式，来表征其自身处境和社会现实的作品并不常见。她们的梦幻书写，主要指向个体焦虑、孤寂处境的自我缓解。明清时期，女性的社会意识逐渐有所增强，她们的创作中开始出现以"梦幻"等形式反映外在世界的文学作品。如，清代随园女诗人金逸在《一梧斋与竹士夜谈去后作》一诗中以"微云淡淡雨黄昏""轻舟如叶路茫茫，无

赖东风亦太狂"等诗句，传达了作者对自身境遇和生存状态的焦虑感受。①

现代女性小说的"思虑—表征"叙事模式，主要呈现为由外而内和由内而外两种叙述路径。

前者主要叙述的是社会环境、生存处境等外在世界，带给女性人物的内心冲突和梦幻思虑。如，庐隐在短篇小说《丽石的日记》中，书写了女主人公丽石的走投无路之感，夜里的"噩梦"以及在这个恐怖的梦中，"上帝"所指示出的"人生的缩影"，是丽石绝望的人生的隐喻性表征；白朗的短篇小说《探望》，叙述了一个报社女编辑"我"，在爱人被反动派抓进监狱后的惊慌失措、恐惧无依和梦魇般的对痛苦的囚徒与黑暗冰冷的监狱的幻想、幻觉；宗璞的短篇小说《蜗居》，通过对"我"的一个恐怖异常的"梦魇"的艺术化书写，形象地反映了"文革"时期无法掌控自己的人们心灵的扭曲。

后者主要叙述的是，女性人物自身的历史遭际、精神创伤、内在困惑等形成的内心冲突和梦幻思虑。如，杨沫的短篇小说《房客》，书写了北平西单一家公寓里，从小被卖的使女二姐，在突然获得解救的希望时所做的一个表征她的生活经历和被救愿望的"噩梦"；杨沫的长篇小说《青春之歌》，在叙述林道静在卢嘉川的鼓励下，"心里开始升腾起一种渴望前进的、澎湃的革命热情"这一情节时，通过她"夜里所做的一个奇怪的梦"，传达了在动荡的年代中，林道静的内心焦虑和对其生存环境的感性认知。铁凝早期创作的小说《东山下的风景》，通过女记者"我"所做的各种各

---

① 段继红：《清代闺阁文学研究》，南开大学出版社 2007 年版，第 216—217 页。

样关于"被子"的"梦魇"，传达出作为个体的人在经历过"文革"后所残留的难以缓解的"创伤性记忆"。斯妤的小说《风景》①，叙述了一个孤独寂寞、希望依赖的现代女人所做的被异化为"热水袋"的噩梦等。

这两种叙述路径许多时候在文本中并没有明显的界限，有时社会环境、生存处境与女性人物的历史遭际、精神创伤、内在困惑等之间，还存在着相互作用的关系。只不过在小说叙事中，作者在通过思虑"梦幻"来反映女性人物所处的外在世界及其内在困惑时，常会依据其叙述意图的不同而有不同的侧重。但无论采用哪种路径，现代女性小说中的女性思虑"梦幻"，都是以女性人物的体验和感受为前提和基础的。这不仅是"梦幻"本身的生理与心理特点的体现，其内涵也与现代女性的生命意识及其主体性密切相关。

所谓生命意识，是指生命个体在"世界"与"自我"的存在格局中，对自我生命存在价值的确认，以及对个体生命与宇宙、世界、社会之间的关系的认知。主要包括生存意识、安全意识、恐惧意识和死亡意识等。而女性生命意识则在包含上述内涵的同时，还包括对被传统性别文化所压抑和遮蔽的女性生命本真存在的发现和确认。

不可否认，中国传统女性文学创作中也存在女性生命意识的体现，特别是其中的梦幻书写。如"前事销凝久，十年光景匆匆。

---

① 斯妤的作品《风景》，最早作为散文发表于1995年，由《山花》《钟山》《大家》《作家》四家刊物共同打造的《联网四重奏》栏目推出（参见《钟山》1995年第1期）。在2004年中国青年出版社出版的斯妤作品集中，《风景》被收入小说卷。笔者在此将其作为小说进行文本分析。

念云轩一梦，回首春空"（孙夫人：《醉思仙》）、"回首断桥烟，是处画阑朱栋。如梦，如梦，借阵好风吹送"（徐灿：《如梦令》）等，这些"人生如梦"的感怀和体悟，一定程度上传达出，传统女性对自我生命价值的朦胧意识。但这样的生命意识还停留在较浅的层面，未能上升到对个体生命的本真存在，以及与外在世界的关系等层面的思考。

在五四运动的思想启蒙和陆续传入中国的西方生命哲学思潮的影响下，现代女性的生命意识逐渐成长，并在部分女性文学创作中表现出来。现代女性小说的"思虑—表征"叙事模式，正可视为现代女性生命意识的一种体现。它主要表现在：

其一，在"思虑—表征"叙事模式中，女性思虑梦幻的产生前提，常与现代女性的生命意识直接相关。如，在庐隐的《丽石的日记》中，丽石在做那个"被逐于虎狼""被困于水火"的"恐怖的梦"之前，日记中到处充满着对"消极的思想"的"自制"和对"生的厌烦"的情绪记载，新旧更替年代的苦闷与挣扎，使得这些"生的漂泊者"，不断思虑并探索着自我生命的价值和存在的方式。也正是这种"思虑"，催生了丽石的人生缩影之"梦"。杨沫的《房客》中一直安于现状的二姐，在梦见"漆黑寒冷的野地里""救人的神仙"和妈妈之前，遇到了带给她思想启蒙和获救希望的新的房客，她的生命意识从此获得苏醒；《青春之歌》中，林道静在做"在阴黑的天穹下，她摇着一叶小船，飘荡在白茫茫的波浪滔天的海上。风雨、波浪、天上浓黑的云，全向这小船压下来、紧紧地压下来"的噩梦之前，也正为自己的恋爱和出路思虑，卢嘉川对她的鼓励，不仅激起了她"渴望前进的、澎湃的革命热情"，同时也刺激她产生了对未来生活状态和自我生命道路的内在忧惧。尽管这些女性人物的思虑"梦幻"及其产生的前提各不相同，但其中大都蕴含着传统女性身上很少有的、对自身生命存在方式和人生价值的反省和探求。

其二，在"思虑—表征"叙事模式中，女性思虑"梦幻"的内容及其表征意义，也与现代女性生命意识密切相关。如庐隐在《海滨故人》中，通过女性人物之一"云青"所写的小说《消沉的夜》，讲述了一个五四时期女青年的"梦境"：

> 朦胧之间，只见一个女子，身披白绢，含笑对她招手，她便跟了去。走到一所楼房前，楼下屋窗内，灯光极亮，她细看屋里，有一个青年的女子，背灯而坐，手里正拿着一本书，侧首凝神，好像听她旁边坐着的男子讲什么似的，她看那男子面容极熟，就是那个瘦削身材的青年，她不免将耳头靠在窗上细听。只听那男子说："……我早应当告诉你，我和那个女子交情的始末。她行止很端庄，性情很温和，若果不是因为她家庭的固执，我们一定可以结婚了……不过现在已是过去的事，我述说爱她的事实，你当不至怒我吧！"那青年说到这里，回头望着那女子，只见那女子含笑无言……歇了半晌那女子才说："我倒不怒你向我述说爱她的事实，我只怒你为什么不始终爱她呢？"那青年似露着悲凉的神情说："事实上我固然不能永远爱她，但在我的心里，却始终没有忘了她呢！……"她听到这里，忽然想起那人，便是从前向她求婚的人，他所说女子，就是自己，不觉想起往事，心里不免凄楚，因掩面悲泣。忽见刚才引她来的白衣女郎，又来叫她道："以往的事，悲伤无益，但你要知道许多青年男女的

幸福，都被这戴紫金冠的魔鬼剥夺了！你看那不是他又来了！"她忙忙向那白衣女郎手指的地方看去，果见有一个青面獠牙的恶鬼，戴着金碧辉煌的紫金冠。那金冠上有四个大字是"礼教胜利"。她看到这里，心里一惊就醒了，原来是个梦，而自己正睡在床上，那消沉的夜已经将要完结了，东方已经发出青白色了。

她渴望与一个男青年结婚，但对方无法冲破包办婚姻的枷锁，于是女青年只能陷入凄怨的境地。"梦"中有个白衣女子一语点破她消瘦憔悴的原因："你要知道许多青年男女的幸福，都被这戴紫金冠的魔鬼剥夺了！"金冠上有四个大字："礼教胜利"。这一"梦境"表征并控诉了封建礼教对青年男女的摧残和禁锢，以及年轻人想要获得恋爱自由和甜蜜爱情的生命意识。

在当代女性小说创作中，梦幻书写中的女性生命意识有了新的发展，斯妤的《风景》、陈染的《与假想心爱者在禁中守望》等，以女性的生命体验为基础，叙述了女性被异化为无法发出自己声音的"热水袋"的噩梦，以及恐怖阴冷的"人狼共舞"的噩梦，反映了现代女性对自身作为女性，在男女两性格局中被动、依赖、没有主体性，甚至被异化为"物"的现实处境的清醒认知，以及她们源自生命欲求的想要发出自己的声音、独立自主的希望和梦想。

其三，这一叙事模式本身即是现代女性生命意识的一种体现。法国女性主义者埃莱娜·西苏曾经说过："写作乃是一个生命与拯救的问题。写作像影子一样追随着生命，延伸着生命，倾听着生命，铭记着生命。写作是一个人之一生一刻也不能放弃对生命观照的问题。这是一项无边无际的工作。"①在这个意义上，现代女性小说的"思虑—表征"叙事模式，以及其中的女性思虑"梦幻"，都是现代女性倾听生命、观照生命的文本体现。如，铁凝在《东山下的风景》中，叙述了女记者"我"被各种各样的"被子"压得喘不过气来的"梦魇"："我专爱做关于被子的梦：新的、旧的、薄的、厚的、干净的、不干净的……轮换着做。有时各种被子一起摞在身上，把我压醒。"这种心理表征，体现了作者对社会历史带给个体生命的精神创伤和内在心理创痛的关注。同样，宗璞的《蜗居》，以"我"在"梦魇"中变成"蜗牛"、戴着面具、荒诞恐怖的地狱之行和见闻，书写了处在社会政治高压下，无以躲避与逃脱的个体生命的扭曲和异化；林白的小说《去往银角》，则通过对一个现代女性因生活所迫而去"银角"做"妓女"的"梦魇"叙述，反映了底层女性如"红薯"般的生命的卑微，以及她们在身体和精神层面所遭遇的双重困境。

二、心灵表征、叙事意图与性别观念

"梦幻"作为一种常见的生理与心理现象，是人类对现实的一种"心灵表征"方式；而文学中的梦幻书写，则是在此基础上"文本表征＋心灵表征"的双重表征行为。表征的最初含义指的是"一物代表另一物的行为"，在后现代文化语境中，则被引申为"实物不在的情况下重新指代这类实物的任何符号或符号集"②。表征

---

① ［法］埃莱娜·西苏：《从潜意识场景到历史场景》，张京媛主编：《当代女性主义文学批评》，北京大学出版社1992年版，第218页。
② ［英］M.W.艾森克、M.T.基恩：《认知心理学》，高定国等译，华东师范大学出版社2002年版，第361—368页。

活动一般有三个要素：表征主体、被表征对象、表征结果。其中，表征主体根据自身需要对被表征对象的认知、选取或回避等信息处理行为，对表征结果起着决定性的作用，而性别观念则是决定表征主体对现实信息有着怎样的认知，会选取或回避怎样的现实信息的重要因素之一。

现代女性小说中的女性思虑"梦幻"，在文本的内容层面，作为担任梦幻主体的女性人物对现实信息的处理而形成的表征结果，是通过一系列的意象、符号等隐喻表征方式，对现实信息进行的重新编码与整合；在文本的叙述层面，它也是文本叙述的表征结果之一，一定程度上受隐含作者性别观念的影响。同时，作为文本叙事技巧和策略的一部分，女性人物的思虑"梦幻"某些时候也会为隐含作者的叙事意图服务。

"性别"作为"文学作品的一种非结构因素"，"对文学并不构成直接的和必然的关系"，它"与文学的关系是通过有性别的作者功能这个媒介来实现"①的，而作者的叙事意图，同样也是通过"有性别的作者功能这个媒介来实现"的。因而，在小说文本中，女性人物的思虑"梦幻"、隐含作者的性别观念和叙事意图三者之间，就形成了复杂的互动关系。这在现代女性小说的"梦幻—思虑"叙事模式中主要呈现为两种情况。

一种关系模式是，文本中女性人物的思虑"梦幻"与隐含作者的性别观念一致，并为作者的叙事意图服务。在此以白朗的小说《探望》为例。

安迪·克拉克(1997)的"行动导向表征"理论认为，"心灵表征

①　刘思谦：《性别理论与女性文学研究的学科化》，《文艺理论研究》2003 年第 1 期。

并非如实地描绘世界，而是最有利于行动的理解。"①同样，现代女性小说中的女性思虑"梦幻"，也不是对现实世界的如实描绘，而是一种经过梦幻主体和隐含作者过滤、处理过的"心灵表征"。这种经过心灵折射的现实表征，是以女性人物的现实"行动"和心理需要为基础的，其中运用了以符合其叙事目的为前提的叙事技巧和文本技巧。

《探望》作为白朗对深陷牢狱的丈夫罗烽深切怀念的作品之一，着重记述了女主人公"我"去监狱探望因从事革命活动而被捕的爱人的经过，表达了主人公对爱人的深厚感情和情感体验。小说回避了对爱人的革命活动及如何被捕等情况的讲述，而主要通过外视角，对"我"的心理活动和情感体验进行了书写。其中，"我"在电车车厢中因思虑而产生的"幻觉"："整个车厢里的乘客，都变成我幻想中的囚徒了"；还有"我"在秋夜里所做的爱人被日本人杀死的恐怖"梦魇"，可以说都是隐含作者设计的，借以揭示主人公隐秘心理的一种巧妙的表征方式。作为新闻界的革命者，"我"一方面为爱人的被捕感到"伟大而骄傲"，另一方面又难以忍受失去爱人的惨痛；理智上，希望将夫妻之情与革命之爱融为一体，情感上，却陷入无可控制的焦虑与思念之中。"我"的"幻觉"和"梦魇"就是这种焦虑与思念的外化表征。小说中"瘦弱""镣铐""血污"……这些词汇都浸满了对爱人的心疼与爱恋。

尽管隐含作者在叙述"我"电车上的幻觉时，将幻想为囚徒的对象，设置为车厢里的所有乘客，将对爱人的思念，放置到与对

---

① 严轶伦：《作为修辞表征的预设》，《外国语言文学》2007 年第 3 期。

其他革命人士的关怀一样的层面；并且还通过"我"的意识流露，申明了"我"对爱人的感情，是以革命为前提的："勃是自己的丈夫，又是自己的导师，是他带给自己温暖，又引领自己走向革命的道路"，但隐含作者和"我"对夫妻之情的侧重，对爱人的关切和焦虑还是展露无遗。

例如，小说中写到女主人公的心理活动：

> 我还年轻，我还是刚从礼教家庭中逃出来的孩子，我需要一个导师——一个刚毅像勃的导师，因此，我不能失掉勃，没有他，我的生命黯淡无光，没有他，我的前途将是一个莫知底止的深渊，我会堕到那里面没人拯救。

可以看出，《探望》中的"我"，虽然认为女性作为一个个体的人，应该走上社会，从事社会工作，但在其性别意识深处，仍然有对男性作为人生导师和领路人的两性关系格局的依赖。而隐含作者与主人公在这些方面的认识是一致的。

女性人物的思虑梦幻、隐含作者的性别观念和叙事意图三者之间的第二种关系模式，主要出现在20世纪80年代以后的女性小说文本中，即，通过处在思虑"梦幻"中的女性人物与隐含作者的性别观念的对比，来凸显叙事者的叙事意图，例如斯妤的《风景》和陈染的《与假想心爱者在禁中守望》中的"思虑—表征"叙事。

斯妤的《风景》叙述的是一个女人被异化为"热水袋"的可怕"梦境"："我"在孤独寂寞、忧伤惶惑的时候，渴望温暖，却无人可依，"热水袋"充当了取暖的工具。可一旦温暖得到满足，"我"却变成了一只无法发出自己声音的"热水袋"。这里，"热水袋"既是人们在孤独寒冷的时候，可以用以取暖御寒的工具，同时也是在两性关系中处于附属地位的女性失语和被物化的一种象征。

陈染在《与假想心爱者在禁中守望》中，用大段文字叙述了女主人公寂旖接连不断做的"噩梦"：

她的家住在冰雪封死的山里，任何车子也无法深入进去。夜已经很深很浓了，黑得连塔松上的白雪全是黑的。她的目光在旷野上来来回回搜寻，但什么迹象都没有，什么也看不见。她只穿着贴身的休闲服，风雪冰寒毫无遮拦地穿透她薄薄的肌肤，刺到她的骨头里面去。

她准备回到自己的住处。在她记忆中，她的家回廊长长阔阔，玫瑰色的灯光从一个隐蔽凹陷处幽黯地传递过来，如一束灿然的女人目光。她滑着雪，走过一片记忆中的青草地，前边却是另一片青草地。家，好像就在不远的什么地方，但她不知它在哪儿。她不识路，不知怎么走才能回家。她四顾茫然，惊恐无措。

正在这时，那个人——相片上的那个人，飞快地滑雪而来，能够在这样的渺无人烟的黑夜里遇到他，真是救了命。她恳请他带她回家，他家不知怎么也住在山林里。于是，他们飞一样牵着手滑行。两边山林的崖壁上全是凄厉的风声和狼的嚎叫，茫夜一大片一大片从身边风一般划过。

他们走到半途时，忽然他说："寂旖，我只能带你走到这儿，下边的路我们得岔开走了，你家在那个方向，我家在这个方向。"

……

四周全是野兽，红红绿绿许多狼的眼睛像流星一样在空漠的黑夜里闪耀。一声一声狼嚎恐怖尖利，一声一声如针扎在她身上，格外吓人。

她开始失控，惊惧得要崩溃。为了抵御这种恐惧，她开始一声一声学狼叫，持续地叫，大声地叫……模仿一只母狼……

……

她推开楼门，径直上楼。她感到自己攀登在石阶上的脚，似乎是踏在扩音器上，扩音器模糊地发出吱吱嘎嘎的交流声。她定睛一看，原来那石阶都是一排排堆起来的走不完的死人肋骨，吱吱嘎嘎声就是它们发出的。那些肋骨，白天走在城市的街上，在阳光下构成一群一群活的人流；夜间或者任何一种可以隐身的场所，它们就会恢复它们的本来面目，变成一堆冷冰冰的白骨。没有年龄，没有性别，反正都是死人。

可以说，这个"梦境"所表征的是寂旖的现实处境和心理状态。其中较为突出的几个场景，如"冰雪封死"的山、"人狼共舞"的恐怖、冰冷的"太平间"等，经由梦幻主体的心理呈现，通过"梦变思想为视像"的逼真处理，将寂旖内心的孤寂不安、对"假想心爱者"的渴望与恐惧等微妙心理，都做了象征性的书写。

这些女性人物的"梦境"都与男性相关，《风景》中的"我"，在幻觉中将"热水袋"的温暖感受为"男人的大手"，《与假想心爱者在禁中守望》中的寂旖，总是幻想着那个她时常与之对话的照片中的男人，能够陪伴她，梦见他到"冰雪封死"的山里与她牵手滑行，想要带她找到回家的路。然而好景不长，这种对男性的渴望很快使她们陷入新的困境：感受到温暖的"我"被变为一只巨型的热水袋，只能发出水汽上涌时"吱吱吱"的声音；寂旖在那个照片中的男人走后，开始感觉到"四周全是野兽"。在一声接一声的狼嚎中，她为了抵御恐惧，开始"模仿一只母狼"的叫声。对这些处在"梦境"中的女性来说，她们在其中扮演的都是父权制象征秩序中被动的客体角色，总是生活在被抛弃的恐慌之中，对男性的渴望最终都演变为自身的"异化"，而且都陷入了"失语"的境地，无法发出人类的声音。

可以说，这两个"梦境"，是深受传统性别观念影响的女性生活处境的写照。而对于作为梦幻主体的女性人物来说，做梦的过程，其实也是一个反观自我、审视自我的过程。虽然是否做梦、什么时候做梦，以及梦境的内容，都不是梦幻主体所可以选择和控制的，但其生成的内在原因，却与梦幻主体的自我意识、性别观念等有着直接的联系。梦幻中的自我处境和心理状态的呈现，其实正表明了梦幻主体自我意识的存在和性别观念的觉醒。这在一定程度上凸显出作者性别观念的现代意味。

表征活动是以认知活动为前提的。也就是说，对女性人物的生存处境和异化失语等境遇的表征，其前提是对这一现象及现代性别观念的清晰认知。这不仅说明作为"梦幻"主体的女性人物，与"梦幻"中的女性人物的性别观念有所不同，也表明作为表征和叙述主体的隐含作者，与"梦幻"中的女性人物性别观念的不同。《风景》和《与假想心爱者在禁中守望》两部小说的隐含作者，正是通过"梦幻"中的女性人物与隐含作者性别观念之间的潜在对比，来传达其性别观念和叙事意图的。"梦幻"就像是隐含作者为现代女性"思虑"所设计的一件"外衣"。女作家通过对"梦幻"中女性人物主体性的丧失及其异化和失语的书写，对在两性关系中处于"第二性"的女性的生存困境，做了生动、形象的叙述。

三、"内觉"、视觉表证与互文结构

弗洛伊德曾说过："梦将思想变为视像。"[1]在"思想"和"视像"之间，起到贯通与连接作用的是"梦幻"主体的内在体验。这种心理体验根据"梦幻"主体是处于"梦幻"还是处于现实，分为"内觉"与"外觉"。"内觉"指的是梦者在"梦"中的所见所闻所思所想的知觉感受，与人在现实中的知觉感受的"外觉"相对应。[2]因此，"梦幻"可以被看作是"梦幻"主体以"内觉"调动视像，并通过凝缩、移植、隐喻与转喻等"梦的工作"，将其排列组合编织在一起，呈现于"梦幻"主体视野中的一个心理事件。其中，以"内觉"为基础的"梦幻"具有强烈的主体性色彩。"梦幻"主体的情感体验、生活体验等，都会通过"梦幻"中的视觉意象得到表征。

文学中的"梦幻"则是作者发挥想象力，利用超现实主义的创作方法，根据"梦幻"的特征，创造出来的表征"梦幻"主体心理动

---

① 　[奥]弗洛伊德:《梦的解析》，赖其万、符传孝译，中国民间文艺出版社1986年版，第387页。

② 　这里的"内觉"与美国文艺心理学家S.阿瑞提所描绘的"内觉"相类似，但又并不完全相同，阿瑞提所描绘的"内觉是对过去的事物与运动所产生的经验、知觉、记忆和意象的一种原始的组织"，一种"非语言的、无意识的或前意识的认识"、"体验"和"意向"（参见鲁枢元:《超越语言——文学语言学刍议》，中国社会科学出版社1990年版。原文出自[美]S.阿瑞提:《创造的秘密》，钱岗南译，辽宁人民出版社1987年版，第68—69页）。而与"梦"相关的"内觉"则是一种以内在体验为基础的动力，并不完全都是"无意识或前意识"的。

态的视觉表征形式。现代视觉文化的"显著特点之一是把本身非视觉性的东西视像化"①，而文学文本将非视觉性的东西视觉化的表征行为，也是现代视觉文化的一个部分。"梦幻"则是文学进行视觉表征的一种较为直观、便捷的形式。梦幻主体的"内觉"体验，不仅为文学提供了一个经由现实进入"梦幻"的通道，同时也为文学实现对"梦幻"中的"视像"以及所要表征的"思想"的书写提供了基础。可以说，文学"梦幻"的视觉表征，作为文本表征的一种方式，在"梦幻"这样一个想象空间中，通过视觉意象立体、直观、抽象性地传达了"梦幻"主体的心理体验，同时在一定程度上构成了小说文本的"视觉形式"与"文字形式"之间的互文关系。

在现代女性小说的"思虑—表征"叙事模式中，小说文本对女性人物思虑"梦幻"的书写，就是以女性人物的"内觉"等心理体验为基础，形成的对其"梦幻"中的视觉意象的再次表征。在女性人物的"内觉"与视像表征之间，起连接作用的是作者的想象、前理解及其叙述意图。由于视觉意象往往会传达出非视觉性的文本话语难以直观表达的意义和信息，因而一些女作家常会在文本中采用"梦幻"的形式，以及象征、隐喻、转喻等修辞方法，"将思想变为视像"，以视觉表征的形式来传达其思想观念和叙事意图。例如，斯妤在《风景》中，通过一个女人变成"热水袋"的噩梦，将"我"因感到孤独冷寂、需要情感温暖的内心体验和对人与人之间的关系、特别是两性关系的荒诞感受视像化：

---

① ［美］尼古拉·米尔左夫：《什么是视觉文化》，《文化研究》（第三辑），天津社会科学院出版社2002年版，第5页。

紧贴在胃部的橡胶口袋蠕动起来。它不仅仅是一只手了。它看上去像一只章鱼。有脑袋，有身躯，有触角，有无数只柔软细腻的手。它在我的身上蠕动爬行……它将它密密麻麻、长长短短的柔软触角全部伸展出去，任它们在我的脖颈抓挠触摸，来来往往……它先是把我的手脚一气抹掉(天知道它用的什么功)，然后，它又把我的脑袋往脖子下面塞(居然只动了一根触角就成了)。自然啦，脖子则原封不动地呆在原处。这样一来，你可以想象，我也就变成一只热水袋了。差别只在于我是一只巨型热水袋，我的内囊不是水，而是五脏六腑。

我们看到，在这一系列视觉表征中，"热水袋"作为其中的中心意象，是从梦幻主体所处的现实延伸到"梦境"中的。现实中平凡普通的"热水袋"，在"梦境"中成为一个有生命的物体。隐含作者正是通过这一有生命的"热水袋"的外形、行为、动作的视觉化书写，表征了作为女性的"我"和作为男性象喻的"热水袋"之间的荒诞关系，以及女性渴望从男性那里得到温暖与安慰的心理需求。

与《风景》对女性思虑"梦幻"的叙述及其视觉化的表征方式不同，在林白的短篇小说《去往银角》中，并没有出现具有明显入"梦"标志和边界的女性思虑"梦幻"。也就是说，小说在叙事过程中并没有明言是在写"梦幻"，但从情节发展的逻辑、前后语境及文本叙述方式的改变，可以推测出，"我"在"银角"的经历更像是一场"梦幻"或"梦魇"。

《去往银角》中的"我"是一个处于社会底层的下岗女工，因生活所迫想要去做"小姐"。一个"潮湿的夜晚"，回家看望病重父亲时乘坐的火车将"我"带到了"银角"。小说根据是对现实还是对"梦幻"的书写，分为上、下两篇。上篇叙述和交代了"我"的现实生活和心理背景，下篇则主要以视觉表征的形式，叙述了"我""梦幻"中在银角的所见所闻："紫红色""质地肥厚肉感"的鸡冠花；"叶子壮硕，像剑一样坚不可摧"的剑麻；"像两只怪脸小丑在银角的上空飘来荡去"的气球；处于"狐狸精""蜘蛛精""孔雀"等中间状态的跳下摆舞的"细眯"；"半透明的薄纱里半裸的女郎"；吞下药片后"像草一样摇摆"的一丝不挂的人；既"像猿猴又像狗的动物"和人兽表演中逐渐变成"狗猿"的女人……隐含作者通过对这些光怪陆离、荒诞夸张的视觉意象和视觉场景的叙述与描绘，反映了被迫做"小姐"的底层女性黑暗、腐烂的生活及其无可逃脱的被"看"与被"异化"的命运。

在这些小说文本中，尽管以"梦幻"为外衣的视觉表征部分，也是需要通过文字描述呈现的，但其所造成的视觉化效果和"梦幻"叙述之外的文字表征部分截然不同。可以说，将本身"非视觉性的东西视觉化"的表征方法，作为现代视觉文化的一个部分，不断促使现代文学创作"化解、容纳和提升来自图像领域的刺激和震惊，从而在某个特定的方面激发出文字前所未有的视觉潜能"①。一些女作家对这一方法加以创造性应用，将视觉表征与性别书写联系起来，进一步挖掘了文学的视觉化与传达女性内在经验之间的联系。"梦幻"书写作为一个可以将女性内在经验"变为视像"的途径，成为现代女性小说创作的特色之一。

不仅如此，"思虑—表征"叙事模式中的"梦幻"视觉表征，作

---

① 罗岗：《视觉"互文"、身体想象和凝视的政治——丁玲的〈梦珂〉与后五四的都市图景》，《华东师范大学学报》(哲学社会科学版) 2005 年第 5 期。

为小说叙事技巧和文本表征方式的一部分，除通过视觉意象立体、直观、抽象性地传达"梦幻"主体的心理体验和隐含作者的叙事目的外，还在一定程度上构成了小说文本"视觉表征"（"梦幻"）和"文字陈述"之间的互文关系。

如，《风景》在叙述"我"变为一个无法发出自己声音的"热水袋"的"梦境"之前，详细陈述了"我"的孤独寂寞、忧伤惶惑、朋友的忙碌，以及热水袋的功用。而梦中"热水袋"的形状、动作等视觉化表征，则与叙述者的情况陈述构成一种"互文"的关系，即，文字陈述部分是对"梦幻"视觉表征部分的背景介绍，而视觉表征部分则是对文字陈述部分的综合、立体、抽象、更接近本真存在的演绎与想象。前者指向的是现实表象，后者指向的是心灵隐秘。二者之间关联、渗透、交叉，并在一定程度上构成"对话"、甚至"反讽"（如"我"在现实中需要"热水袋"取暖，在梦中却也变为一个"热水袋"）的效果。视觉表征"是一个想象出来的结构，它的形态不是一般的形式，这种形态发生在由抽象本身决定的空间，是视觉所把握的空间，这个空间离现实越远，越能展现想象世界的真实性"①。《风景》中的"梦幻"视觉表征，正是通过这种想象、抽象的空间结构，展示了女性人物的心理真实，并在与现实描述构成的对话、互文关系中，彰显出小说中女性存在的荒诞。

通过以上分析可以看出，现代女性小说的"思虑—表征"叙事，比较充分地体现了"梦幻"对人的内心冲突进行隐喻表征的特点。可以说，这一叙事模式不仅与女性人物的生命体验、内在冲

205

①　钱家渝：《视觉心理学——视觉形式的思维与传播》，学林出版社2006年版，第28页。

突、生命意识等有着密切的联系，而且还在不同的时代背景下，与作者的性别观念、叙事意图等有着复杂动态的关系。其中处于"思虑—表征"叙事模式核心地位的女性思虑"梦幻"，常在文本中担负着女性人物的心灵表征的功能，以隐喻、象征的方式，传达出梦幻主体的心理体验和隐含作者的叙事目的。同时，这些女性思虑"梦幻"所具有的视觉表征的形式与功能，也在一定程度上构成了小说文本的互文结构，显示出现代女作家在文学"梦幻"的视觉化表征方面所进行的探索。

徐小斌曾在《创作谈》中说到，要充分表达女性的生命体验就必须"找到一个把自己的心灵与外部世界对接的方法"[①]。本章论述的现代女性小说中的"梦幻—消解"叙事模式、"栖息—救赎"叙事模式、"思虑—表征"叙事模式，即是现代女作家基于"梦幻"的主要特征，如愿望的达成、生命的栖息与救赎、内在冲突的隐喻表征等所寻找与探索的将心灵与外部世界进行对接的方法。其间不仅体现了现代女性小说的梦幻叙事与传统女性梦幻书写的复杂关系，也在一定程度上反映出作者所处的社会文化背景、其性别观念及叙事意图等多方面因素对梦幻叙事的影响。

---

① 徐小斌：《个人化写作与外部世界》，《美丽纹身》，当代世界出版社 2001 年版，第 136 页。

第四章　梦幻书写的性别策略及其话语建构

随着现代女性包括性别意识在内的主体意识的觉醒与增强，女性写作从内容、形式到艺术表达手段等层面，也都走上了自觉创新的艺术探索道路。这种自觉创新和艺术探索的意识，在现代女性小说的梦幻书写中也有着鲜明的表现。"梦幻"因其所具有的"超越指向及诗性功能"[①]，为现代女性小说创作提供了独具特色的艺术表达方式，部分女作家也有意识地将其作为更好地表现女性体验和女性生存处境的性别书写策略，主要表现在三个方面："梦呓"化表达、"梦魇"式书写和梦幻书写的易性叙事。

第一节　"梦呓"化表达与抗拒"失语"

失语，是神经病理学的术语，指由于脑部受伤或病变而失去说话与理解话语能力的现象；后被借用到心理学、美学领域，特指一种因文化原因而导致的语言表达和理解障碍。在以男性为中心的父权制文化中，女性作为男性的"他者"，一直处于"失语"的尴尬与"梦魇"中。唐朝女诗人鱼玄机"自恨罗衣掩诗句，举头空

[①]　吴晓东：《"梦"与中国现代作家的艺术探索》，《文艺理论研究》1996年第1期。

羡榜中名"(《游崇真观南楼，睹新及第题名处》)的诗句，深切地表达了传统女性不得不沉默、压抑的事实。在长期的"失语"中，她们不仅习惯了被言说、被塑造，甚至"还通过限制自己的声音，有意和无意地使一种男人声音的文明永久化，使一种基于同妇女分离的生活秩序永久化"①，逐渐丧失了自己的主体性，甚至失去了表达自我的能力。

五四运动的启蒙思潮全面触发了现代女性意识的萌芽生长，女性写作开始"浮出历史地表"，并在近一个世纪以来的实践、探索中，遭遇并试图解决着同样的问题：表意的焦虑。如何在历史的空白处发出女性"自己的声音"？采用怎样的书写和艺术表达方式才能抗拒失语？现代女作家就此坚持不懈地进行着探索。20世纪80年代以来，林白、海男等女作家的小说文本中，普遍出现的语言的"梦呓"化现象，就是她们在艺术表达方式，特别是语言表达层面所寻求的抗拒失语，发出女性"自己的声音"的一种尝试。

一、"梦呓"化表达：女性主体的生命言说

语言是存在的家园，也是存在的牢狱，它有着既"澄明"又"晦蔽"的双重功能。女性与语言及存在的关系尤为如此。父权制象征秩序的话语体系是女性存在的牢狱，真实的女性生命体验因无以表达而被"晦蔽"；然而，觉醒了的女性如何才能回归家园、进入语言的"澄明"之境？这是20世纪80年代以来的女性写作一

---

① ［美］卡罗尔·吉利根：《不同的声音——心理学理论与妇女发展》，肖巍译，中央编译出版社1999年版，第13页。

直试图探索的。"澄明"意味着在父权制文化里被压抑、遮蔽、扭曲的女性，呈现并说出真实的自己，语言不再是象征秩序"拒绝和统驭"她们，并进行"肉身囚禁"的"精神狱墙"①，而是她们抗拒"失语"、力求发出女性"自己的声音"的生命之门。

那么，什么是"抗拒失语"？女性如何才能在文本中发出"自己的声音"？刘思谦指出："抗拒失语就是敢于倾听和应答自己内心真实的声音，就是让自己的感觉、经验、思想进入语言，就是宁可不说、宁可沉默也不说那些虚假的不知所云的他者'语言'，就是时时提醒自己不被膨胀的权力话语、商业广告话语所蛊惑和劫持，就是用语言之光朗照自己内心的蒙昧和黑暗，就是从罩在我们头顶的那张失语的大网中突围而出。"②在特定的文化语境中，女性发出"自己的声音"，就是要打破父权制加在女性身上的生命与语言的双重枷锁，使受压抑的女性本体，通过语言的重新编码、形式的多元整合，突破原有话语和叙述形式的制约与压迫，在重新认识女性本体、表达女性自我的基础上，更新并充实人类世界与人类经验。20世纪80年代以来的很多女作家在这条道路上作出了探索。其中，林白、海男等女作家小说文本中大量涌现的语言"梦呓"化现象比较突出。

现代中国女性写作对语言的自觉发生在20世纪80年代中期以后。埃莱娜·西苏的"身体写作"理论的传入，不仅促使女性从身体内部觉醒，而且带动了她们对语言的自觉意识。她们意识到，以往女性一直"被摈拒于自己的身体之外，一直羞辱地被告

----

① 孟悦、戴锦华：《浮出历史地表》，河南人民出版社1989年版，第14页。
② 荒林主编：《女性生存笔述》，山西人民出版社2002年版，第3—4页。

诚要抹煞它，用愚蠢的性恭谦去打击它"①。她们若想要发出"自己的声音"，就"必须说出父权制所禁止的话语"，把语言的自觉同身体的觉醒联系起来，回到最自然、未被污染的、非理性的语言状态，来表达真实的女性体验。

"梦"与"梦呓"正提供了一个这样的通道。从中溢出的是女性源自生命的"开放、非线性、无结局、流动、突发、零碎、多义、讲述身体与无意识内容"的话语之流。这使得林白、海男等人的女性小说，与此前及 20 世纪 80 年代以来的其他女性小说，有了很大的不同。女性意识对自身的照亮与澄明，意味着她们作为言说主体、思维主体、经验主体的确立，同时"身体写作"又成为她们高举的一面旗帜，"以血作墨"地体验着自我与身体的"死而后生"②，让身体说话，发出来自生命深处的"声音"，从而代替理性的写作逻辑，以非理性的冲动与激情表达女性的真实自我。

在此通过 20 世纪 80 年代以来，女作家笔下关于女性怀孕与生育的几个片段描写来进行对比式分析：

> 她的身体漂在峡谷之上以后她就怀孕了，世上的女子总是在出乎意料之中展现出与男人不相同的、古老的、明显的差别，尔后，她得坚持不懈地从头到尾按顺序，按照人类亘古不变的那种顺序，踯躅在她们金粉色的城堡的石板路上，把那些字母从头到尾写出来，而且在众目睽睽之下她得仰起头来，像她的

---

① ［法］埃莱娜·西苏：《美杜莎的笑声》，张京媛主编：《当代女性主义文学批评》，北京大学出版社 1992 年版，第 201 页。

② ［美］苏珊·格巴：《"空白之页"与女性创造力》，张京媛主编：《当代女性主义文学批评》，北京大学出版社 1992 年版，第 166 页。

母亲一样把影子投在地上，就像脉搏的又一次跳动……

——海男《女人传》

　　那个婴孩终于诞生了。她驾着血的波涛，乘一叶红色小舟，翩翩莅临于这个潮湿冰冷的世界。

——毕淑敏《生生不已》

　　她开始想吃酸的，向来喜爱的荤菜却叫她作呕，她呕吐了几回，然后便好了。即使在最最糟蹋的日子里依然运转正常的来潮如今却停止了，与这周转同步起复的那一股不安静的欲望竟也平息了下来。她觉得身体的某一部分日益的沉重，同时却又感到无比的轻松，好像卸下了长久的负荷。她终于明白，她要做妈妈了。

——王安忆《小城之恋》

　　海男与毕淑敏文本中的这两个片段，是两种不同的女性生命的"梦呓"化表达。其中毕淑敏的小说对婴儿诞生的描述，是典型的以梦"拟语言"的性质为基础的表达方式。她以视像呈现感觉，以知觉表达体验，"血的波涛""红色小舟""潮湿冰冷"这些意象与比喻，全都来自于女性真实的生命体验和内心感受。而海男对女性怀孕体验的描述，则是模拟"梦呓"的生命表达方式。对比阅读《小城之恋》中同样是描述女性怀孕体验的文字，显而易见，王安忆更倾向于以"一种没有个人色彩的语言写作"[1]，她只是用纯

211

---

[1]　曹文轩：《20世纪末中国文学现象研究》，北京大学出版社2002年版，第329页。

客观、写实性的笔法，呈现出一种怀孕的状态，平铺、简略、直接；而海男的语言则是带有颜色、视像、知觉等在内的粘连共同体，她没有直接陈述女性怀孕的种种感觉，而是从怀孕女性的身体感觉和生命体验出发，通过隐喻和转喻，把这种感觉与体验通过语言的编码直接呈现于文字中。

斯妤在《背弃与钟爱》中这样表述语言之于女性的意义："语言是我们向内心开发的凿子、榔头、电动钻，语言也是我们从内心返回的铲子、吊车、集装箱。离开了语言，我们不能给内心以温度，以方位，以形态。"①20世纪80年代以来女性小说中的梦呓化表达，可以说就是女性带着"凿子、榔头、电动钻"向内心开发，并从内心返回的"铲子、吊车、集装箱"。上面所装载的是女性在父权制的"精神狱墙"中被封锁已久的女性生命体验。它们经由语言的梦呓化呈现出来，在文本中练习着"飞翔的艺术及其他众多的技巧"，"用语言飞翔，也让语言飞翔。"②

在这里，语言并没有解说或控制现实世界的目的，不需要根据现实的界定与规则使叙述分明，也不需要能指与所指的契合无间，它只致力于对女性真实生命体验的表达与展现，而这种"表达"本身就已经是对女性"失语"的规避与抗拒。

不妨对比一下男性文本对女性怀孕、生育现象的描述：

　　　　隔了一年多点儿，仙草又坐月子了，这是她第八次坐月

①　斯妤：《背弃与钟爱》，《斯妤作品精选·随笔卷》，中国青年出版社2004年版，第16页。

②　[法]埃莱娜·西苏：《美杜莎的笑声》，张京媛主编：《当代女性主义文学批评》，北京大学出版社1992年版，第203页。

子。她现在对生孩子坐月子既没有恐惧也没有痛苦，甚至完全能够准确地把握临产的时日。她的冷静和处之泰然的态度实际上是出于一种司空见惯，跟拉屎尿尿一样用不着惊慌失措，到屎坠尿憋的时候抹下裤子排泄了就毕了，不过比拉屎尿尿稍微麻烦一点罢了。

——陈忠实《白鹿原》

　　我们看到，在《白鹿原》中，怀孕与生育作为女性一生中极为特殊的生命体验，被描述成一件"既没有恐惧也没有痛苦""司空见惯"的"他者性"事情，"拉屎尿尿"的比喻不仅没有任何正面的情感色彩，反而把"生育"贬低为一种类似于动物的普通生理现象。作者可能是想用这样的比喻来衬托生存在战乱年代的人的卑微与生命力的强大，然而，也正是这种表达，遮蔽了女性不同于男性的独特的生命体验。

213

　　由于性别经验的差异与隔膜，男性很难替代女性传达出男性自己难以体会的女性经验，因此，女性必须"从性别差异去观察世界和人自身"，坚持"自觉的女性意识表达，对于人和妇女存在经验形式作艺术的提升"①，这是女性创作必须坚定的女性立场。在这个意义上，林白、海男等女作家文本中的"梦呓"化表达，可以说是从女性立场出发，对女性的存在和生命经验所作的艺术提升，是女性经由"梦"的通道发出的、来自身体与心灵的独白，是女性的"涉渡之舟"。

---

① 荒林、王光明：《两性对话——20 世纪中国女性与文学》，中国文联出版社 2001年版，第 119 页。

二、"梦呓"化：女性写作的一种策略

女性写作，在特定意义上是女性作为创作主体、言说主体，在文学活动中不断对自己作为人的主体地位的认同和探寻，写作、言说的过程，就是女性运用语言表达自我观念的过程。然而在父权制话语体系中，"现有的语句是男人编造的"，"在她拿起笔来要写的时候，第一件事情她觉得大概就是没有一句现成的普遍句子可用。"[1]在表达时，"她总是被迫运用这一类似外语的语言讲话，一种她本人使用起来颇感不自在的语言。"[2]因此，女性想要抗拒失语、作为言说主体来表达真实的自我，就不能被动地接受男性中心的语言成规，而是要在语言运用上下功夫，根据自己的实际，发挥女性的创造性，"将现有的语句修改变形，使之适合她的思想的自然形态，使之既不压垮，也不歪曲她的思想。"[3]

20 世纪 80 年代以来，女性小说中语言的"梦呓"化，即是这样一种"将现有的语句修改变形，使之适合她的思想的自然形态"的艺术表达方式。"梦幻"作为父权制话语的一个隔离与断层，是人们在现实中受压抑的潜意识释放的秘密通道，而"梦"中经常发出的异于现实话语的"梦呓"，则是人们潜意识的一种释放，是"连接内外在世界的一种强有力的工具和通道"[4]。对女性及女性

① ［英］弗吉尼亚·伍尔夫：《一间自己的屋子》，王还译，生活·读书·新知三联书店 1992 年版，第 97 页。

② 转引自罗婷等：《女性主义文学批评在西方与中国》，中国社会科学出版社 2004 年版，第 82 页。原文出自 Bock, Caroline. *The Report From Paris*. Signs. 1978, P.851.

③ ［英］弗吉尼亚·伍尔夫：《伍尔夫随笔集》，孔小炯、黄梅译，海天出版社 1996 年版，第 182 页。

④ ［美］卡罗尔·吉利根：《不同的声音——心理学理论与妇女发展》，肖巍译，中央编译出版社 1999 年版，第 19 页。

写作而言，"梦呓"既可以传达女性内在生命体验，又可以借以建构与男性话语有所不同的语言表达方式。

具体来说，这一时期女性小说中的"梦呓"化表达主要采用了以下两种表现形式：

一是以"我"为叙述主体的"梦呓"式表达。此类书写常与女性人物的"梦幻"活动相联系，伴随叙述主体的各种感觉和体验不断流溢，时断时续、飘忽不定，借以表征"我"在"梦幻"中四处游走、难以捉摸的思绪流动。

例如，陈染《破开》中对"我"在飞机上的梦境的描绘：

> 我感到身边是一团团灯光黯淡的气流，冰激凌一般幽香沁腑的滋味，我昏昏沉沉掉入一团光滑的白色之中……当我的手指马上就要触摸到那一团凉凉的模糊不清的白颜色时，一面意想不到的墙垣拦住我的去路，它顺着遥远却又格外近逼的光线驶进我的耳鼓，然后我发现那堵拦路的墙是我肩上的殒楠的声音……渐渐，我被那些虚幻的白颜色埋没了，我惊惧地踩在云朵之上，张开双臂，像一只危险中的母鸡倒映在白墙上的剪影，脚下踩踏的只是一层虚幻的白纸，它高悬在深渊之上一触即破。一些不连贯的没有次序的事物缤纷而来……

这段描写借助通感修辞，形象地传达出处于梦境中的"我"的内心感受，"灯光黯淡的气流"，"幽香沁腑的滋味"，"一团光滑的白色"，"一面意想不到的墙垣"，"顺着遥远却又格外近逼的光线驶进我的耳鼓"等等。这些感官知觉的描写，打通了视觉、听觉、触觉、嗅觉等之间的界限，将光线、气流描述为是可见的，将颜色和声音描述为是有形状、可以触摸、感知的。它与人在梦幻中的感觉相类似，其间的细微变幻传达出"我"对外界刺激的微妙反应，以及对自身生活状态的内在感知。

再如，海男在小说《没有人间消息》中，用大段篇幅叙述了"我"在看到刚刚十九岁就已分娩生育的女人允白时，内心深处涌溢而出的"梦呓"般的独白：

> 我像一个我从来认识的另一个自我站在门口看着这个隐蔽在肉体深处的女人，从四处漂泊的令人目眩的血液中出门让子宫叙述如泣如诉的歌声的女人脸上，形体上我突然有一种充满爱欲或者未进入爱欲被这无形的空气剥蚀分化的愿望……我依然想拼命叫喊——拥抱一个血肉在土崩瓦解中挣扎，听那持续不断的、纷纭的闪闪发光的语言顺着我呼吸的黑暗赶到阴冥的遥远地方……那时，我一定会顺从于那棕红色的黑暗，那紫色的飘满花瓣的黑暗使我在缺水的饥饿中抚摸到那个令人窒息的人，抚摸到出身特殊的一个婴儿的血胎……他的身体威逼着我用娇嫩的乳房在簇叶形成的死亡的深海中——淹死我黑色软帽上那只蓝色、柔软的手臂……

与陈染类似的表达方式相比，海男的叙述更富于"梦呓"的色彩。她首先以"我像一个我从来认识的另一个自我站在门口看着……"的句式为开端，点明了"我"所深陷的"梦幻"般的场景："我"像是在做梦，看着梦中的另一个从来就认识的自我如何震撼于允白这样一个"十九岁还不是女人但过早跨入女人地域并且决心要做女人的一个女人"的分娩。然后以一种"梦呓"的形式，叙述了"我"对怀孕和分娩的恐惧，"四处漂泊的令人目眩的血液"，"一个血肉在土崩瓦解中挣扎"，"棕红色的黑暗"，"令人窒息的""婴儿的血胎"……一系列与血腥相连的视觉意象，和"我"不可遏止的充满血腥味道的恐惧感受，粘连在一起，将一个女人对分娩的想象做了淋漓尽致的传达。而且，在这段"梦呓"化表达中，"我"的感受并非是唯一的诉说内容，"我"还从陷在"令人目眩的血液中"的允白的"脸上""形体上"，听到了"子宫""如泣如诉的歌声"。这可以说是对世代承载着人类繁衍生育使命的女性身体的同情和礼赞。

另外一种较为常见的表现形式是对"梦呓"的模拟叙述，即通过一些不规则的、不具备叙事功能的表意句式或句子成分的多重并列，以及不受逻辑约束的、反常规的词语运用和词语搭配，来传达正常语句较难传达的内在体验。例如：

> 我向这辆小马车缓缓走过去时血液更加汹涌汇成一股一股的血苔往我的小腿下面滑下去、滑下去，滑下去滑下去滑下去滑下去，滑了下去滑在小街的石板路上，滑在路上滑在了路上……
>
> ——海男《没有人间消息》

> 那中午是一块锐利无比的大石头，它一下击中了我的胸口，而我的胸口在这几年时间里已经从肉变成了玻璃，咣当一声被砸坏了。
>
> ——林白《说吧，房间》

你的脊背上靠着一个女人，这是世界上最轻的羽毛，一个朦胧的早晨你知道当她的手放在脊背上时，你已经到了一座凉亭，看见了成群的候鸟。

——海男《男人传》

很明显，第一个片段是通过一些不具备叙事功能的表意句式的重复并列或参差排列，来达到"梦呓"化的叙述效果的。这是海男小说文本常用的叙事技巧。在《没有人间消息》中，她通过一连串的"滑下去"和以此句式为基础的变体句式，如"滑了下去""滑在路上"等的重复排列和句式的渐进变化，细致入微地刻画了十三岁的"我"，月经来潮时所感受到的"滚滚的血像水一样顺着大腿往下流淌"的细微过程和复杂体验：从有逗号间隔的"滑下去"，到一连四个并列的"滑下去"，再到连续的"滑了下去""滑在小街的石板路上"，一直到最后"滑在路上滑在了路上"。这一血苔滑落的渐进过程，生动地传达出"我"内心的紧张、惶恐和焦虑。

后两个片段则主要通过一些不受逻辑约束的、反常规的词语运用和词语搭配，达到"梦呓"化的叙述效果。如在小说《说吧，房间》中，开篇的这段话将"那中午"比喻为一块"石头"，而"我的胸口"则从"肉"变成了"玻璃"。这种词语的运用和修辞，与日常生活中人们约定俗成的认知截然不同，但也正是这两种不同词义系统的词语的反常搭配，将"我"在那个中午遭逢解雇时的极端感受，贴切地表达了出来：石头的锐利、坚硬和阴冷，折射出"我"因此而受伤的程度，而"从肉变成了玻璃"的"我的胸口"，则暗示了"我"在残酷现实面前的脆弱、无助和对命运的无从把握之感。

在《男人传》的片段描述中，"女人"则被比喻为"世界上最轻的羽毛"，当她把手放到"你的脊背"上时，"你"便来到了"一座凉亭"，"看见了成群的候鸟。"这种表述与"梦呓"相差无几，其间的语义关系不受正常逻辑的约束，而是随着叙述者的感觉不断游走，从"女人"是"羽毛"，漂移到"你""看到了成群的候鸟"。海男通过超出常规的词语搭配和语言变形，表现出对语言的想象力和诗性的把握，给读者带来一种梦呓化、陌生化的阅读效果。

在小说《蝴蝶是怎样变成标本的》中，海男借"虚构者"表达了对"语言"的理解：

> 我在词语与词语之间，一直坚持不懈地解决生活的问题，语言除了是一种符号之外，在更广泛的意义上，语言是在解决生活的问题，语言解决我们说话的问题，语言解决我们呼吸的问题，语言解决死亡之前一个充满谎言的世界，语言解决一个已经在混乱中沉溺于太长的心灵世界。[1]

任何文学叙事都离不开语言，而语言已经被男性中心的父权文化所浸染，很难传达出女性的生命体验和她们在生活中遇到的具体问题。20 世纪 80 年代以来女性小说中涌现的语言的"梦呓"化，是现代女性写作所探索的一种新的艺术表达策略，它从一个侧面展示了女作家对女性创作主体性的探索。

---

[1] 海男：《蝴蝶是怎样变成标本的》，南海出版公司 1998 年版，第 213 页。

三、"梦呓"表达的内在动因及其审美评价

20 世纪 80 年代以来女性小说中出现的"梦呓"表达，是一种值得关注的文学现象。它在为当代文坛提供新的文学书写策略和审美表达方式的同时，也为我们思考女性写作如何既立足于女性生命本体抗拒"失语"，又避免陷入性别审美本质化提供了启发。这一表达方式之所以在女性小说中成为一种文学现象，主要有以下几方面的原因：

一是女性"失语"的焦虑。在以男性为中心的父权制文化中，女性时常处于"失语"的梦魇中。"语言文字并不是女性通向地表世界、通向社会主导交流系统的一座桥梁，它本身首先是父系文化拒绝和统驭异性的、与肉身囚禁并行的象征一道精神狱墙……即使她们传达了什么或泄露了什么，也是以一种变相的象征形式传达的，这其间必得经过男性话语原则的监察滤化过程。"① 因而，在运用语言来书写和表达在父权制文化中被压抑与遮蔽的女性经验时，女作家产生内在的焦虑是一种必然。这便促使女作家不断探索更适合女性经验表达的语言方式。

二是女作家对语言表达方式的探索。在现代女性文学创作中，很多女作家不懈地进行着艺术探索，希望通过对现有语句的修改变形，尝试创造更能传达女性心理与情绪的表达方式。如庐隐在小说创作中，时常采用"第一人称"的叙述视角，淡化情节、铺张情绪、直抒胸臆的书信或日记体叙述方式；在萧红后期小说创作中，以反常的句式、具有节奏感的停顿、平行句法等"越轨

---

① 孟悦、戴锦华：《浮出历史地表》，河南人民出版社 1989 年版，第 14—15 页。

的笔致"（鲁迅语），构筑具有强烈主观抒情色彩的"萧红体"；张爱玲在文学写作中独创的，融语言的视觉化、听觉化、心理化为一体的"诗的语言"和细致、散漫、"私语"式的"流言体"等。这些语言表达方式有着一个共同的特点，即试图通过种种语言技巧和叙述方式来表达女性独特的内心感受和体验。它们往往具有"梦幻"的特点，20世纪80年代以来女性小说中的"梦呓"化表达，在此基础上是女性创作艺术手法的一种丰富。

三是国外女性主义理论和女性文学创作的影响。20世纪60年代以后，在西方女权主义运动第二个高潮中，打破以男性话语为标准的语言美学规范，强调女性可能重建一个与男性话语规范不同的属于自己的词语世界，成为具有重要影响的观点。西方女性主义者对相关理论的阐述，促使"梦呓"化的表达方式较多地出现在女性创作中。如法国派女性主义者就曾"提倡一种记录女性欲望的'女性写作'（Ecriture Feminine）或'女人的表达'（Parler Femme）"①，这是一种基于女性躯体和体验的，具有流动性、易变性、弥散性、非线性特点，类似于"梦呓"的语言表达方式。埃莱娜·西苏所说的与女性身体直接相关的"飞翔"或"游泳"式的女性写作，依里格瑞提出的与女性生理结构相适应的"女人话"，克里斯特瓦强调的与前俄狄浦斯阶段有关，打破传统语义逻辑，记录潜意识驱力的"记号"话语等，也都是这一理论下的分支产物。英国女作家弗吉尼亚·伍尔夫、美国女诗人西尔维娅·普拉斯等女作家，在自己的小说或诗歌创作中，均曾尝试过弥漫放射、跳跃流动，诉诸于潜意识或感觉的"梦呓"化表达。

① 罗婷：《女性主义文学批评在西方与中国》，中国社会科学出版社2004年版，第84页。

上述因素对现代中国女性小说创作中出现的"梦呓"化表达方式产生了重要影响。同时，这一文学现象在20世纪80年代以来的转型期文化语境中，也有比较重要的文化意义和审美价值。

　　从女性写作的角度看，它是现代女性写作不断探寻的新的性别书写策略之一。以"梦幻"和"梦呓"的一些特征，如跳跃回环、飘忽不定、断续模糊等为书写基础，借助于句式的变幻，短语或词组的重复排列，词语的反常运用和搭配等语言和修辞技巧，模拟表现出处在"梦幻"中的人难以捉摸、飘逸游走的心理反应和思维流动。这种表达方式与父权制象征秩序所尊崇的以理性思维为基础的话语方式截然不同，它是一种"语言反常规的颠狂舞蹈"①，具有可以传达被父权制话语所遮蔽与压抑的女性生命体验的魔力。事实上，当代部分女性小说也正是通过这种"梦呓"化的表达方式，对女性的生活、体验、感受等做了细致入微的观察与呈现，从而使女性写作的观察视角和价值内蕴有所拓展，得以提升。

　　从读者接受的角度看，"梦呓"化的语言表达方式具有较高的"陌生化"效应。它以一种具有想象力、创造力和颠覆性的语言技巧，冲击着读者的阅读习惯和思维定势，使得读者在常规的阅读期待和"梦呓"化的文本阅读之间，形成一种审美的张力。在现实秩序中，人们已经习惯了按照常识和惯性去看待和理解周围的世界和自我，性别无意识成为一种常态。但在阅读20世纪80年代以来女性小说的"梦呓"化表达时，这种思维定势有可能因为语言表达的奇特、陌生而遭遇冲击，同时，也为接受主体打开了一道

---

　　① 陈晓明：《语言的妄想症或解构男人》，《文汇读书周报》2000年8月12日。

进入女性内心世界的新的途径。

在肯定这一文学现象的积极意义的同时，我们也应清醒地认识到，20世纪80年代以来的女性小说在这方面的实践也存有不少问题：一方面，现代女性源自躯体、感觉的"梦呓"化的语言表达方式，在抗拒"失语"的同时，有可能不自觉地落入女性单一的性别经验的窠臼，甚至所有试图打捞女性经验的语言的"纯粹性"与"真实性"都遭到质疑①；另一方面，由于现代女性小说中的"梦呓"化语言表达是对常规话语的颠覆，往往会造成读者的难以理解，让人感到晦涩难懂、不知所云，从而在某种程度上陷入"自说自话"的尴尬境地。②

此外，20世纪70年代后出生的一批女性写作者，如卫慧等人文本中的"梦呓"化表达，则因女性意识与女性立场的偏斜，"变成了一种放纵的身体和过剩的物质所引导的叙述的自动滑移与'行为写作'"③，从而把女性写作引向虚无。

但总的来说，作为一种女性写作的新的言说策略，"梦呓"化的表达方式在颠覆和僭越男权话语、呈现女性生命体验等方面具有积极意义。

---

① 赵勇：《怀疑与追问：中国的女性主义文学能否成为可能》，《文艺评论》1996年第6期。

② 王丽霞在《性别神话的坍塌——二十世纪九十年代女性写作批判》（《当代作家评论》2005年第1期）一文中谈到，陈染、林白、海男等人小说中"呓语表达的雷同与失误"，认为"这种极端化的表达方式悖离了读者惯常的阅读经验，客观上造成了巨大的阅读障碍，消减了文本的可读性"；杜霞在《自己的声音：联系与隔绝——90年代女性主义写作的境遇》（《文艺评论》2005年第2期）一文中指出，90年代的女性写作在发出女性自己的"声音"的同时，又不可避免地陷入了"自说自话"的"话语真空"。

③ 罗婷等：《女性主义文学批评在西方与中国》，中国社会科学出版社2004年版，第294页。

第二节 "梦魇"式书写的技巧与策略

"梦魇"式书写，在这里指的是以作者的"梦魇"感受为前提和基础，以对"梦魇"的直接讲述和呈现为主要艺术表达手段，并覆盖整个文本与结构的书写方式。这种书写方式在现代女性小说中时有所现，可以说，是现代女性知识分子在具有现代意识的性别观念的指导下，探索的一种新的观察世界的方式和艺术表达方式，即，将以往在以男性为中心的现实秩序中无以传达，被压抑、掩盖的"梦魇"般的女性现实处境、精神状态与心理体验等，通过文学创作，在模拟化、视像化、隐喻化、夸张化的表述中呈现出来。

224

一、"内观""梦魇"与女性小说创作

作为一种具有开拓性与探索性的艺术表达手段，现代中国女性小说中"梦魇"式书写的创作思维及艺术想象方式，在中国悠久的文学传统中有着渊远流长的历史。

"玄览"和"神思"是中国古代具有代表性的两种艺术思维方式。其中"玄览"源于道家，陆机在《文赋》中将这一概念引入文学理论，指的是"心灵对万物的深入静观"[①]；以"玄览"为精神基础与前提条件，刘勰在《文心雕龙》中进一步提出了"神思"的概念，并深入地揭示了"神思"的内在机制：从"游心内运"到"神游

[①] 桑建中：《玄览·神思·妙悟——中国古代艺术思维论》，《江苏社会科学》1992年第2期。

象外"①。综合而言,这些艺术思维方式所处理的是"心"与"物"之间的关系,超时空性、虚构性、想象性、情绪性等,是其基本的心理特征,"以心观物""内视反听",则是其基本的心理手段和艺术技巧。这两种基本的艺术思维方式对现代中国小说创作有较大的影响,并在一定程度上融合了西方超现实主义的创作方法与理念,形成了现代中国小说创作的"内观"手法。

例如,有学者在评论女作家创作时,认为萧红是一个"内观和自传型的作家"②;宗璞在20世纪70年代末80年代初,推出了一系列运用"超现实主义的'内观'手法"创作的小说,"透过现实的外壳去写本质,虽然荒诞不成比例,却求神似"③,如《我是谁》《蜗居》《泥沼中的头颅》等;残雪则在20世纪80年代初期,创作了一大批融合"梦魇"思维与"内观"手法的小说,如《苍老的浮云》《天窗》《山上的小屋》等。④

在现代中国小说创作中,"内观"手法较多地出现在现代女性小说创作中,这与女作家往往具有更为敏感、内倾的社会性别文化心理密切相关。所谓"内观"手法,指的是作者通过对各种意象的营造等书写方式和表达技巧,对人类内在的"心灵"、情感、精神、体验等层面,加以想象性、虚构性、荒诞性的反映。"心"不可能脱离"物"(外在世界)而存在,"内观"手法实际上通过对人之内在"心灵"的表现,间接地书写了人类所生存的外部世界。现代

---

① 毛正天:《神思:中国古代艺术构思论的独特表述——中国古代心理诗学研究札记(12)》,《江淮论坛》2006年第2期。

② [美]葛浩文:《萧红评传》,郑继宗译,北方文艺出版社1985年版,第137页。

③ 宗璞:《给克强、振刚同志的信》,《钟山》1982年第3期。

④ 学界一般认为宗璞与残雪主要受西方现代主义文学大家卡夫卡的创作与理论的影响,本书以"内观"手法为切入点挖掘了这种创作方法与中国本土文化传统与理论资源的影响。

女作家选择运用"内观"手法，其创作意图并非仅限于反映女性的内在心灵，而是通过对纷繁复杂、光怪陆离甚至变态变形的人类内在世界的书写，来反映社会现实给人类的心灵、情感等造成的异化。因此，在这种艺术表达方式中，实质上蕴含着部分女作家对社会现实的独特关注和文化批判。

"内观"与"梦幻"有着内在的联系。一方面，"梦幻""将思想变为视像"[①]的特点，与中国传统艺术思维方式中的"以心观物"相类似；另一方面，"内观"是"梦幻"得以发生和获得文本呈现的心理基础。"梦魇"作为人类"梦幻"之一种，同样与"内观"密切相关。在现代女性小说文本中，作者常将"梦魇"与"内观"手法结合在一起，为其创作意图服务。

张爱玲的小说就常通过对人物精神层面的"内观"透视和引入"梦魇"的方式，来凸显现代人特别是现代女性内在心灵的压抑与扭曲。为此，李欧梵将其称为"一种心灵的迷宫"和"一种文化的迷宫"[②]。如《金锁记》中曹七巧的性压抑梦魇、《心经》中许峰仪对女儿小寒的性幻觉梦魇、《半生缘》中曼桢被禁闭与隔绝的梦魇等。

当代女作家宗璞在此基础上，将"梦魇"式书写进一步拓展到文本表达与结构的层面。在小说《蜗居》中，宗璞通过主人公"我"做的恐怖异常、结构全篇的人们都变为爬行的"蜗牛"的"梦魇"，以"内观"的艺术表达手法，表现了处在"文革""梦魇"之中

---

① ［奥］弗洛伊德：《梦的解析》，赖其万、符传孝译，中国民间文艺出版社1986年版，第387页。

② 李欧梵：《徘徊在现代与后现代之间》，生活·读书·新知三联书店2000年版，第120页。

的人们的生存状态、心理扭曲和变形；《泥沼中的头颅》则通过一个因执着寻找代表着理想与追求的"钥匙"，而陷入泥沼之中、失去双腿及身躯、只剩下思想的"头颅"的思索和话语，书写了闪烁着人性之光，代表着人类理性与高贵气质的"头颅"，如何挣脱"无物之阵"的"梦魇"，从泥沼中走出，获得精神的解脱与思想的自由。

继宗璞之后，有"中国的卡夫卡"之称、在当代文坛特立独行的女作家残雪，在其小说创作中以"内观"手法为基础，进一步开拓了现代女性小说的"梦魇"式书写。她文本中"喷薄而出、纷至沓来的梦魇般的意象"①，往往源自人类难以捉摸又清晰可感的直觉、梦幻及灵魂的各种意识、体验，是一种对没有明确指向、但又共同可感的社会环境与政治高压等人类内外部环境的综合性、形象化的艺术表现。其小说本身生动地呈现出"梦魇"思维与"内观"手法的有机融合。

所谓"梦魇"思维，指的是在小说文本中，"梦魇"不再仅仅是一个具体的情节或对具体意象的营造，而是呈现为一种以"梦魇"为心理基础的艺术表达方式，或是一种与"梦魇"同质的、覆盖全篇的文本结构。它在整体上综合为一种与传统创作思维迥异的新的艺术构思方式。也正是这种别具一格、独具匠心的"梦魇"思维，使残雪的小说在当代文坛脱颖而出，以特殊的"魔力"冲击着人们的审美思维和阅读习惯。在此主要以残雪的创作为例，对现代女性小说的"梦魇"式书写及其性别内涵进行分析。

227

---

① 涂险峰：《生存意义的对话——写在残雪与卡夫卡之间》，《文学评论》2002年第5期。

二、"梦魇"世界的讲述和呈现

残雪不仅以超现实主义的艺术方式，直接进入人的心理层面和无意识领域，以直觉、荒诞、变形、奇绝晦涩、三维图画似的语言和艺术氛围，为读者讲述和呈现错综复杂、悲怆畸形、幽暗阴森的"梦魇"世界，还主动在文本创作过程中，实践并贯彻文本书写的"梦魇"思维。残雪将自己小说称之为"黑暗灵魂的舞蹈"，认为"人必须具有让两极既分裂又统一的气魄，才能产生那种奇特的律奏，将这一种冥冥之中的舞蹈持续下去"[①]。而这"既分裂又统一的两极"，即是被她糅合在小说文本中的善与恶、丑与美、混沌与纯粹、温暖与寒冷、黑暗与光明、地狱与天堂、"梦魇"与"梦想"。就是在这个"深而又深的，属于灵魂的黑洞洞的处所"，这个"世俗之上，虚无之下的中间地带"，残雪以她超凡脱俗的视野与魄力，在理性的"监护"之下，以非理性的潜意识执着地做着"黑夜的讲述者"[②]。

对"梦魇"世界的讲述和呈现，是"梦魇"思维在残雪小说文本中的具体表现形式。现代心理学认为，"梦"是一种"拟语言"（Quasi-language），它像语言一样有着自己的结构和语法。[③]"正是这一给诗人和小说家留下深刻印象并使他们如此感兴趣的表现领域，为在小说中表现无意识状态开辟了新的前景。"[④]这里的"无

---

①　残雪：《激情通道》，《蚊子与山歌》，中国文联出版社 2001 年版，第 333 页。
②　[日] 近藤直子：《残雪——黑夜的讲述者》，《文学评论》1995 年第 1 期。
③　王一川：《语言乌托邦——20 世纪西方语言论美学探究》，云南人民出版社 1994 年版，第 59 页。
④　[美]弗雷德里克·J.霍夫曼：《弗洛伊德主义与文学思想》，王宁等译，生活·读书·新知三联书店 1978 年版，第 32 页。

意识"就是弗洛伊德所说的"梦的隐意",而"梦的显意"也就是"隐意""化装"后的"视像呈现"。残雪的小说就是她在"梦"的"拟语言"的性质的基础上,沿着这一"新的前景",结合"梦魇"的文化喻义与功能,展开探索的一种表现人类无意识状态的文学书写方式和"梦魇"思维。在她的小说文本中,主要体现在四个方面:

(一)以"视像"呈现"梦魇"

"梦"是通过"梦境蒙太奇"把特定的"梦象"编织、组合起来以呈现思想的,而"视像"作为梦中的视觉意象,是构成梦象的主要成分。当我们迈进残雪小说的"梦魇"世界时,首先看到的就是那些扑面而来的一连串各不相同、奇异独特甚至令人作呕的"视像":"白蛆""花蛾子""死蟑螂""死蜻蜓"、四处乱窜的"老鼠"、满屋子的"毛毛虫"、金龟子大的"绿头蝇子"、哼哼着半张开的猪肝色大嘴的"蚊子",还有破败门框上的"蜘蛛网"、碗橱里的"毒蛇蛋"、池塘里腐烂的牲畜"尸体"……这些以现实生活中令人厌恶的各种生物为主的"视像",构成了残雪小说文本独有的视觉意象群。作者以视觉的方式,将恶心、丑陋甚至污秽的生物意象呈现在人们的视野中,暗喻同这些生物生活在一起的人类,黑暗、肮脏、可怕、恐怖的生存空间及"梦魇"氛围。

这些借助语言文字呈现在文本中的"视觉意象",同"梦"中的"视像"一样,"都遵循着隐喻和转喻这两大法则"[1],而且往往"转喻都具有了轻微的隐喻特征","隐喻也同样带上了转喻的色彩。"[2]隐喻以相似性为基础,转喻以邻近性为前提,隐喻与转喻

229

① 马新国主编:《西方文论史》,高等教育出版社2002年版,第381页。
② [俄]雅各布森:《闭幕词:语言学与诗学》,[美]托马斯·A.塞比奥克主编:《语言文体论集》,麻省理工学院1960年版,转引自马新国主编:《西方文论史》,高等教育出版社2002年版,第381页。

修辞的运用和结合，使"视觉意象"在文本中的呈现不是随意的，而是与表达主体的生命感知、"梦魇"体验等密不可分。"意象是瞬息间呈现出来的一个理智和情感的复合体"[①]，其中凝聚着表达主体的思想观念和生活体验。它在向表达主体的生命体验开放的同时，又偏离和超越了一般意义上的语义和次序，挖掘并开发着语言的多重意指。

残雪正是通过语言的渠道和一系列"视觉意象"，来讲述她笔下的"梦魇"世界的。比如，在《山上的小屋》中，残雪通过对"我"收藏在抽屉里、珍爱多年的那些"死蛾子""死蜻蜓"等视觉意象的书写，呈现了"我"曾经飞扬过的梦想被搁浅，甚至被家人从抽屉里翻出来扔掉的恐惧"梦魇"；在《黄泥街》中，残雪通过到处可见的烂果子、垃圾、蛛网、煤灰、死猫、死鸟等视觉意象，揭示了人类社会与生活环境恶化、道德沦丧、精神失落的"梦魇"事实。

（二）以"内觉"带动体验

这里的"内觉"包含两个层面的含义。第一层是美国文艺心理学家 S. 阿瑞提所描绘的"内觉"："内觉是对过去的事物与运动所产生的经验、知觉、记忆和意象的一种原始的组织，这些先前的经验受到了抑制而不能达于意识"，这是一种"非语言的、无意识的或前意识的认识"，也是一种"体验"，一种"意向"。[②]

残雪的小说可以说就是一种以"内觉"为基础的、"梦魇"式的"黑暗灵魂的舞蹈"。残雪在她的《创作谈》中谈到，她写作时常常

---

① 马新国主编：《西方文论史》，高等教育出版社 2002 年版，第 337 页。
② 鲁枢元：《超越语言——文学语言学刍议》，中国社会科学出版社 1990 年版，第 87 页。原文出自 [美] S. 阿瑞提：《创造的秘密》，钱岗南译，辽宁人民出版社 1987 年版，第 68—69 页。

会"有一种现成的构思在黑暗的深处，只要我有力量沉到那黑暗的底处去搅动，它就会出乎意料地浮现出来"[1]。她就是这样听从着内心神秘力量的召唤，以一种原始的冲动和激情，坚定地做着"虚空的描述者"，并在这虚空中努力扎下了根。而这种"内觉"即是残雪"梦魇"思维的一种表现。在残雪的小说文本中，沉在"黑暗的深处"的"内觉"，总是以"梦魇"式的视觉意象、扭曲变形的心理体验等具体呈现出来。作者在"内觉"的带动下，进入"梦魇"式的混沌、涌动的世界，并根据"梦"的语法和规则，努力把"受到了抑制而不能达于意识"的先前经验、知觉与记忆等，融入"黑暗灵魂的舞蹈"。

"内觉"的第二层含义指的是，梦者在"梦"中的所见所闻所思所想的知觉感受，它与人在现实中的知觉感受的"外觉"相对应。"梦"是梦者以"内觉"进入"视像"，并将其排列组合编织在一起，进而呈现于梦者视野中的一个心理事件，梦者的情感体验、生活体验，通过以"内觉"为基础的"视像"表达出来。在这里，"内觉"从梦者的层面，强化了凝缩、移植、隐喻与转喻等"梦的工作"的主体性色彩。而当残雪在文本中经过语言符码的编制与转换，把"梦魇"直接呈现出来的时候，作为创造主体的她，又把"梦"的"内觉"内化为自己的"内觉"，并通过"梦魇"思维，用一连串独特奇异的"视像"，把源自本我的感觉和体验等毫无阻碍地传达出来。

我们以残雪小说文本中经常出现的一个细节来做具体分析。残雪笔下的人物身体的某些器官常会患病，比如溃疡、长毒疮，

---

[1] 残雪:《把生活变成艺术》,《残雪散文》,浙江文艺出版社2000年版,第356—357页。

甚至还会莫名其妙地长出一些特别的东西。如《黄泥街》中的胡三老头的肺里面生了"蛆",一咳就会吐出来"许多条蠕动的小虫子";《苍老的浮云》中，虚如华的肚子里长满了"一排排的芦杆"，她感觉自己的肚子总有一天会燃烧起来，把她活活烧死;《天窗》中"我"的肺里长了三根"水蛭"，令人窒息……"疾病"在这里成为一种隐喻。残雪正是通过这种有关"疾病"的隐喻，把她对"梦魇"世界的体验和感受，通过语言符码的转换，呈现为各种视像的奇特组合，以疾病的方式具象化地呈现出来。由此出发，残雪小说人物遭遇的怪异现象便不再是无稽之谈。它实质上是残雪在"梦魇"思维的基础上，通过对人物生理的痛苦、身体的变形和异化等的视像化书写，形成的对处在"梦魇"境遇和状态中的人们压抑、扭曲、变态的生理及心理痛苦的艺术隐喻。

（三）怪诞、变异的荒诞表达

由于构成"梦境"的"梦象"是在梦者的潜意识的支配下组合、联结在一起的，现实的规则与次序在这里已经被打乱、重组，并呈现出异于现实逻辑的荒诞、怪异、突兀与跳跃的特点，因此，想要在小说文本中讲述"梦魇"，怪诞、变异的荒诞表达是必不可少的。残雪的小说创作在这方面表现得非常突出，荒诞、怪异的情景和扭曲、异化的变态心理，在其文本中比比皆是："黄泥街落过两次鱼，一年四季落灰"，"我家的老鼠把一只猫咬死了"（《黄泥街》）；"一只枯树上长着人的头发"，"天花板上常常出其不意地伸出一只脚来，上面爬满了蜘蛛"，"她在阴暗发霉的小屋里像老鼠一样生活，悄悄地嚼着酸黄瓜和蚕豆，行踪越来越诡秘，屋里所有的家具上都留下了她那尖利的牙齿痕迹"（《苍老的浮云》）；"父亲每天夜里变为狼群中的一只，绕着这栋房子奔跑，发出凄厉的嗥叫"(《山上的小屋》)；"她躺下，耳边立刻响起那种奇怪的声音，睁开眼来，发现丈夫闭着眼在嚼咬那根止血带，粗大的针头正插在他的心脏上"(《旷野里》)……

我们看到，残雪在小说中所讲述和呈现的"梦魇"世界，就像是一个阴冷、残酷的人间地狱，温情丧失殆尽，取而代之的是人与人之间的仇恨、憎恶、歇斯底里，人与社会、人与自然、人与他人、人与自我等所有方面的关系，都被异化，并以变形的方式呈现。世界是荒诞的，人的存在也是荒诞的，每个人从中都看不到希望与光明，每个人都被迫与自身分离。然而，当这种荒诞感被表达出来的时候，它已经不再是荒诞本身。怪诞、变形、反常等一经表现，它就成为正常与理性的对立面并超越其上。正如英国著名存在主义心理学家 R.D. 莱恩所说："正常这个概念限制和扭曲了人性，而关于反常的疯狂的定义则是社会性的压迫手段，相反，疯狂高于正常，是对病态社会的反抗与突破，是现代人的福音。"[①]残雪正是通过这种对于怪诞、变异的荒诞表达等"梦魇"式书写，揭露和批判了这个"疯狂""梦魇"般的病态社会，并在对父权制下形成已久的具有因果联系和逻辑秩序的话语系统进行破坏和抗拒的同时，致力于在原有的话语体系之外发出女性"自己的声音"。

（四）梦魇与梦想的张力并置

值得注意的是，残雪的小说创作并不完全是对"梦魇"世界的讲述和呈现，她的小说在对荒诞、怪异、丑陋、恶心的"梦魇"般的视觉意象和扭曲、变态的心理体验等进行描绘的同时，还经常

233

---

① ［英］R.D. 莱恩：《分裂的自我》，林和生译，贵州人民出版社1994年版，第6页。

会在"梦魇"的间隙，流溢出对美好"梦想"的渴望与寻找。

其实，残雪的小说创作本来就源自"寻梦"——对美好梦想的寻找与探求，只不过这种寻找总是会在各种情境中，遭遇着"梦魇"的埋伏和袭击。如残雪在《黄泥街》中，通过"我"对记忆中"小太阳永远在那灰蒙蒙的一角天空里挂着，射出金属般的死光"的"黄泥街"的梦想与寻找，叙述了一个"寻梦者""未能与渴望中的梦想遭逢，而是与另一种悖离渴望的噩梦相交"①的"梦魇"遭遇；在《布谷鸟叫的那一瞬间》中，作者通过主人公"我"对"布谷鸟叫的那一瞬间"会出现的"胸前别着一只蝴蝶标本"的有着"温柔而羞涩""目光"的男孩的期望和寻找，书写了一个与现实中的"他"的"侏儒"体型、"老鼠色"的"头发"、"绿灰色"的"嘴唇"等"梦魇"事实截然不同的，"温馨明媚""动人"的"他"及美妙"梦境"；在《天窗》中，残雪为主人公"我"设置了一个处于"天窗"之上，"空气中长满了细叶香薷"，远离现实但又可以查看现实"梦魇"的、安静而又隐蔽的处所；在《种在走廊上的苹果树》中，主人公"我"则一连讲述了五个寻找家人但却陷入"梦魇"之中的臆想"梦境"，并通过一句贴切的比喻："梦是那样的冗长，每一个梦后面都飘着一根极长的白线，如放着一面风筝"，为"梦魇"续上了一个光明而充满温情的尾巴。

"正因为心中有光明，黑暗才成其为黑暗。"②就是在这个荒诞与美好对立、"梦魇"与"梦想"并置、既分裂又统一的张力场中，残雪以对黑暗的叙述来突破黑暗，以对"梦魇"的讲述和呈现来颠覆"梦魇"的书写方式，游刃有余地跳着"黑暗灵魂的舞蹈"。一如

①　荒林：《超越女性——残雪的小说》，《当代作家评论》1994 年第 5 期。
②　残雪：《美丽南方之夏日》，《中国》1986 年第 10 期。

埃莱娜·西苏的独白："对我而言，写作的故事一如生活的故事，似乎总是首先始于地狱……不论这是座起初存在的地狱，抑或仅仅是潜意识中的地狱，从这地狱中浮现而出的，乃是天国。"[①]残雪正是在对这地狱般的"梦魇"的讲述和呈现中看到了"天国"，并以自己的方式发出了她独一无二的声音。

三、"梦魇""寓言"与性别策略

在对残雪小说文本中的"梦魇"式书写及其"梦魇"思维的具体表现进行分析之后，这里拟就残雪小说文本中的"梦魇"式书写所具有的"寓言"性，以及其中所体现出的具有现代意识的性别策略进行分析。

在一次访谈中，残雪曾说：

> 我所有的小说说的全是一件事，只是不停地变换角度而已……那么这件事是什么事呢？是时间的王国、灵魂的王国，或者说精神的世界，艺术的世界里的事……艺术创造的瞬间就是灵魂出窍，直觉战胜现存的、过时的理性判断的瞬间，那就像一场革命，一切固有的全靠边站，将那无以名状的幽灵解放出来，让肉体消失，让古老的记忆飞升。[②]

可以说，残雪的小说创作就是"不停地变换角度"，讲述的一

---

① [法]埃莱娜·西苏：《从潜意识场景到历史场景》，张京媛主编：《当代女性主义文学批评》，北京大学出版社1992年版，第212页。

② 残雪、唐朝晖：《城堡里的灵魂——访残雪》，《百花洲》2002年第3期。

个关于人类灵魂"梦魇"的故事。正如美国当代著名文艺批评家和理论家弗雷德里克·杰姆逊（Fredric Jameson）在《处于跨国资本主义时代中的第三世界文学》一文中所说："第三世界的文本，甚至那些看起来好像是关于个人和利比多趋力的文本，总是以民族寓言的形式来投射一种政治：关于个人命运的故事包含着第三世界的大众文化和社会受到冲击的寓言。"①他认为，"第三世界的一切文本都是必然的、寓言式的"，它总是"呈现为非常特殊的方式"，并"将作为民族寓言（National Allegories）被阅读"②。

因而，由纷繁复杂、光怪陆离的各色"梦魇"故事和个人命运构成的残雪小说文本，也"必然"地具有寓言性，包含与体现着整个社会和民族的"寓言"。只不过这种"寓言"性是通过小说人物"灵魂"的荒诞外化、体验的视像呈现等方式来间接实现的。

例如，在小说《山上的小屋》中，作者通过对"我"与父亲、母亲、妹妹等家庭成员之间，因"窥视"（如，"每次她盯着我的后脑勺，我头皮上被她盯的那块地方就发麻，而且肿起来"）与"侵犯"（如，"他们趁我不在的时候把我的抽屉翻得乱七八糟，几只死蛾子、死蜻蜓全扔到了地上，他们很清楚那是我心爱的东西"）而形成的"梦魇"般的紧张对立关系，以及"我"在"幻觉"中不断出现的、可以获得安慰的"山上的小屋"等情节的书写，以夸张的笔法，寓言式的风格，揭露和呈现了特殊社会环境下人与人之间的冷漠、敌对和隔膜。

这与鲁迅《狂人日记》中的某些表达方式异曲同工。就像杰姆

---

① ［美］弗雷德里克·杰姆逊：《处于跨国资本主义时代中的第三世界文学》，张京媛译，《当代电影》1989 年第 6 期。

② ［美］弗雷德里克·杰姆逊：《鲁迅：一个中国文化的民族寓言——第三世界文本新解》，孙盛涛、徐良译，《鲁迅研究月刊》1993 年第 4 期。

逊对《狂人日记》的分析："鲁迅文本的这种表现力如果缺少寓言的回应(Allegorical Resonance)就不能获得欣赏。"①残雪的小说文本"如果缺少寓言的回应"，同样也很难"获得欣赏"，但二者获得的"寓言的回应"却有所不同。鲁迅是从对中国封建传统礼教的"吃人"本质这一社会批判角度来营造寓言的，残雪却是在对作为个体的人的异化、扭曲的揭示和呈现的角度来进行书写的。这既与两位作家所处的社会时代、文化环境的不同有关，也与二者的性别存在一定的关联。

受意识形态以及传统社会性别观念的影响，在"寓言"性文本中，男作家常直接将"寓言"意义指向社会政治文化层面，而女作家则时或以"心灵"为中转途径，间接呈现"寓言"性。残雪的创作即具有这样的特征。

有学者在论述杰姆逊有关"第三世界的寓言性写作"时，从性别的角度进行反思："这种民族性寓言，显然也是父权制设定的具有整合功能的中心化代码，它当然吞没、压倒以个人存在为前提的'女性特征'"，而要"突破这种寓言性的写作模式，逃脱父权制设定的象征秩序，则有待于'在公与私之间、诗学与政治之间、性欲和潜意识领域与阶级、经济、世俗政治权力的公共世界之间产生严重的分裂'"②。出自这样的理解，残雪的小说创作被看作是一种"反寓言性的写作"，即"反父权制的巨型话语"的写作。

笔者则认为，这样的看法隐含着以父权制象征秩序所设定的"民族性寓言"为"寓言"性书写标准的男性中心倾向。事实上，残

237

①　[美]弗雷德里克·杰姆逊：《鲁迅：一个中国文化的民族寓言——第三世界文本新解》，孙盛涛、徐良译，《鲁迅研究月刊》1993 年第 4 期。
②　陈晓明：《勉强的解放：后新时期女性小说概论》，《当代作家评论》1994 年第 3 期。

雪的小说创作并非是一种"反寓言性的写作",而是一种融合了女性生命体验、同时又以个体的"人"为创作前提和基础的新型的"寓言"性书写。其中,"梦魇"式的表达方式即是作为知识分子的残雪,借以在"公与私之间、诗学与政治之间、性欲和潜意识领域与阶级、经济、世俗政治权力的公共世界之间"①的联系中,填补进女性生命体验、潜意识等与公共世界的联系的文学实践,这之中体现了独具匠心的性别书写策略。

这一点从残雪对小说文本中承担叙述功能的人物的性别处理方式,即可窥见一斑。依据承担叙述功能的人物的性别处理方式,残雪的小说文本大体可分为三种情况:

第一种情况是叙述者没有明显的性别指向。例如在《山上的小屋》《黄泥街》《布谷鸟叫的那一瞬间》《患血吸虫病的小人》等小说中,残雪主要通过不具有明确的性别身份的"我"的叙述和视野,展开对"梦魇"的书写,以此传达和凸显高于性别类属性的作为个体的"人",与外部世界的冲突、存在的荒谬感等"梦魇"体验。

第二种情况是承担叙述功能的人物有着明确的性别指向,或阅读中可以明确辨别出其性别。如《阿梅在一个太阳天里的愁思》《公牛》《天窗》等小说,通过可以明确辨别出性别的女性叙述者"我"的眼睛所看和内心所想,叙述了女性内心的孤独,其与父亲、丈夫、孩子之间语言和心灵的隔绝,甚至于陷入彼此之间的冷漠和敌对的女性"梦魇"。《痕》《思想汇报》等小说则以可以明确辨别出性别的男性人物"痕"与"大发明家 A"为聚焦点和自我陈述

① [美]弗雷德里克·杰姆逊:《晚期资本主义的文化逻辑》,陈清侨等译,生活·读书·新知三联书店 1997 年版,第 523 页。

者，叙述了在社会上承担着重要工作的男性们，如发明家、艺术家、首长等，虽有生命的寄托，又总免不了恐怖、屈辱、虚无等"梦魇"的"赤裸裸的灵魂的故事"①。

第三种情况是男性人物和女性人物交替分担叙事功能。事实上，在前述可以明确辨别叙述者性别的残雪小说类型中，就有一些文本出现了另一性别人物站出来发表观点、言论的叙述现象。如在小说《公牛》中，残雪通过设置一些小段的对话，让"我"的老公"老关"，不断陈述自己"板牙上有四个小蛀洞"的"梦魇"感觉，并与总喜欢"照镜子"的"我"展开对话，以此展现了男女两性之间灵魂沟通的可能性。在《苍老的浮云》《旷野里》等小说中，叙述主体则干脆退离，作者以第三人称的叙述方式，让男女人物交替分担叙述功能，展开灵魂的对话，推动小说情节的发展。例如在《苍老的浮云》中，残雪通过对有妇之夫更善无和有夫之妇虚汝华内在隐秘情感的荒诞书写，淋漓尽致地揭示了庸常夫妻、邻居、朋友之间的冷漠、厌倦、窥视、猜忌和敌对；而在《旷野里》，残雪则通过一对老夫妻"她"和"他""每天夜里"，"如两个鬼魂在黑暗中，在这所大寓所的许多空房间游来游去"的梦游经历和孤独对话，展示了他们的生存与精神困境。

总之，残雪通过对承担叙述功能的人物的性别加以特殊处理，分别对生活在父权制象征秩序中的男性与女性，作为个体的、有性别的人所遭遇的"梦魇"进行了艺术化书写，而且在理解、同情的基础上，赋予其鲜明的"寓言"性。不仅如此，她还在揭示男女两性之间的性别沟壑的同时，曲折暗示了二者对"存在责任的分

① 胡荣：《艺术之魂的独舞者：理解残雪》，《天津师范大学学报》2002 年第 3 期。

担"①的必要，以及两性沟通对话、创造新的生活模式的可能性。这是一种以"梦魇"书写为基础的、具有现代性别意识的"寓言"性写作。它所体现的性别书写策略，可谓女性文学创作有益的探索。

第三节　梦幻易性叙事中的性别策略

除"梦呓"化表达和"梦魇"式书写外，现代女性小说梦幻书写的另外一种值得关注的艺术表达手段是"梦幻"的易性叙事。

近年来，一些论者将"易性"引入文学分析和性别研究之中，取得了一些研究成果。例如，黄霖在《〈闺艳秦声〉与"易性文学"——兼辩〈琴瑟乐〉非蒲松龄所作》（《文学遗产》2004年第1期）一文中，将在中国传统文学创作中源远流长的"创作主体与文本中第一人称主角的性别易位"的作品与文学现象称之为"易性文学"；李玲在《易性想象与男性立场——茅盾前期小说中的性别意识分析》（《中国文化研究》2002年夏之卷）一文中，以人类深层心理中的"易性冲动"和"易性需求"为基础，分析与探讨了男性作者对女性形象的想象塑造及文学创作和文学批评中的"易性体验"问题。本书将"易性"引入文学叙事层面，并将"易性叙事"界定为创作主体与文本中承担着主要或部分叙述功能的主要人物的性别相异的文学叙事。这一现象在小说叙事中时有出现，它是创作主体对另一性别人物的文学叙事和性别想象，其中既包含着创作主体"白日梦"的成分，同时也在某种程度上体现着创作者的叙事意图。

就现代女性小说的梦幻书写而言，易性叙事指的是在女性小说创作中，由男性人物承担主要的叙事功能，并对人物的"梦幻"

①　荒林:《超越女性——残雪的小说》,《当代作家评论》1994年第5期。

240

（"梦幻"主体的性别不受限制）有所体现与书写的叙事方式。这种叙事现象在较多的情况下，呈现为一种现代女作家具有目的性、策略性的表达技巧和叙事手段，是女作家用以进行现代女性话语建构的一种特殊方式和途径。受作者性别观念和创作意图的影响，现代女性小说梦幻书写的易性叙事呈现出了不同的表现形式。

一、民族梦想与易性叙事

传统文人士大夫常通过"性别的置换与移情"，借由"女性声音"与女性符码来"托志闺房""寓孽子孤臣之感"（陈延焯：《白雨斋词话》）；而传统女性则必须通过对男性行为、装扮甚至是男性话语"声音"的模仿，才能冲破"闺围"，"大言打破乾坤隘"（吴藻：《金缕曲》）。这一现象是男女两性以自身内在需求为前提，对另一性别的文化想象，它深受以男性为中心的传统性别文化和性别关系模式对男女两性文学创作心理的潜在影响，是传统性别文化分工在文学创作领域的一种表现，对现代中国文学创作有着深远的影响。

现代中国小说创作中也不乏"易性叙事"的现象，且呈现出某些规律化的特征。一些男作家在创作中表现个人境遇、个体生存等主题时，多采用易性叙事的方式，如沈从文的《边城》、老舍的《月牙儿》等；而部分女作家则在书写民族解放、社会启蒙、知识分子等宏大主题时，选择易性叙事，如丁玲的《夜》、张洁的《从森林里来的孩子》、王安忆的《小鲍庄》、方方的《乌泥湖年谱》等。就上述女性小说的易性叙事而言，其中既包含着对以男性为中心的写作范式的认同，同时也包含着"某种以男性自居或化装为男人的"、以"男性（准男性）视点，以及某种超越姿态完成的对性别偏见的重述"①。二者之间的界限很难区分。

现代女作家也正是在这样的文化境地中实践着女性书写的易性叙事。在此以张洁的小说《从森林里来的孩子》为例，具体分析这部小说中易性叙事的意义及其性别处理的两难和机巧。

《从森林里来的孩子》是张洁的处女作，发表于1978年。它曾以充满"细腻、温暖、亮色"的思想内容和艺术特色，获得当年全国优秀短篇小说奖。小说采用第三人称内聚焦的叙事方式，以一个生活在大山中的"伐木工人的儿子"孙长宁为叙述者，通过他的亲身经历、体验感受，讲述了特定历史时期的人物故事。小说中，由于艺术家等知识分子受到"文艺黑线专政论"和"读书无用论"的影响和伤害，孩子们丧失了学习各种文化艺术知识与技能的权利。音乐家梁启明神奇、优美的长笛声，给主人公带来最初的精神启蒙。"文革"结束后，新的文化环境又使他产生了承载着民族希望的、朝向光明未来的音乐"梦想"。可以说，这是一个20世纪80年代初期较为常见的关于拨乱反正、文化复苏、知识分子被重新认可的民族寓言。

经历过"文革"十年动乱之后，20世纪80年代之初的中国社会文化以"伤痕""救赎""启蒙"等为关键词，展开了一场由精英知识分子承担的、以西方现代化为潜在参照系的文化启蒙。女作家也纷纷投入到这场以精神"启蒙"为主要内容的文学思潮之中，通过创作建构着以"人"为基础的民族"梦想"和乌托邦话语。张洁作为一个"炽热的马克思主义者和爱国主义者"②也不例外。小

---

① 戴锦华:《涉渡之舟：新时期中国女性写作与女性文化》，陕西人民教育出版社2002年版，第33页。

② ［德］米歇尔·砍—阿克曼:《访张洁》，孙书柱译，汉堡出版社1985年版，第15页，转引自《中国当代文学研究资料·张洁研究专集》，贵州人民出版社1991年版，第95页。

说《从森林里来的孩子》即是张洁在"非人—人""梦魇—梦想"的历史转变的基础上所锻造的，基于当时社会意识形态主潮的"红色的响箭"①之一种。其中承担着主要叙事功能的主人公孙长宁，作为老一代艺术家梁启明的继承人，是步入新时期的中国社会未来精英知识分子的代表。"他"不仅在小说内容层面，承担着当代精英知识分子承前启后、继往开来的文化喻义，而且在小说叙述层面，担负着作为女性的作家在主流意识形态领域的"代言人"的功能。

应该说，易性叙事的方式体现了张洁综合各方面因素之后的选择。它不仅表明了张洁为呼应时代主流所做的努力，同时也从另一个层面透露出，她作为一个女作家的性别困惑和写作困境。试想，如果将主人公的性别置换为女性，知识分子的文化喻义和"代言人"的身份是否能够顺利达成？有关民族梦想的文化寓言是否能够真正成立？在以"男主外，女主内"为基础模式的传统社会，"知识"向来与男性联系更为紧密，被禁锢在家庭与闺阁之中的女性成为知识分子的机会少之又少。即使到了现代社会，女性受教育的机会增加，她们也很难像男性一样，与"知识分子"这一身份形成更为自然的对应关系，或充当知识分子的代表。从这个角度说，张洁在这篇小说中选择易性叙事的方式有一定的必然性。

但与此同时，张洁的创作也面临着与性别有关的困惑，这种以男性为视点的小说叙事，尽管其初衷是站在社会和时代的思想

243

---

① ［美］罗恩·西尔维:《红色的响箭——与中国最重要的女作家张洁谈话》，董之琳译，美国《星期六评论》，1986 年 6 月，转引自《中国当代文学研究资料·张洁研究专集》，贵州人民出版社 1991 年版，第 119 页。

文化高度，来完成一种"化装为超越性别的'人'"的"花木兰式"女性写作，然而正如有论者所言，这种写作"在撞击男性文化与写作规范的同时，难免与女性成为文化、话语主体的机遇失之交臂，并在有意无意间放弃了女性经验的丰富庞杂及这些经验自身可能构成的对男权文化的颠覆与冲击"①。

不过，张洁在这篇小说中选取男性的视角来承担主要的叙事功能，这并不意味着她完全放弃了女性对民族、国家和社会的观察。这在《从森林里来的孩子》的小说叙事中也有表现。

首先，尽管隐含作者有关民族、国家的文化想象，主要是通过孙长宁的叙述者的身份来实现的，但其同时表明了隐含作者的女性认知与其是暗合的，这就在某种意义上构成了一种"双性共同视角"②。

其次，隐含作者将叙述者孙长宁设置为"孩子"的身份是有意为之，"孩子"在这里"是一个不以性别为强调的指称"，其中所具有的性别的意指"被文本消隐了"③。它暗示着性别经验的差异并不会影响到故事情节和小说叙事意旨的改变。

最后，小说中如世外乐园般的"森林"意象和天真、快乐、充满梦想的"孩子"形象，因其与外在世界和现实社会的隔绝或"类隔绝"（孩子还未真正进入社会）状态，而与女性作为"第二性"的文化处境有相通之处。作为"孙长宁的乐园"的"森林"和作为处于现实社会之外的"世外桃源"的"森林"，一方面寄托着作者纯洁的文化梦想，另一方面也无意识间流露出其中所具有的、相比男性

---

① 戴锦华：《涉渡之舟：新时期中国女性写作与女性文化》，陕西人民教育出版社2002年版，第506页。

② 林丹娅：《当代中国女性文学史论》，厦门大学出版社2003年版，第170页。

③ 林丹娅：《当代中国女性文学史论》，厦门大学出版社2003年版，第164页。

"更是属于大自然的一部分"的女性的温情与梦幻。

通过对《从森林里来的孩子》的分析可以看出，现代女性小说的易性叙事虽然深受传统性别关系模式和文化分工的影响，但其中也存在着现代女作家通过这种艺术表达方式，实践新的性别书写方式的努力。

二、易性叙事与"梦幻"互文

爱情与梦幻是现代女性小说的常见主题。作为女性生命情感体验必不可少的层面，许多女作家在书写这一主题的时候，都会不约而同地选择女性人物为叙述焦点，并通过与自己同一性别的叙述者的叙述来传达自己的创作意图。但在现代小说创作理念和现代性别观念的影响下，也有一些女作家会选择尝试易性叙事，即通过选择与作为梦幻主体的女性人物直接相关的男性人物来承担全部或部分叙述功能，从另一性别的角度，展开有关女性爱情"梦幻"的文学叙述。

例如，在20世纪30年代，女作家沉樱就开始有意识地尝试突破五四时期女性"自叙传"式的小说创作，主动采用"多种视角并借助叙述时间的变化来展现人物的情绪演变"①。在小说《女性》(原名为《妻》)中，沉樱别出心裁地选择了具有"丈夫"身份的"我"为第一人称限制性叙述视角，以"我"的内心感受和亲眼所见为主线，展开通篇的叙述。"我"与"妻"由恋爱而同居，开始时"不只沉醉在爱的氛围里，同时还有一个梦境的憧憬，在鼓舞着

---

① 张芙鸣：《沉樱小说的历史地位》，《复旦学报》(社会科学版)1999年第2期。

我俩的心"的甜蜜生活,但妻子的怀孕将这种甜蜜的生活打断,妻子在是否要生孩子的问题上陷入自我矛盾……在这一系列情节中,作者写出了在面对爱情梦幻的甜蜜、怀孕生育的婚姻现实时,男性之于女性生命体验的粗疏、冷漠和自私。

当代女作家王安忆也尝试采用过易性叙述的方式,对男女两性的感情生活进行审视和分析,在小说《香港的情与爱》中,她选择男主人公老魏为主要叙述聚焦点,讲述了在香港这样一个"如梦如幻"的城市中漂泊闯荡,想要将爱情的梦幻"牢牢地嵌进他的人生,使他的人生有了一个空穴,供他逃避和休憩"的男性,与竭力想要"脚踏实地的生计"、消除爱情梦幻色彩的现代女性之间的相遇和错位,微妙地传达出了现代商业社会中的男男女女,面对爱情梦幻的不同心态和复杂关系。

应该说,现代女性小说梦幻书写的易性叙事,是现代女作家在新的时代背景下的一种新的叙述尝试。通过对承担文本叙事功能的主人公的性别身份的置换,现代女作家获得了一种与自身性别视角不同的、观察和审视女性"梦幻"的视角。有些时候,还在一定程度上与以女性人物为主要叙述者的文本形成了"互文"的关系,进而在小说文本之外,构成了一重新的意义阐释空间。本书主要以铁凝的中篇小说《对面》和王安忆的中篇小说《锦绣谷之恋》为样本,对现代女性小说梦幻书写的易性叙事及文本间所构成的互文关系加以分析。

《对面》发表于1993年,是铁凝第一部以男性视角进入叙事的小说。小说以男性人物"我"为主要叙述者,作者让他承担了绝大部分的叙事功能,并通过"我"的眼睛所见、亲身所历和内心所感,独具特色、淋漓尽致地展现了"我"所遇到、交往和看到的女性人物的生活状态和情感世界。"对面"的涵义一方面是指女性生存于男性的对面，另一方面也有以男性的眼睛折射女性生存的意旨。小说中有一个细节很耐人寻味，"我"以回忆的方式叙述了自己暑假中去大峡谷旅游、偶遇一个女孩并发生了"一夜情"的故事。故事的女主人公未曾葆有爱情的忠贞，而是根据先前读过的小说，加上具有"梦幻"色彩的浪漫想象力，为自己创造并导演了一场符合内心需求的"恋情"：

> ……她却完全不顾我的热望，一味地自言自语般地讲起那个小说：一个男人和一个女人在一艘客轮上偶然地相识，当客轮停泊在一个热带小岛时他和她心照不宣地下了船，他们在岛上的一家小旅馆度过了销魂的一夜。第二天当男人醒来时女人已离他远去，船也离岛，船带走了那于他来说无比亲近又万分陌生的女人。他甚至不知她的姓名，只在他们温存过的床上找到一枚她失落的发针。于是那发针一直陪伴着这男人，他终生都在渴望通过这枚发针找到那个他心爱的女人。
>
> 我们都被这个故事弄得失魂落魄，一时间我们都成了小说中的人物，彼此相爱又永不相知，说不定明天早晨这帐篷里也会留下她的一枚发卡……
>
> 第二天早晨我醒来时她已经不见了，属于她的那只淡蓝色气垫上果然遗落着一枚黑发卡，正符合了小说里的情节。
>
> 这种故意的遗落使我觉得我真的又一次进入了圈套，虽然她的圈套远比肖禾的圈套要高雅。使她感兴趣的不是我本人，而是在一种特定氛围中的我。当我配合着她完成了她梦

幻般的经历，确有其事地把她变成了她盼望成为的小说中的人，我的存在便已不具意义……

我捏起那枚发卡，发卡上还挂着她的一根头发。我再次意识到我永远不会看见她了，假如由于我，她身上真的有了麻烦，也永远没人来逼我负责。一切正因了她的浪漫，正因了我们彼此终不相知。这念头令我窃喜，又使我微微地不安。当岁月流逝我粗糙的心灵变得有了一点儿细腻的模样，我才敢正视我曾经多么地虚伪和下流。

铁凝在小说中采用了一种环环相套的易性叙述手法来讲述这场"山中偶遇爱情故事"。故事的真正叙述者是作为男性主人公的"我"；在"我"回忆"山中偶遇故事"的时候，作者又以"间接引语"的方式，以"我"的口吻，叙述了女主人公"她"给"我"讲的一个"山中偶遇故事"；其间，还通过对二者之间的"对话"与"争执"的叙述，使女主人公"她"得以发出自己的声音。比如：

她的故事引导着我尽可能做到既风流又温柔，在她这浪漫故事的笼罩下我刻意使自己让她满意。但是也许我太年轻了，年轻到还没有学会如何疼爱手中的女人，我一味地折磨她，使她从自造的浪漫中回到了现实。她开始指责我，说你是多么地粗糙啊！她的指责深深地刺伤了我的自尊，好像我一下子成了她在感情上的试验品。

这种叙述手法可谓"一箭三雕"，既从男性的视角凸显了男性在此类"山中偶遇爱情故事"中的现实性和目的性，同时也传达出女性基于自身需求的"梦幻"想象、浪漫情怀和主体精神，而且还通过男女两性对同一事件的差异性认知，对比显示出男女两性间的矛盾以及沟通的困难，并作为"镜像"，给了男性一个自审和自我成长的机遇。

《锦绣谷之恋》也讲述了一个充满"梦幻"色彩的山中偶遇爱情故事。王安忆是从双重女性视角展开叙述的，"她"采用第三人称限制性叙述方式，向"我"讲述了"她"在锦绣谷所遭遇的一场如梦如幻的恋爱。

在去锦绣谷参加"笔会"的路上，"她"做了一个"梦"：

> 她半醒地睡着了，做了一些梦，梦境随着车身晃荡着，布满了轰隆轰隆的鸣响。她睡得很乏。风夹着夜晚的雾气刮在身上，又凉又潮，身上黏黏的，沾了许多煤烟里的黑色颗粒。她在梦里洗了澡，还洗头，洗得很痛快，却总有一股遗憾的心情，大约是因为很明白这只不过是梦吧。当她终于到了宾馆，在浴室里大洗特洗的时候，忽然想起了这个梦。她总是记不住梦的。

"身上黏黏的，沾了许多煤烟里的黑色颗粒"，这应该是主人公现实生活的象征性书写，她在梦里都希望自己能够把自己洗干净，但却还是遗憾，因为觉得改变不了什么现实。然而很快，锦绣谷"笔会"给她创造了一个"梦幻"机遇，因为"她"遇到了"他"。小说多处写到"她"对"锦绣谷之恋"的"梦幻"感觉：

汽车在幽暗的道路上疾驰，两边的树影迅速地掠过。她向后倚在椅背上，看着窗外幽暗的景物，隔了他的肩头，心里充满了梦幻的感觉。

　　他们远远地分开，各自汇入了人群，那恍若隔世的锦绣谷，远成了一个梦，这梦存在他们心里，与他们时刻存在着，时时地温习着他们，又被他们所温习。

　　火车轰隆嚓地颠簸着她，她的梦境全叫颠散，散了个七零八落。她在梦中吃力地如同儿童游戏拼版似的拼着梦境，终也拼不圆满。梦却一径地做了下去，忽而到了龙潭，忽而堕入了锦绣谷，忽而走在了九百五十六级台阶上，走得积累，而且紧张。台阶刚刚呈现便又散落，横七竖八的溅得到处都是。她紧张而吃力地拼凑着梦境，极力了解梦境，直到筋疲力尽。

不仅如此，小说还一再重申了"她"在"梦幻"中自我的焕新与成长：

　　太阳和月亮在空谷上空交替地照耀，好像几万年的时间在这里过去了，她不知道自己经历了一些什么，她只觉出自己在这太阳和月亮的交换中幻化了，有一个自己在退出，另有一个自己在靠近了，她换了一个人了。她是她自己，又不是她自己了，天哪！这真是奇了！

她悲哀而幸福地想到：在他面前多么好啊！和他在一起多么好啊！在他面前，她的一切知觉都恢复了，活跃了，她的理性也上升了。她知觉又不知觉地将自己身上的东西进行着筛选，将好的那部分展示出来——她觉得是奉献出来，而将不那么美好的部分则压抑下去。她好像时时刻刻地在进行着自身的扬弃。她觉得自己变好了，她将自己身上好的那部分凝聚成了一个更典型、更真实的自己。她以为这个自己是更真实的自己，她爱这个自己，很爱，她希望她永远是这个自己。

如果说"锦绣谷之恋"是"她"人生中一个重要的事件的话，那么，这一事件对她的人生有很重要的作用，在一定程度上，调节并平衡了"她"现实生活的无奈，给她带来了生活的希望。"梦幻"作为女性生命中一场具有调节平衡作用的心理性事件，对女性个体的生命存在和自我超越，在一定范围之内，有其存在的道理和理由。但从长远来看，"梦幻"对女性主体性的建构、女性对自我生命的把握等主动性层面，起到的更多是负面的效果。所以，王安忆在小说的最后写到了"她"离开"锦绣谷"之后"梦幻"的失落："真实，确切，千真万确，什么事也没有发生，什么事情也没有发生，只不过，窗外梧桐的叶子落进了。"而这一切都是通过"我"所讲的"她"的故事来完成的，这也使得王安忆对女性"梦幻"细致入微地省察和反思，在这一女性讲述女性所经历的故事中，包含了女性自我反省、女性反省女性自己的深沉意味。

有意思的是，这两个文本的"指意系统"在某种程度上构成了一种有所"互涉"的互文关系①。具体表现在三个层面：

首先，《锦绣谷之恋》中的"她"在锦绣谷偶遇男主人公并产生爱恋的故事，与《对面》中女主人公为男主人公所讲述的"山中偶遇故事"之间相互指涉，也即其基本情节都是以女性人物的口吻讲述的在山中偶遇男主人公，迅速陷入梦幻般的恋爱，下山后各奔天涯的故事。但故事的呈现视角却不相同：前者采用的是女性视角，后者采用的则是男性视角。

其次，《对面》中女主人公为男主人公讲述的"山中偶遇故事"，与《对面》中男主人公"我"叙述的与女主人公的"山中偶遇故事"之间相互指涉：其中的女性人物都在一夜的甜蜜之后不见踪影，唯有留在枕边的"发卡"。这是同一小说文本中不同情节的自我指涉，也即女主人公在与男主人公交往的过程中，基本上模仿了她为其讲述的"山中偶遇故事"的情节发展，这种情节的重复，一方面凸显出女主人公对"山中偶遇故事"的期待心理和自主意味，另一方面也经由男主人公的叙述视角，折射出同为当事人的男性和女性之间的心理反差。

最后，《对面》中男主人公所叙述的"山中偶遇故事"，与《锦绣谷之恋》中"她"向"我"讲述的"山中偶遇故事"之间也相互指涉，即是分别以男性视角和女性视角讲述了同一类型的故事：女主人公都对"山中偶遇故事"中的情或性充满期望，并且都具有自我承

252

---

① 法国解构主义符号学家朱丽亚·克里斯蒂娃基于布鲁姆的"影响的焦虑"提出"互文"概念，即"互文性表示一个（或几个）符号系统与另一个符号系统之间的互换；但是因为这个术语经常被理解成品尝迂腐的'渊源研究'，我更喜欢用互换这个术语，因为它明确说明从一个指意系统到另一个指意系统的转移需要阐明新的规定的位置性，即阐明的和表示出的位置性。"（[法]朱丽亚·克里斯蒂娃：《诗歌语言的革命》，[英]拉曼·塞尔登编著：《文学批评理论——从柏拉图到现在》，北京大学出版社2000年版，第45页。）这里所说的"互换"其实是不同的符号系统之间的相互指涉，也即"互涉"。

担的主体性。《锦绣谷之恋》中的"她"因为这段爱情梦幻获得了对自我和生活的新认知，《对面》中的女主人公则通过这样的偶遇完成了对小说中自我梦幻的实践。不同的是，两部小说对"山中偶遇故事"的书写指向、也即创作意图差异很大，《锦绣谷之恋》并没有止步于"梦幻"之于女性的正向作用，实质上，小说通过女性所讲的女性的"梦幻"爱情故事，解构了"梦幻"之于女性的积极作用；《对面》则通过男女两性对同一事件的不同性别体验，书写了男女两性互相站在"对面"，却无法真正沟通的无奈现实。

对比分析这三个以不同叙述视角展开的"山中偶遇故事"，可以明显地看出，承担叙述功能的叙述者性别的不同，不仅造成对此类故事叙述视角的不同，同时也使所叙述故事的信息传递有明显差异。《锦绣谷之恋》从双重的女性视角叙述的"山中偶遇故事"，通过女性对女性的审视，书写了现代女性借助于婚姻之外的爱情"梦幻"对自我生命存在体验的更新这一事实中的虚幻性和不可依赖性。男性人物在其中只是女性进行自我审视和同性审视的符码而存在。《对面》则通过嵌套式的双重"山中偶遇故事"的叙事结构，以及兼顾男女两性心理体验的叙述方式，立体地、对话式地书写了在现代版的"庐山恋"故事中，男性人物与女性人物各不相同的内心感受和生命体验。易性叙事的恰当运用，弥补了女性视角对男性经验的漠视与忽略；同时，通过易性叙事和性别想象的方式，有可能获得男女两性性别体验的兼顾与对话。从这个意义上或许可以说，易性叙事是一种值得探索的功能独特的叙述方式。

三、"梦魇"的易性叙事与复调结构

如前所述,"梦幻"作为人类一种较为常见的、基于个体生命体验的生理与精神现象,因其所具有的隐喻性、沟通性等特征,在现代女性小说的易性叙事实践中起着重要的作用,而"梦魇"的艺术表现也在一些时候与易性叙事发生关联。朱文颖的小说《戴女士与蓝》,可以说是现代女性小说中以男性人物为主要叙述者,并以"梦魇"为沟通途径,进行性别对话的易性叙事的代表性作品。

《戴女士与蓝》发表于 2004 年。在这部小说中,朱文颖没有采用她所惯用的借助小标题、自由变换叙述视角的叙述方式,而是通篇选择一个中年男人"我"为叙述者,以第一人称内聚焦的叙述方式,讲述了"我"在日本打工时所经历的被异化为"鱼"的人生"梦魇",以及回到上海后遇到了曾经和"我"一起在海洋馆做"鱼"的"戴女士"的故事。这些故事在叙述者"我"对现实经历的讲述和对往事的回忆中交错呈现,整体上呈现为一明一暗的双层复调叙述结构。具体如下图所示:

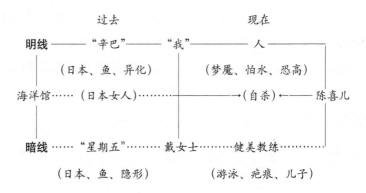

小说叙事的明线以叙述者"我"为中心。"我"在日本打工时曾在海洋馆化装为一条叫做"辛巴"的白鲸招揽顾客。这种异化为"鱼"的"梦魇"般的经历与感受，一直追随着"我"从日本回到上海。即使生活日渐平稳，"我"也依然怕水、恐高、拒绝回忆过去，并有着做"噩梦"的"恶习"，"经常在睡梦中发出骇人的尖叫。"

小说叙事的暗线是围绕"戴女士"展开的。她在日本曾经和"我"一起扮演过海洋馆中的白鲸"星期五"，但是"我"从未见过她的真实样子，只知道在她的左侧腰部有块"疤痕"。回到上海后，她以"戴女士"的身份，出现在"我"的生活中，游刃有余地做着健美教练，但却拒绝承认自己是当年的另一条白鲸。

这两条叙事线索一明一暗交织在一起，从性别和个体体验的角度，内在隐秘地呈现着"我（辛巴）—戴女士（星期五）""持续梦魇—游刃有余"的复调对位关系，一定程度上构成了性别的对话与对比。也即是说，作为男性的"我"和作为女性的"戴女士"，虽然有着共同的扮演白鲸的"梦魇"经历，但是二者面对这段"梦魇"的"挫折反应"和心理应对却截然不同。

所谓挫折反应，在心理学上指的是个体体验到挫折后，在情绪和行为上的应激表现，具体而言则是指"人的需要（物质需要和精神需要；生理需要和社会需要）、愿望、渴求遇到障碍时，在心理、行为上所产生的应答性反应"[1]。它归根结底是作为个体的人，与社会环境的冲突或不协调的一种表现。个体的人的"挫折反应"往往受各种因素的影响，性别是其中比较突出的一个因素。如有论者曾根据统计数据验证，女性比男性"对挫折的感受

---

① 郭振华：《"挫折的反应"与"性格的塑造"》，《文艺理论研究》1984 年第 2 期。

性高，反应更为强烈"①，这与传统性别观念对男女两性的心理影响有关。

但在《戴女士与蓝》中，朱文颖并没有从这一角度进行书写，而是从具体人物的"梦魇"经历出发，通过双层复调叙事结构，分别书写了男女两性对同一"梦魇"的不同感受和反应：作为男性的"我"很难从那段异化为"鱼"的梦魇中走出，而戴女士却很快摆脱了"梦魇"，与生活和解。小说对此有非常明晰的对比性叙述：对男性主人公而言，"孤独，就是一个人，他穿着一条鱼的衣服，但后来当他把这衣服脱掉时，发现自己其实还是一条鱼。"而戴女士却有所不同。她虽然不再吃鱼，但却不像"我"那么惧怕游泳和潜水。她与生活彻底和解了，有着从"梦魇"中挣脱而出的从容和韧性，以及中年女人的"沉着"和"优美"。

"孤独""梦魇"与"沉着""优美"，这两类形容词形象地表明"我""辛巴"与"戴女士""星期五"对"梦魇"经历的不同反应。也正是这种双层复调的叙事方式，通过两性心理的对比，传达出戴女士身上所具有的现代女性的坚韧品格与知性气质。不仅如此，小说还进一步书写了"我"与戴女士之间的沟通和对话，通过戴女士对"我"的评价，如"你不是一棵树""你连过去都没有"等，折射出"我"之所以很难从"梦魇"中走出，很大的原因在于自身主体性的匮乏。

这里，"梦魇"是连接分别以"我"和"戴女士"为中心的双层叙述结构的关键性符码。有意思的是，作者同时还设置了"陈喜儿"这样一个女性形象，作为连接两层叙事结构的关键人物，并且在

----

① 高亚兵、聂江：《初中生挫折反应类型与教育对策的研究》，《社会心理科学》1997年第4期。

"梦魇"与"陈喜儿"之间设置了多重别具意味的联系：其一，"我"的梦魇经历成为陈喜儿不断臆想的神秘根源；其二，陈喜儿对"我"的过去的臆想和对莫须有的"日本女人"的虚构，将"我"重新推进过去的"梦魇"；其三，陈喜儿对"我"的过去的猜测和臆想，使她自己也陷入了"梦魇"。在小说中，"陈喜儿"这个女性形象不仅时刻提醒并试图揭穿"我"竭力隐藏、希望忘记的"梦魇"经历，还不断以爱的名义制造并臆想着各种爱情"梦魇"，最后使自己陷入到失去主体性的"梦魇"境地，以自杀而告终。

虽然小说选择男性人物"我"作为叙述者，承担主要的叙事功能，但作者并没有因此忽略对女性形象的刻画。除了对有着强大生命韧性和主体精神的"戴女士"的书写之外，作者还通过"我"的视角，呈现并潜在批判了"像树獭一样吊在我的脖子上"的"陈喜儿"总是希望"我""成为一棵树"，以供她攀爬的依赖品性和女性主体性的缺失，并以"梦魇"的象征性比喻和"自杀"的悲惨结局，暗示了这种类型女性的不幸命运。

朱文颖在关于这部作品的访谈录中曾说，《戴女士与蓝》所选择的易性叙事视角，"或许是一种冒险的尝试，因为作为一个女作家，这种人称叙述有某种不可信的东西在里面。"[1]尽管如此，她还是大胆尝试了这种艺术表达，并以各种方式，让她笔下经过男性叙述者"过滤"的女性人物发出了自己的声音。"作家就好比一个隐身人，他在各种各样的灵魂之间游荡、飘移。"[2]通过易性叙事，朱文颖以"梦魇"为故事基础，打开了人类灵魂的大门，在尊重男女两性生命体验和生命逻辑的基础上，对男性人物和女性人

---

[1] 朱文颖：《戴女士与蓝》，作家出版社 2004 年版，第 238 页。
[2] 朱文颖：《戴女士与蓝》，作家出版社 2004 年版，第 240 页。

物给予了"同情之理解"和理性之批判。

从根本上说，易性叙事是一种基于"易性体验"的文学想象。这也意味着易性叙事的方式、表现内容及易性程度等，都会随着想象主体的性别观念和创作意图而发生改变。也即是说，文学书写的易性叙事，不仅可能出现像古代"男子作闺音"式的文学书写，"把女性想象为只甘于雌伏"①，以此性别的内在需求，灌注于彼性别的文学想象和形象塑造的书写情况，也很容易出现尊重另一性别的主体性，而忽略了自身性别主体性的书写情况。但这并不能排除文学书写易性叙事获得成功运用的可能性。即做到不仅尊重创作主体的性别主体性，同时也尊重文本中易性叙述者的主体性。朱文颖的小说《戴女士与蓝》以"梦魇"为心理体验与沟通的基础，通过易性叙事的方式，表现了不同性别的人物形象对"梦魇"的不同体验与反应，就是一例。在坚持男女两性主体间性的前提下，充分尊重男女两性生命体验和生命逻辑，是一种值得肯定的易性叙事的追求目标。

综上所述，在现代女性小说创作的艺术表达方式发展过程中，"梦幻"本身所具有的超越指向与诗性功能，以及各种形态的"梦幻"，如"梦呓""梦魇"等所具有的基本特征和表现形式等，对现代女性创作产生了值得注意的影响。"梦呓"化的语言表达、"梦魇"式的书写策略和梦幻书写的易性叙事等，作为现代女性小说中的文学现象，一方面，是现代女性在各种理论资源的综合影响下，不断探索与尝试抗拒"失语"、表达女性个体经验的途径，以

---

① 李玲：《易性体验与两性平等——致舒芜老师》，《书城》2006年第1期。

及借以更新叙事视角和叙事内容的叙事策略；另一方面，也是作为知识分子的现代女作家在现代性别观念的指导下，探索地观察世界、表现世界的新的话语实践。其中既包含着对与女性思维方式、生命体验紧密相连、打破传统话语逻辑的语言表达方式的有益尝试，也反映出她们所受到的传统思维的影响，以及在艺术表现方面的局限。

第五章　梦幻书写传统与女性写作的现代突破

梦幻与文学有着不解之缘，文学的梦幻书写也一直是中国文学的传统之一，不仅可以把书写梦幻的文学作品，作为一种文学类型进行文学考察，而且还能够整理编纂为《中国梦文学史》。[①]就中国的传统女性和现代女性的文学创作而言，我们仍然可以归纳出一个较为清晰的女性梦幻书写传统，其中可以窥见深刻的传统性别文化的烙印。随着时代的发展、女性的进步，对这一梦幻书写传统有所继承的当代女性写作，也开始呈现出别有的风貌。

本章希冀通过对梦幻书写传统及其性别潜意识的分析，进一步探索现代女性写作在梦幻书写方面的自我突破与话语建构。

第一节　中国女性文学的梦幻书写传统

无论是中国传统女性创作，还是现代中国女性文学创作，"梦幻"都是其中较为常见的心理场景和文本细节，其中有四个梦幻书写主题出现的较为频繁，或集中于某一历史时段，或伴随着女性文学的发展而逐渐显露出现代文本特色和性别意识，这些女性

---

① 傅正谷：《中国梦文学史》（先秦两汉部分），光明日报出版社 1993 年版。

梦幻书写的文本细节综合呈现出了女性文学的梦幻书写传统。

一、思念与体悟

这一梦幻书写主题主要出现在传统女性文学创作中。在传统女性创作中，深处闺阁的女子思念不在身边的男子的场景最为常见，"梦幻"则是其中出现较为频繁的心理现象。"思君兮感结，梦想兮荣辉"，东汉女诗人徐淑《答秦嘉》中的诗句，形象地传达了抒情主人公想要在梦中见到丈夫音容笑貌的渴盼。像这首诗所传达的一样，由于地域的"阻隔"，闺阁女子对不在身边的男子产生强烈的思慕之情，并通过"梦幻"来缓解思念的焦虑，这在传统女性文学创作中形成了一个固定的梦幻书写模式。

就传统女性和男性之间的"阻隔"状态而言，有三个方面的含义：一是地理位置的"阻隔"，即夫妇不在同一个地域或阴阳之隔等；二是情感的"阻隔"，即女子与男子在情感上处于单相思的隔绝状态，文本中多指女子被男子休弃或女子思慕陌生男子等；三是生活领域的"阻隔"，中国传统宗法礼教规定"男子居外，女子居内，深宫固门，阍寺守之，男不入，女不出"[①]，相对于女性常年被禁锢在闺阁之内而言，"离家远行，游学、科考、宦游、经商、游幕"则是男性"特有的生命形式"[②]，文本中这一层面的"阻隔"时常与前两个层面交织杂糅在一起体现。无论是就地域、情感，还是生活领域而言，传统女性与男性都处于"阻隔"状态，这不仅反映了中国传统性别文化男女、尊卑、内外二元对立模式的

---

① 《礼记·内则》，《十三经注疏》，中华书局 1980 年版，第 1463 页。
② 段继红：《清代闺阁文学研究》，南开大学出版社 2007 年版，第 194 页。

无处不在，也传达出处在传统性别关系模式次等地位，并被阻隔于狭窄森严"内闱"的传统女性，很难突破传统性别文化对女性的定位与禁锢的事实。

这在传统女性梦幻书写中表现得非常充分，除徐淑外，蔡文姬、阮逸女、朱淑贞、魏夫人等都有书写思妇梦幻念夫的诗词，如：

> 帘里孤灯觉晓迟，独眠留得宿妆眉。
>
> 珊瑚枕上惊残梦，认得萧郎马过时。
>
> ——丘氏《寄外》

> 昨宵结得梦寅缘，水云间，悄无言。争奈醒来，仇恨又依然。辗转衾绸空懊恼，天易见，见伊难。
>
> ——朱淑真《江城子·赏春》

在此类梦幻书写中，"帘""灯""枕""衾"等古代女子闺阁内的生活用品出现频繁，这说明"梦幻"与传统女性的家内生活密切相关，当男子在公共领域从事社会工作时，传统女性只能待在闺阁之内与"孤灯""单枕"，以及对丈夫的思念心绪为伴，女子"正位乎内""夫主为亲""将夫比天"[1]等儒家规范，成为传统女性的内觉，"天易见，见伊难"（朱淑真：《江城子·赏春》）的思念怨恨情绪，只能通过"梦幻"这一私密的渠道才能暂时得到缓解。

随着"梦幻"视阈与"梦幻"对象的扩大，传统女性的梦幻书

---

[1] 陈东原:《中国妇女生活史》，商务印书馆 1937 年版，第 262 页。

写逐渐从思念寻夫，演化为对故乡、故国、友人的思念。李清照在《蝶恋花·上巳召亲族》一词中，书写了诗人南渡之后的思乡之情："永夜恹恹欢意少，空梦长安，认取长安道。"徐灿以"梦里江南秋尚好，般般。皎月黄花次第看"（《南乡子·秋雨》）、"暂飞乡梦，试看归鸿，也算忘忧"（《诉衷情·暮春》）等词句，表达了诗人对故乡江南的思念；顾春的诗句"梦也、梦也，梦不见，当日裙钗"（《江城梅花引·雨中接云姜信》），刻画了作者对远行友人的怀恋，一定程度上传达出女性之间情谊的真挚与重要。

任何时代的女性都要和自我打交道，即使是以男性为生活和情感中心的传统女性，也仍然有着大量深处闺阁、面对自我的时刻。除了独自品尝思念的苦涩，通过梦幻来获得缓解外，她们也在梦幻书写中，反映并慰藉着深处闺阁的孤寂和思而不得的情感困境，回望自己的人生经历与情感经历，并有所感怀和体悟。这在传统女性文学创作中也很常见，且主要出自婚后妇女或寡妇之手，这是因为在中国古代儒家文化传统中，婚姻对女子和男子有着截然不同的意义，其婚后的生活状态与自我感受也很不相同。对男子而言，婚姻与家庭是他们从纷扰的外界退居一隅的避难所；但对传统女子而言，婚姻则意味着进入一个陌生的家庭，且与自己的丈夫在一起的时间很少，她们不得不承受愈加深重的烦闷与孤寂，以及无处寄托、无人安慰的情感困境。

"梦不成""梦难成""梦也无聊"等词句，是传统女性创作反映这一情感困境最形象的表达方式，如：

此情谁见？泪洗残妆无一半。愁病相仍，剔尽寒灯梦不成。

——朱淑真《减字花木兰·春怨》

秋雨沉沉滴夜长，梦难成处转凄凉。

芭蕉叶上梧桐里，点点声声有断肠。

——朱淑真《闷怀二首·其二》

寻好梦，梦难成，有谁知我此时情。

枕前泪共阶前雨，隔个窗儿滴到明。

——聂圣琼《鹧鸪天·寄李之问》

断肠诗句可怜宵。莫向枕根寻旧梦，梦也无聊。

——吴藻《浪淘沙》

　　她们在长夜里想要梦见所思念的男子却不得，只能在愁病相依中消磨掉青春韶华，在"怨"中生发出一种对自我孤寂境遇的悲哀与绝望之情。清代女词人吴藻词句中的"梦也无聊""梦来无畏"的深沉感叹，就传达了女诗人不再将情感寄托于梦幻的哀婉悲凉，这也从另一个侧面表现，明清以来的传统女性开始有了较为理性、对自身境遇的体谅与包容。

　　年龄与经历对传统女性自我意识的生发与成长来说也是不可忽略的因素。随着年龄的增长和阅历的丰富，传统女性开始逐渐摆脱对思念、孤寂"梦幻"的依赖，在对往事与情感经历的回忆与"梦幻"化中，慢慢升华为一种对人生与命运的感怀与体悟，以此获得精神的需要与自我的人生感。这在传统女性创作中，主要表现为对"人生如梦"的书写与感慨，如宋代易少夫人在为丈夫践行之时，写下了《临江仙·咏熟水话别》一词：

记得高堂同饮散，一杯汤罢分携。绛纱笼影簇行旗。更残银漏急，天淡玉绳低。只恐曲终人不见，歌声且为迟迟。如今车马各东西，画堂携手处，疑梦也疑非。

　　作者恐怕"曲终人不见""高堂同饮""画堂携手"等这些昔日的美好生活，都将在丈夫离别之后变得不再美好，因而在辞行前对往事的回忆中，恍惚间以之为"梦幻"。

　　宋代孙夫人30岁便守寡，丈夫早逝后她经常回忆昔日夫妻恩爱的生活，觉其有如"云轩"一梦，一闪即逝，一去不返：

　　前事销凝久，十年光景匆匆。念云轩一梦，回首春空。彩凤远，玉箫寒，夜悄悄，恨无穷。叹黄土久埋玉，断肠挥泪东风。

——孙夫人《醉思仙》

　　到了清代的吴藻，则开始"翻悟到、人生荣落，回首繁华原若梦，再休提、命合如花薄"（吴藻：《贺新凉》），其中更平添了人生如梦、花开花落的"身世之感"。

　　虽然传统女性对"人生如梦"的体悟书写，并没有脱离男子之思和孤寂之叹，但对美好往事和残酷现实的对比所生发出来的人生感怀，却经由一个适当的审美的距离而获得精神的升华，相比思念之"梦幻"，其创作格调与审美视野有了一个大的提升。而且，在抒情主人公对自己的情感经历进行回忆的过程中，会不自觉地根据情感的需要，美化、修饰曾经的恩爱生活，并通过对过往生活的肯定与"梦幻"化，而在心理上获得一种人生如梦、但曾拥有的满足感与沧桑感。

此外，明清以来的女性文人在思念友人或家乡时，也常常会引入"人生如梦"的感叹，如徐灿在《如梦令》一词中轻叹："回首断桥烟，是处画阑朱栋。如梦，如梦，借阵好风吹送"；吴藻在《迈陂塘·题王竹屿通叟〈夕阳花影图〉》一词中，对《夕阳花影图》中的"夕阳花影"，拟人化为"人生如梦"："忒轻松、一场花梦，和春蓦地来去"等，这些词句通过对在自己的精神生活中占有较大比重的家乡与友人的梦幻化书写，对自己的人生进行了初步的体味与思考。

从通过"梦幻"传达传统女子的思念孤寂，到女至中年"人生如梦"的体悟，传统女性从对孤寂生活的忍受与幽怨，逐渐转向了面向自我的安慰与化解，她们的自我意识在这样的转变中，也逐渐获得苏醒与成长。虽然传统女性"人生如梦"的书写，有很多都借用了"庄周梦蝶"的典故和道家"人生如梦"的思考，且由于传统女性生活狭窄，所以其创作还显得较为肤浅，但其中所蕴含着的传统女性基于切身体验之上的现实焦虑、生命感受与精神探索，在某种程度上展现了传统女性在有限空间内的自我精神生活的自主性，以及她们对自身主体性的最初探寻。

在现代中国女性文学创作中，思念与体悟这一主题的梦幻书写虽然依旧存在，但由于社会性别观念、女性的生存环境和女性的自我意识都发生了较大的变化，所以此类梦幻书写的性别意义也相较而言变得不那么突出和明显了。

二、栖息与越界

对中国传统女性而言，长期处在闺阁之中，孤独寂寞是人生的常态，怎么样才能缓解这种孤寂和压抑呢？途径有很多，在"梦幻"中去自己想去的地方，见自己想见的人，从而获得精神的栖息与救赎，是比较常见的一种。这在传统女性文学创作中较为常见，而且大多数时候和女性思念之"梦幻"是缠绕在一起的。

但这一现象到了现代女性小说中发生了改变。在现代女性小说中，书写女性栖息于梦幻之中以获得栖息和救赎的文本仍然很多，比如在五四时期和20世纪80年代以来的女性小说文本中，频繁出现的"梦中人"女性形象有，《海滨故人》中天真浪漫、多愁善感、用"幻想"编织未来的五四女青年露莎、云青等；《梦珂》中爱做梦、"整天躺在床上"、"不断地幻想"着"未来的生活"和自由浪漫爱情的新女性梦珂；《莎菲女士的日记》中"无论在白天，在夜晚"，"都在梦想可以使我没有什么遗憾在我死的时候的一些事情"，都在梦想着可以获得"生的满足"的美妙爱情的青年女子莎菲；《无字》中具有血缘关系、同样"善于幻想"和"没有意义的设想"，并时常做"白日梦"的吴为、墨荷和叶莲子，等等。

虽然这些女性"梦中人"仍然拥有爱做梦、爱幻想的性格特征，其中所折射出的现代女性的心理状态与精神面貌却发生了内在的变化：传统女性创作的和一部分现代女性小说中的"梦中人"女性形象，大多是被动、彷徨和无奈的，即使有内在抗争，也大多局限在虚幻的梦幻之中。

而在另外一些现代女性小说创作中，栖息于"梦幻"的女性更多了一份主动与坚守。如张洁《爱，是不能忘记的》中的母亲钟雨，为了追求心目中的理想爱情，情愿独身多年，承受孤独，以"梦幻"为慰藉坚守着无言的爱情；王安忆《妙妙》中的乡村姑娘妙妙为了实现自己对城市文明的追求，不懈地做着美丽的梦和平凡的努力；陈染《凡墙都是门》中的"我"则在"天天想为什么要活着"的人生思考中，悟出了"凡墙都是门"的道理，主动审视和维护自己的梦幻与生活。

除了女性借由思念之"梦幻"缓解焦虑、获得栖息救赎之外，"梦幻"也时常充当着她们想象并卧游外在世界的内在通道。阅读传统女性的诗词会发现，"闺阁"往往是静止不动的，而女子思念的男子所处的外在世界则是动态、纷乱的，女子只能通过"梦幻"才能走出闺阁，到达这个相对陌生的外在世界，并在卧游中与所思念男子相见。

唐代鱼玄机在《情书寄李子安》中曾说："饮冰食檗志无功，晋水壶关在梦中"；宋代崔球妻在写给丈夫的情诗《寄外》中也有类似的"梦幻"："数日相望极，须知志气迷。梦魂不怕险，飞过大江西。"明代虎关马氏女在《秋闺梦戍·其一》一诗中也描绘了梦中寻找驻守边关的丈夫的场景："放佛玉关伤旧别，徘徊油幕订新盟。梦回檐马迎风处，犹是沙场剑戟声。"

"晋水壶关""大江西""沙场""剑戟"等都是与闺阁之内的物件摆设截然不同的景物，它们出现在传统闺阁女性的梦幻书写中显得别有意味。从孤枕独眠夜与思念已久的男子梦中相见，到在梦幻中驰骋神思，逾越千里寻慕思念之人，这表明传统女性"梦幻"的视域与对象已经逸出闺阁的界限，深入到外在世界，可以说是中国传统女性创作构思的一个飞跃。

对传统女性而言，栖息于梦幻或卧游仙境是一种越界；抛却女性身份，梦想变为男儿身则是另一种越界：跨越性别的界限。"女越男界"的梦幻书写在明清以来的女性文学创作中很常见。如女戏曲家王筠的《繁华梦》、吴藻的戏曲《乔影》、清代弹词《再生缘》《笔生花》《榴花梦》《子虚记》等都虚构了女子女扮男装、求学科考、建功立业的梦幻故事。也正所谓："玉堂金马生无份，好把心事付梦诠。"这是中国女性性别意识启蒙的一种表现，也是对传统女性角色反思的开始。

随着社会性别文化的变迁，在现代女性小说中，传统的卧游仙境和"女越男界"之梦已经很少出现，在十七年的女性文学创作中，梦想成为"女英雄"的女性梦幻书写可以说是传统"女越男界"之梦的现代延续，做一个像男人一样的人是其核心内涵。但随着20世纪80年代末90年代初女性意识的不断强化，"女越男界"之梦的表现形式进一步变迁，朝着女性反抗男性、反抗父权制统治秩序的方向发展。这是另一种形式的女性越界之梦幻，代表性作品和梦幻场景有，徐小斌在《双鱼星座》中描写的在梦中化身为"阿拉伯公主"的卜零在梦中杀死三位男性的梦境；林白在《子弹穿过苹果》中塑造的像"梦"一样飘忽不定、四处游荡、神出鬼没的马来女人蓼等。可以说，这是传统女性卧游仙境和"女越男界"之梦幻的现代融合和演绎，梦中化身或化身为"梦幻"的目的，不再仅仅是为了获得精神的栖息，而更多的是想要主宰自己的命运。

这是现代女性借助"梦幻"建构女性主体性的一种早期形式，虽然其中显露出，以性别对立的方式反抗以男性为代表的父权制象征秩序的目的，误入了女性解放的歧途，但同时这一文学现象也让我们看到，现代女作家们在梦幻书写中所努力进行的思考和探索，以及"梦幻"本身所具有的文化生发性的功能。

三、确认与想象

1919 年，五四运动开启了启蒙与觉醒的新时代，现代女性的角色意识也开始苏醒。她们迫切地想要摆脱传统女性的角色规范，建构现代女性主体性。现代女性小说的梦幻书写也相应发生了变化，从五四时期一直到 21 世纪，对女性角色的重新确认与想象，是从未间断过的书写主题，而"梦幻"这一更为贴近女性思维方式和内在体验的内在途径和女性书写传统频繁出现的细节内容，也顺其自然地成为女性文学书写女性角色的现代确认和想象时出现较多的文本细节和心理场景。

在关于女性角色的现代确认的文学书写中，表现较为突出的是关于女性隐秘经验的梦幻书写。传统性别文化认为女性的隐秘经验是肮脏的、污秽的，传统女性也把女性隐秘经验视为书写的禁忌，避而不谈。其实，在中国传统女性创作中，借助"梦幻"这一外衣，流露隐秘内心的创作并非空白，如明代戴伯龄在《寄林士登》二首、《再寄士登》二首中，书写了她与林的相遇、交往经历，幽幽感叹"默默倚栏干，无缘对面看"，压抑不住自己萌动的情思，遂幻想"若逢元夕夜，便可对巫山"。如此大胆的心理描写，在当时不啻为一枚炸弹，在轰炸了传统规范对女性的禁锢的同时，也轰炸了她自己的现实退路。这四首情诗后被发现，作者无法抵挡封建礼教的摧残，她自缢而死。但也正是这些梦幻情欲的书写，大胆地表露了传统女性想要对封建礼教进行抗争的内在愿望，以及突破规范和压抑的隐秘企求。

在现代女性小说中，女性隐秘经验的书写则成为一种有意为之的行为，而且常常通过"梦幻"这个比较私密的层面来进行书写。比如五四时期丁玲的小说《莎菲女士的日记》《庆云里中的一间小房里》等。这在传统女性的文学创作中是很难想象的，是对压抑和禁锢女性的传统封建伦理的现实冲击和批判，反映了在"人"的意识觉醒的大潮中，女作家对女性性别经验的重视和强调。

20世纪80年代以后，很多女作家更加意识到书写女性隐秘经验、重新确认女性性别身份的重要性，尝试在小说创作中，把女性原初的生命体验和隐秘欲望传达出来，如王安忆的"三恋"（《荒山之恋》《小城之恋》《锦绣谷之恋》）、斯妤的《断篇》、林白的《一个人的战争》、蒋子丹的《等待黄昏》等。在这些小说中，"梦幻"场景出现的频率也非常高，特别是在林白、海男等女作家的文本中，大量出现了书写女性隐秘经验的梦幻场景，不仅如此，她们还有意识地借助梦呓的特点，探索了"梦呓化"的语言表达形式，这是她们不断寻求抗拒失语、发出女性声音的一种特殊尝试。

更多的时候，现代女性小说借助"梦幻"的虚构性和想象性来传达对女性的文化想象。而且，不同的时期，对女性的文化想象也有很大的不同。明清时期"女越男界"的梦中女性多为女状元、女响马；十七年时期的梦中女性多为和男性一样为国争光、建立功勋的"女英雄"；20世纪90年代的梦中女性则更多的是自由飞翔或激烈反抗的"女巫"。

四、困惑与探索

五四运动前后，女性开始群体性的"浮出历史地表"，她们希望能够像男性一样，在社会层面获得认可和存在的意义。整个民族、国家的现代性追求给她们带来很多可供追求与实现的"梦想"，比如参加工作、参与政治、恋爱自由等，但是在追求梦想的同时，她们也在不断地陷入到各种"梦魇"之中。不同历史阶段、具有代表性的女性梦幻书写，就彰显了现代女性所遭遇的集体精神困境，以及她们积极探寻的解决问题的途径。这些具有代表性的女性梦幻书写有：五四时期的女性小说，如冯沅君的《隔绝》《隔绝之后》，庐隐的《胜利以后》《蓝田的忏悔录》《曼丽》《炸弹与征鸟》等小说，书写了新女性或为爱情、或为自由、或为政治而离家出走的"娜拉出走之梦"；陈衡哲在小说《络绮思的问题》中，通过络绮思之"梦"，书写了现代女性通过追求事业，建立女性作为"人"的主体性的努力，以及她们在获得与男子同样的社会地位之后，内心因婚姻家庭缺失而产生的惶惑和恨憾；十七年时期，白朗在小说《为了幸福的明天》中书写的时刻梦想着成为"女英雄"的邵玉梅之"梦"；20世纪90年代，徐小斌在小说《双鱼星座》中着力描写的化装为阿拉伯公主，连续杀死三位男性的卜零之"梦"等。这些不同历史时期的梦幻书写生动地记录了现代中国女性成长的曲折心路历程。

上述四组关键词是对女性梦幻书写的传统思路的大致总结，不能够概括全部，但具有代表性。其中关于"确认与想象""困惑与探索"方面的梦幻书写，在本书的第一章中有详细具体的论述，在本章就不再赘言，只是通过上述总结，进一步强调这四个方面大致构成了中国女性梦幻书写的传统思路。其中，有一部分现代女性文学作品也被纳入到梦幻书写传统中，这是因为能够纳入上述四个主题的女性梦幻书写，都指向的是女性自身，都是基于女性对传统女性角色规范、对整个女性生存处境的不满而创作出来的文学作品，其中的"梦幻"细节，也都与女性的个体生活体验密切相关。这可以说是一种文学创作的性别潜意识。

第二节　梦幻书写的主题拓展和技巧探索

通过对女性梦幻书写传统的总结，我们可以看出，无论是传统女性创作，还是现代中国女性创作，"向内看"、把握自我、书写心灵的体验，都是女性写作的强项，而对外在世界的把握则一直是女性写作的弱项。这与传统性别关系模式的影响、渗透有关。在传统性别关系模式中，男女、尊卑、内外是基本的二元对立，现实与梦幻、外界与内心则是传统性别关系模式的一种延伸。在这个相对应的二元对立模式中，现实与外在世界是以男性为中心和主体的，而梦幻和内心则主要是一种偏于女性的、阴柔的行为和心理倾向。在中国古代，很多男性文人有时或许会选择"男子作闺音"的方式来书写表达内心，但女性却很难跨越这一无形的界限，直面社会现实。这种思维模式对五四时期以来的现代女性小说创作，有着深远的影响。虽然现代女性一直都在努力做一个社会的"人"，建构女性的主体性，但无论五四时期、战争时期、十七年时期，还是 20 世纪 80 年代以来，沉潜于内心世界的困惑、矛盾与彷徨，仍然是相当一部分女性创作的主调，"梦幻"也是其中时常出现的情节和心理现象。

值得注意的是，在 20 世纪 80 年代以来的部分女作家的小说中，情况却发生了变化，她们笔下的梦幻书写开始呈现出"向外转"的倾向，向以往男性作家涉猎较多的领域渗透，并且与对社会历史现实的反思和批判、对人类生存境遇的异化和扭曲紧密联系在一起。不仅如此，受现代主义创作技巧的影响，她们对梦幻书写的技巧也做出了较多的探索。具有代表性的作家作品有宗璞的《我是谁？》《蜗居》、戴厚英的《人啊，人！》、残雪的《苍老的浮云》《黄泥街》等。相较女性梦幻书写传统而言，这是中国女性梦幻书写的现代性突破。

一、"梦幻"体验：社会历史文化的隐喻性书写

在女性梦幻书写传统中，"梦幻"的想象性和隐喻性功能，体现的都非常突出，如逸出父权制象征秩序的女性形象的梦幻想象，以及女性生存境遇的梦幻性隐喻等。但这些想象性和隐喻性梦幻书写，更多指向的是女性自身，而且是和男性生存境遇截然不同的女性自身，甚至是直接指向了男性对女性的压抑和扭曲，对男女两性共同生存的社会历史文化的背景，进行类似梦幻书写的文学创作却少之又少。

这与女作家们的性别观念和创作格局等有较大的关系，基于自身的女性性别境遇的切实体验和对西方女性主义思潮的片面理解，她们更容易将创作视野聚焦于女性自身，而那些和女性生存息息相关的男性生存、社会历史文化现状等，也都在一定程度上被遮蔽、甚至被扭曲和压抑，从而形成了女性写作"灯下黑"的历史状况，也在一定程度上限制了女性创作主题的拓展和写作格局

的提高。这些现象在20世纪80年代的女性文学创作中有所突破，在此以《我是谁？》《人啊，人！》《蜗居》为例进行论述。

《我是谁？》是宗璞发表于1979年的短篇小说。在这篇小说中，宗璞着力刻画了韦弥这一人物形象。韦弥是一位植物学家，从大洋彼岸满怀热望地飞回祖国，就是为了能够一辈子都为国奉献自己的青春和对科学的热情，但是，在"文革"中，她却陷入不断被批判的"非人"境地，在生理和心理的双重折磨下，她开始出现幻觉，甚至开始质疑自己的身份："我——是——谁？"是"牛鬼"，是"蛇神"，还是"毒虫"？不仅如此，在韦弥的幻觉中，她周围的教授、讲师、丈夫，甚至连她自己，都幻化成一条条不断蠕动的虫子，苟延残喘。在这篇小说中，"梦幻"情节虽然很少，但都是基于主人公真实的"梦魇"体验而展开的，这是对在那个魑魅魍魉的时代中，活的不再像人的人们的一种生动形象的刻画。

《人啊，人！》发表于1980年，是戴厚英的代表作，整部小说的历史背景是从1957年反右斗争到1978年12月党的十一届三中全会的这段历史，主要描写了C城大学的几位大学同学各自的人生命运以及他们之间错综复杂的关系。对"梦幻"场景和相关细节的描写，是这部小说的一个较为明显的特征，其中专门有一个章节叙述了女主人公孙悦做的一个"梦"。因为这个"梦"比较奇特，孙悦连夜起来把它写成了一篇文章，题目为《我的梦》，详细记录了她所做的"精神流行病"之梦：

我的梦

我和他住的城市里突然发生了一场奇怪的流行病。病人都像疯子一样，把自己家里的东西翻得乱七八糟。一件一件地扔到地上，有的甚至放把火烧掉。东西扔完，就剖开自己的胸膛，像外科医生那样检查起自己的五脏六腑来。样子实在古怪：有的将自己的心捧在手上，伤心地哭着，述说着；有的剪断自己的肠子，让食物直通肛门，说这样可以免去许多周折；有的把心肝肺腑全扔掉喂狗，换了一副塑料的心肠，笑嘻嘻地满街乱串，见什么就吃什么，虽然全都原封不动地排泄了出来，却大叫大嚷着："今天才算放开肚子吃了个够！"

全市的传染病专家都集中起来，研究了上千个病例，发现这是一种精神传染病，病的起因在于气候的突然转暖。一部分冷冻的神经突然复苏，对人的精神刺激太猛。健康的人们忧虑又伤心。他们烧香祷告：天呀，再寒冷起来吧！地呀，再结起冰来吧！不要毁了我们这座城市。我们，对于寒冷早已习惯了。

祷告和医治一样无效。传染病蔓延着。

……

小说首先描写了我所住的城市"突然发生了一场奇怪的流行病"，以及这种病的奇怪症状："病人都像疯子一样，把自己家里的东西翻得乱七八糟。一件一件地扔到地上，有的甚至放把火烧掉。东西扔完，就剖开自己的胸膛，像外科医生那样检查起自己的五脏六腑来。"为什么会出现这种传染病呢？是因为"文革"结束，政治气候"突然转暖"，"一部分冷冻的神经突然复苏"，有的人找到了自己的"心"，找到了丢失的自我，而有的人却突然发现自己的"心"早就没了，再也找不到了。这种突然的变化使得很多人看不清现实，也认不清自己，于是就出现了上面的那些症状，形成了一种"精神流行病"。

戴厚英在《人啊，人！》的后记中曾说："我并不是非理性的崇拜者。我还是努力在看来跳跃无常的心理活动中体现出内在的逻辑来。我还吸取了某些抽象的表现方法，因为抽象的方法可以更为准确和经济地表达某种思想和感情。"她借孙悦之手所写的"精神流行病"之梦，其实就是一种基于"梦幻"体验的梦幻书写，借助"梦幻"的隐喻性功能，戴厚英生动地摹写了特殊历史时期，人们在精神上所患的流行病的表现和特点。

以"梦幻"体验为基础对社会历史文化进行隐喻性书写，在宗璞的短篇小说《蜗居》中表现得更为突出。《蜗居》创作于1980年，写的是"我"的一个恐怖异常的"梦魇"经历：十年动乱期间，知识分子丧失"自我"，人们"身后都背着一个圆形的壳，像是蜗牛的壳一样"。作者于此并非单纯描述"梦境"或"幻想"，梦幻书写主要突出的是"梦魇"的文化隐喻意义，而且整部小说对"文革""梦魇"的叙述，是模拟主人公"我"所做的一个恐怖的"梦"来完成的。

小说在一开头描写："大野迷茫，浓黑如墨。我在黑夜的原野上行走，再也找不到自己的家"，"我"不禁问自己："是谁遗弃了我么？是我背叛了什么人么？"到底是谁的错，"我"不知道，"我"只是在"寻找我那不知是否存在过的家"。这个场景更像是人在"梦"中的一种自我寻找，隐喻了在"文革"这段特殊的历史时期中，人们如同生活在黑夜里，找不到自我，也找不到自己的家。这时的"我"在黑夜中异常的清醒，试图寻找造成这一生存境遇的原因，但是依旧迷茫。

接下来，小说连续描写了五个梦幻场景：

第一个梦幻场景是，在"一间很大的厅堂"，烟雾缭绕，一些戴假面具的人在诵经，然后有人起身奔跑，身后都背着蜗牛的壳。接着来了几个"壮汉"清查血统，他们把要逃跑的人都缩成指甲大小，扔进纸篓。而那个"最先起身响应奔跑的"人开始"虔诚"地告发别人。

第二个梦幻场景是，那个告发的人如愿飞升了，"我"跟着他到了最低一级的天上，这里的人们都有座位，背上的壳可以拿下来放在座位旁边。这说明，这里的环境并没有那么压抑，仍然可以把背上的壳拿下来透透气。

可是"我"却确认这里不是"我"的家，然后就又回到了一开始的那个大厅，这是第三个梦幻场景。"我"之所以要再次回到这里，是因为"我"知道有个有着"清醒而痛苦的目光的人"在这里，这个人与"我"正在苦苦寻找的"家"有着密切的关系。

第四个梦幻场景是，"我"跟着那个有着"清醒而痛苦的目光的人"来到"地狱"，见到了三个为人类而牺牲的人：范滂、布鲁诺、李大钊，那个有着"清醒而痛苦的目光的人"也被枪毙了。

第五个梦幻场景是，"我"逃出了"地狱"，在"无边的黑暗中"看到了亮光，还有一队"各自把自己的头举得高高"的头颅。"我"再次逃走，回到了自己的"蜗居"，这个时候，"我"才终于醒悟，"我只能蜷缩着，学习进入半冬眠状态"才能生存。

最后，小说描写"我"想追随那个青年而去，但却"动不了身，圆壳中的黏液粘住了我，我跺脚我挥着手臂，我拼命地挣，挣得筋疲力尽，瘫软在地上"。这是一种典型的"梦魇"感受和体验。

戴厚英和宗璞都借鉴了超现实主义的创作手法，借助"幻觉""梦境"等看似虚幻的事件来写真实的现实，通过人们在梦魇中的生存状态和"我"梦中的切实感受，反映了"文革"时期人们的心理扭曲与变形。她们都创造性地将"梦幻"与对外在世界的反思和审视联系在一起，并将女性自身善感、体悟的特质与女性知识分子的理性思索联系在一起。"梦幻"不仅是女性借以慰藉自我或内在反抗的途径，也在文学书写中成为反映现代女性知识分子精神成长以及与社会现实沟通对话的特殊形式，是现代女性小说主体性话语建构的一种重要形式。与女性梦幻书写传统相比，她们不仅将梦幻书写的内容和主题拓展到了社会历史文化的层面，而且还将梦幻书写通过特定历史环境中个体的"梦幻"体验，特别是"梦魇"体验，提升到了整个文本表达与结构层面，是女性梦幻书写在主题方面的现代突破之一种。

二、"梦魇"思维：人类生存境遇的艺术化隐喻

残雪的小说创作也与"文革"这段特殊的历史梦魇有着紧密的联系，但在残雪的小说中，"梦魇"不再是用来传达某种先行理念，隐喻表征特定历史时期恐怖文化背景的文本工具，"梦魇"作为人类一种特殊的心理体验，也不再和正常的现实体验相对应而存在，而是上升为一种艺术化的创作思维。在残雪的小说创作中，她所讲述和呈现的"梦魇世界"，并不是特定历史时期的这一大的梦魇文化背景，而是在这一特殊历史时期中，生活着的人类的异化和扭曲，这才是人类所深陷的真正的"梦魇"，而这些艺术化书写都是借助高屋建瓴、统领全篇的"梦魇"思维来完成的。

为了进一步理解残雪小说创作的"梦魇"思维，我们来对比解

读一下宗璞的《蜗居》和残雪的《山上的小屋》。仔细阅读文本可以发现,《蜗居》和《山上的小屋》有很多共同之处:两部小说都创作于20世纪80年代初期,都透露着"文革"这段疯狂、黑暗的历史记忆,都在小说中刻画了一个"梦魇"般的处境或世界,且都在深处"梦魇"之中的人们心中,构建了一个可供短暂栖息、逃避的封闭空间:蜗牛的"壳"和"山上的小屋"。但二者之间又有很大的不同,主要表现在以下三个方面:

首先,"梦魇"在文本中的表现方式和作用不同。

在《蜗居》中,"梦魇"是嵌入小说的具体情节,其表现方式类同于黑夜里所做的一个"噩梦"。与现实有较为明显的边界,可以较为明确的区分"现实"和"梦魇"之间的不同。其写作的基点是现实,"梦魇"则是为了进一步隐喻表明现实的黑暗和扭曲。而在《山上的小屋》中,"梦魇"不再是可以明确分辨界限的具体情节,而是成为小说的整体氛围,也就是说,整部小说描写的其实就是一个笼罩在人们生活中的巨大的"梦魇"。这是一种模拟"梦魇"的叙述,所有的人都处于梦魇之中,即使有对现实的描写,也是处于梦魇之中的人们对现实的渴望,这在小说中是以"山上的小屋"为表征的,可是无论"我"怎么努力,"山上的小屋"都是无法达到的。也即是说,在这部小说中,写作的基点是"梦魇",现实则是反衬。

而且不仅如此,在这篇小说中,"梦魇"不光构成了小说的内容,同时也构成了小说的整体叙事方式,叙述者通过怪异的、类似于"梦魇"的感官体验,描绘出了一个荒诞、怪异的世界。比如,"我打开灯,看见窗子上被人用手指捅出数不清的洞眼。隔壁房里,你和父亲的鼾声格外沉重,震得瓶瓶罐罐在碗柜里跳跃起

来";"小妹告诉我,目光直勾勾的,左边的那只眼变成了绿色";
"父亲每天夜里变为狼群中的一只,绕着这栋房子奔跑,发出凄厉的嗥叫"等。这在《蜗居》中表现得并不明显。

其次,"梦魇"所隐喻的对象和内容有较大不同。

《蜗居》中的"梦魇"所隐喻的对象是"文革"中人们扭曲的存在状态,但实际上,作者并没有仅仅"把眼光停留在'文革',而是企图探索人类历史,追溯根本原因"[①]。小说写到第四个梦幻场景时,将目光投注到了"浓黑如墨"的荒原上,"一行摇动的灯火的队伍"中,"我"在队伍中看到了范涝、布鲁诺、李大钊等,很多为真理而献身的无名志士们,他们"用头颅做灯火,只了为照亮别人的路"。与这些为真理而献身的人们相比,梦中的"我",还有那些都背着重重的"壳"的人们,却一再在迟疑中畏惧、萎缩、逃脱,蜷缩在小小的蜗牛壳中,他们虽然切身地感受到了现实的黑暗,对现实有着极度的不满和压抑,但却没有勇气站到"光明的队伍"中去,只能蜷缩着苟延残喘。《蜗居》中的"梦魇",是宗璞对"文革"中虽清醒却怯懦于反抗、无力承担"天下之道"的知识分子的典型书写,在一定程度上反映了这一代知识分子的自省意识。

《山上的小屋》中的梦魇书写,所隐喻的对象同样也是"文革"中人们扭曲的存在状态,但作者并没有把眼光停留在"文革",甚至是根本就没有明确点明历史的背景,而是将笔触深入到一个中国普通家庭的内部,试图通过家庭成员们各个不同的"梦魇"经历和彼此之间的"梦魇"般的关系,来表现基于中国传统家庭文化之

· 281 ·

---

① 施叔青:《又古典又现代——与大陆女作家宗璞对话》,《人民文学》1988年第10期。

上的"梦魇"般的生存体验。在这篇小说中，梦魇所隐喻的对象是具体的，比如"我"夜里的恐怖记忆、母亲被虐的梦魇经历等，同时也是形而上的，且覆盖全篇的，比如，"我"不停地整理永远也整理不好的抽屉，这种行为让母亲和父亲都难以忍受，因此，母亲就想对"我"的行为采取措施，想"要弄断我的胳膊，因为我开关抽屉的声音使她发狂"。"我"的行为促成了父亲母亲的梦魇体验，同时，母亲的行为又反过来促成了"我"的梦魇体验，也即，在本应亲密的家庭成员内部，日常生活中简单的事件却造成了彼此之间梦魇般的关系，而这又是中国千千万万个家庭的缩影。实际上，《山上的小屋》通过一个普通家庭的梦魇，折射了整个世界的疯狂和人与人之间的孤独、戒备甚至是仇视。

最后，"梦魇"书写的落脚点和文学指向不同。

宗璞的梦幻书写主题是面向社会历史文化的，而其实质的内里却是人的内心，是人在特殊历史文化背景中的扭曲、压抑，甚至是逃避。这是作为知识分子的作家，对特殊历史时期的知识分子的自省和批判。这种借由"梦魇"而抵达内心的自省和自我批判，在20世纪80年代初期的当代文坛，可以说是独树一帜的。宗璞在大多数作家都将注意力集中于对"伤痕文学""反思文学"思潮的追赶和呼应，对过去的历史和现在的社会进行反思和控诉的时候，却另辟蹊径，通过"梦魇"式社会历史文化体验，将对社会历史文化的思索和对知识分子的自省，紧密联系在一起，显示出了这位女作家面对历史和现实时更为开阔的视野，更为深刻的认知和清醒。也即是说，虽然宗璞在创作《蜗居》等小说时，有意识地借鉴了西方现代主义的创作方法，但其实质上还是指向现实主义的文学创作，其落脚点和文学指向都是为了思考现实、批判现实、改变现实。

残雪的梦魇书写与之有较大的不同。虽然在残雪的大多数小说创作中，其文化背景都是"文革"这一特殊的历史时期，但实质上，残雪并不是单纯为了书写"文革"而写"梦魇"，她笔下的"梦魇"有着更为开阔的人生现实和精神现实，是一种存在主义的世界认知。具体到《山上的小屋》这篇小说，同样也是创作于20世纪80年代初期，其创作思路、表现手法、文本呈现等，在当时的文坛绝对是无可比拟的另类，这不仅仅表现在对西方现代主义创作方法的借鉴上，同时也表现在她对20世纪流行于欧美的存在主义哲学和文学的一种吸纳，这种超越于当时普通大众的知识视野，决定了残雪创作的现代主义特色和品质，同时也决定了残雪在文本中对"梦魇"的处理方式和梦魇书写的文学指向的不同。

通过上述分析，我们可以清晰地看出，在文学创作中，"梦魇"体验和"梦魇"思维之间的联系和区别。需要特别指出的是，这二者之间并没有好坏之分，在具体的创作中，需要根据具体的文学创作意图和呈现内容来加以区分和论述。

第三节　女性知识分子身份的成长与创作的自我突破

在20世纪80年代初期的文坛，这几位女作家不约而同地选择以"梦幻"的方式书写社会历史和现实，主要有三个方面的原因：

其一，"梦幻"是女性创作经常选择的书写方式和内容，与女性注重体验、较为感性的思维模式更为接近；

其二，20世纪80年代前后，学习并借鉴西方超现实主义成为一种创作潮流，很多作家都在这方面进行了较多探索，"梦幻""幻觉"等正好是超现实主义常用的创作技巧；

其三，在新的启蒙话语和人道主义的影响下，女作家们也很希望通过文学创作反映社会历史与现实。

但是，由于对外在世界的把握一直是女性写作的弱项，希望通过文学创作反映社会历史和现实是创作的动力，但是在具体的创作过程中，如何书写和处理历史及现实，才是文学能否被大众接受和认可的核心。20世纪80年代初期，活跃在文坛的这些女作家们，在这方面做出了自己的探索和努力。她们创造性地将与女性思维模式更为接近的"梦幻"和对外在世界的反思与审视，进行了对接，这同时也是女性善于体验与感受的特质和女性知识分子的理性思索的一种合理的对接。她们的创作非常巧妙地突破了传统性别关系模式的二元对立思维，既融合了女性的思维特点，也将视角深入到了男性擅长的领域，可以说是一种具有现代性别文化意味的女性文学创作。

我们可以和五四时期的女性梦幻书写进行一下对比。五四时期女性小说创作中也有大量的梦幻书写。比如，庐隐在《海滨故人》中描写的露莎、云青等五位五四女青年，她们常常用"幻想"编织未来；丁玲在《梦珂》中描写的"不断地幻想"着"未来的生活"和自由浪漫爱情的新女性梦珂；在《在暑假中》刻画的终日"静静地躺着，瞪着一双日渐凹进去的眼睛，梦幻般想那些只能梦想的事"的志清，等等。在她们身上烙刻着新女性，空有幻想、茫然无助的心灵焦灼。新文化运动让她们获得了一定程度的解放，也使她们陷入前所未有的心理漩涡之中，"梦幻"则成为一种自我救赎与栖息的方式。就连五四时期的女作家自己有时候也被视为

"梦中人"。

20世纪80年代前后活跃在文坛的女作家则完全不同，她们真正成长为能够反思社会现实、进行文化批判的知识女性，有能力就社会历史和现实，发出属于自己的声音，而且还可以在整个文学思潮不断更迭的大背景下，独立地探索属于自己的文学表现形式和创作路径。这是值得肯定和赞赏的。而且，她们的创作虽然关注的是社会历史和现实，但是性别意识并没有淡化。只不过，她们并不仅仅希望通过小说创作，单一地反映女性区别于男性的内在体验，而是希望通过现实世界的书写，反映整个人类（既包括男性，也包括女性）的扭曲和异化，特别是残雪的梦魇式书写，在这方面表现得非常突出。我们来看残雪的小说《苍老的浮云》。

《苍老的浮云》是残雪书写"文革"梦魇的一篇代表作。整部小说人物之间的关系错综复杂，描写的都是邻居、朋友，甚至是夫妻之间的欺骗、嫉妒、冷酷、偷窥、猜忌、敌视等，希望以此揭露人性中阴暗、丑陋的一面。但残雪并没有止步于此，在这篇小说中，她采用了第三人称的叙述方式，让男主人公更善无和女主人公虚如华交替进行叙述，主要的情节其实是更善无在向虚如华讲述自己所做的"梦"，两个人互相倾诉、互相安慰。这样写其实是暗含深意的，整部小说可以看作是男女两性灵魂的对话，传达了男女两性彼此分享生命体验、分担人生重担的重要性。这种写作方式可以说是当代女性文学创作的一种有益探索。

但是有意思的是，虽然这些女性创作突破了性别潜意识的束缚，向以往男作家涉猎较多的领域做了拓展，并将女性善于体验与感受的特质和女性知识分子的理性思索进行了合理而有效的对接，可相应的文学批评却仍然受性别潜意识的影响较深。

在较长一段时间内，特别是在 20 世纪 80 年代初期，很多学者都将女性对自我感性世界的书写认定为女性文学，而将这类对社会历史现实进行思索的文学创作，排除在女性文学之外，就连这些女作家自身，也经常被称之为"无性别"的作家。其原因之一在于，对"女性文学"内涵认识上的分歧。相当一部分人认为，只有那些"女性所写的表现女性生活并体现女性风格的文学"，才算是"女性文学"。那么，什么是女性生活？什么是女性风格呢？当然是那些在传统性别关系模式中，与女性、内在世界、梦幻、阴柔等一极相联系的写作内容和创作风格。按照这样的标准，女作家所写的对社会历史现实进行反思的文学创作，就顺其自然地被排除在"女性文学"的行列之外，而主要在"反思文学"、现代小说技巧的开拓等层面来谈它们的文学价值。而实际上，这是一种文学批评的性别潜意识。

当然，这样的文学史分类和女性文学的界定已经成为过去。现在学界对"女性文学"的定义是："诞生于一定历史条件下的以五四运动为开端的具有现代人文精神内涵的以女性为言说主体、经验主体、思维主体、审美主体的文学。"①可以看出，20 世纪 80 年代初期，这些特色鲜明地对社会历史现实的梦幻书写真正做到了以女性为言说主体、经验主体、思维主体和审美主体。不可否认，类似的文学批评的性别潜意识仍然会有存在，需要我们在不断地重读中发现并更新理念，其实这也是重写文学史的一个很重要的层面，前路任重而道远。

---

① 刘思谦:《女性文学这个概念》,《南开学报》(哲学社会科学版) 2005 年第 2 期。

结　语

"梦幻"作为人类生活中一种较为常见的生理和精神现象，既与人们形而下的日常生活、现实经历密切相关，又与人们形而上层面的生存思索存在着紧密的联系。可以说，"梦幻"是以特殊的形式，沟通人类现实生活与精神体验的纽带和桥梁。对于在传统性别关系模式中，处于"第二性"地位的女性而言，对"梦幻"的文学书写，更是一个构成了纠结着个体体验与现实秩序的复杂文化场域。

本书从"梦幻"这一特定的角度，对现代女性小说的梦幻书写进行了综合性的文化分析：

第一章主要考察梦幻书写与女性主体性探寻之间的关系。首先论述现代女性梦幻书写中，呈现出的一些能够体现现代女性主体精神建构的新质素，认为相比中国传统女性而言，五四时期以来现代女性的社会地位、主体精神和性别观念等都发生了重要的变化，这在现代中国女性小说有关女性角色、女性主体、女性隐秘经验等方面的梦幻书写中，得到了生动的体现。进而选择不同阶段现代中国女性小说中具有代表性的"梦幻"书写，对现代女性在主体性探寻的过程中所遭遇的困惑和值得思索的迷途等，进行了具体的分析。

第二章关注的是梦幻书写与女性形象的塑造之间相互杂糅的具体情况，结合文本分析了现代女性小说中的"梦中人"、"梦"中人、"梦幻人"女性形象，以"梦幻"镜像为参照点和以"梦幻"为中介并形成对位关系的女性形象，以及具有"梦魇"或"梦幻"特征的"疯女人"形象。其间着重论述了"梦幻"的基本特征和文化功能，对女性形象塑造的强化和渲染，这些女性形象中所蕴含的社会深层文化心理，以及作者赋予其中的文化想象和话语建构。

第三章考察现代女性小说梦幻书写的叙事模式及其文本功能。根据"梦幻"的主要文化功能，如愿望的达成、生命的栖息与救赎、内在冲突的隐喻表征等，将这一阶段的梦幻书写，主要归纳为三种叙事模式："梦幻—消解"叙事模式、"栖息—救赎"叙事模式和"思虑—表征"叙事模式。具体论述了这些梦幻叙事与女性梦幻书写之间的复杂联系，以及作者的社会文化背景、性别观念及叙事意图等多方面因素，对梦幻叙事的影响。

第四章从艺术表达和性别策略的角度，探讨了现代女性小说创作，利用各种"梦幻"形态的基本特征和文化功能所进行的艺术创新和技巧探索，主要包括 20 世纪 80 年代以来女性小说中普遍出现的"梦呓"化表达，以宗璞、残雪等女作家小说文本为代表的"梦魇"式书写，以及梦幻书写的易性叙事；着重分析了其中与女性思维方式和生命体验紧密联系之处，以及其间所体现出的具有现代意识的性别书写策略。

第五章关注的是女性梦幻书写传统与女性写作的现代突破。中国女性文学创作可以整理出较为清晰的梦幻书写传统，即思念与体悟、栖息与越界、确认与想象、困惑与探索，从中可窥见深刻的传统性别文化烙印。新时期部分女作家的小说创作，如宗璞的《蜗居》、戴厚英的《人啊，人！》、残雪的《苍老的浮云》《黄泥街》等，创造性地将与女性思维模式更为接近的梦幻和对外在世界的反思与审视进行了对接，将女性善于体验与感受的特质和女性知识分子的理性思索进行了对接，是女性梦幻书写传统的现代突破。

总体而言，现代女性小说的梦幻书写，相较于传统女性梦幻书写而言，在有所承继的同时，在性别观念、梦幻意识、艺术表现方式等方面，又呈现出一些新的特征。

首先，现代女性小说梦幻书写涉及的大多数文本，在性别观念方面有了不同程度的进步。一方面，现代女性梦幻书写不仅对在文学传统中产生、并流传下来的一些经典"梦幻"和"梦幻"书写模式，进行了不同程度的性别反思和重新书写，同时也在梦幻内容和文学表现技巧等方面，进行了具有现代意义的改造；另一方面，相对于出现在同一历史时期的男性梦幻书写而言，现代女性小说的梦幻书写更侧重于表现与女性生命体验直接相关的生活内容，并在现代性别观念的指引下，综合各种形态"梦幻"的基本特征和文化功能，探索运用了具有现代意味、有益于促进两性沟通理解的性别书写策略。

其次，现代女性小说梦幻书写中所体现出的作者的梦幻意识，具有一定的开拓性。具体而言，在梦幻书写的内容层面，女作家注意到个体梦幻与社会意识形态等宏观层面的复杂联系，进一步开拓了梦幻书写与文学考察的视界，逐渐向以往男性作家涉猎较多的领域，如对社会现实和历史的反思等层面渗透；在梦幻书写的文化层面，比较深入地思考了各种形态的"梦幻"，与女性生存境遇之间的隐秘联系；在梦幻书写的文本表达层面，女作家在现代小说创作理念和西方女性主义理论的影响下，探索了各种"梦幻"形态所具有的生发性，进一步丰富了"梦幻"的文本功能与叙事技巧等。

最后，现代女性小说的梦幻书写在艺术表现方式方面，体现出一定程度的创新。她们书写了一系列与现代女性生命存在直接相关、并具有象征意义的"梦境""梦幻""梦魇"场景；呈现出很多具有现代象征意味的"梦幻"意象及其相关意象，如"锦绣谷""北极光""铅笔盒"等；还结合"梦幻"的基本特征，塑造了一些有代表意义的女性形象，如"梦中人"、"梦"中人、"梦幻人"女性形象和"梦魇""梦幻"般的"疯女人"形象等，探索并实践了"梦呓"化表达方式、"梦魇"式书写和梦幻书写的易性叙事等艺术表达策略。这些尝试不仅在一定程度上增添了现代女性小说的表现力，同时也拓展了文学文本中"梦幻"的表现形式。

综上所述，现代中国女性小说梦幻书写，从"梦幻"这一特定角度，对现代女性的身心感受、女性生命的内在矛盾、两性关系以及社会历史现实的思考等，进行了艺术的表现。这些书写内容不仅展现了对女性主体性的不懈探寻与追求，同时也显示出现代女作家在性别观念及梦幻的艺术表现方式等方面所取得的进步，彰显了她们对现代女性生存境遇的思考，对两性平等的性别文化建设所做出的努力。

毋庸讳言，现代女性小说的梦幻书写也存在着一些局限和不足。

其一，传统性别文化与性别关系模式，以及二元对立思维的影响，在创作中时有所见。无论是梦幻书写的内容体现出的性别观念，还是女作家自身的性别意识，以及书写过程中对叙事场域、叙述者性别、表达方式等的选择，对女性形象的想象与塑造等各个方面，都体现出这方面的问题。例如，一些现代女性小说文本在书写女性梦幻时，往往会与传统女性的"梦幻"产生千丝万缕的联系，但女作家对其中所存有的传统性别文化的影响，缺乏足够的省察；又如，一些小说文本在处理女性人物的"梦幻"时，显现出二元对立思维，有时还表现出明显的男女二元对立倾向。这种思维模式在叙事层面也有所体现。一些小说文本在梦幻内容和叙事者性别的选择上，存在着某种程度的对应关系，例如，在书写与社会文化密切相关的宏观层面的梦幻时，倾向于选择男性人物为主要叙述者等文学叙事现象，反映出传统性别文化对女作家深层创作心理的潜在影响。

其二，在"梦幻"的内容、情节模式、形象塑造等方面，存在一定程度的自我重复、模式化和单一化现象。例如，在 20 世纪 90 年代以来的女性小说中，女性人物的"自恋"梦幻、"栖息"梦幻、"梦呓"化的语言表达方式，以及梦幻女性形象的塑造等方面的书写，都可以见到细节雷同、情节模式单一的情况。这种对女性私密领域内"梦幻"的重复书写，从一个侧面反映出，部分现代女性还很难克服"对于公共领域的畏惧"，难以"培养对于公共生活的兴趣和热情"，难以"从对肉体的迷信中拔出脚来"[1]，而往往沉迷于自我的得失悲喜，从自我出发又回到自我本身，缺乏一种对人类、对世界的深切的责任感。这种文学现象暴露了部分现代女作家多深受女性梦幻书写传统的影响，在创作视野和创作心

① ［日］水田宗子：《女性的自我与表现近代女性文学的历程》，陈晖等译，中国文联出版社 2000 年版，第 244 页。

理等方面存在较多局限。

其三，就现代女性小说梦幻书写的创作本身而言，一方面，现代女性创作在女性梦幻书写中，获得了一定的主体性；但另一方面，时或出现的对与女性生命体验直接相关的"梦幻"的过度关注，使创作在男性接受视野中"等同于阴柔、情绪化和闭隐的异性"[①]书写，从而在特定的意义上强化了传统观念所认同的性别特质。

尽管在现代女性小说梦幻书写中，已经出现一些对具有现代意味的梦幻书写技巧和艺术表达方式的探索，并且也零星出现了一些兼顾性别主体间性的梦幻书写的文本，但这还仅仅是一种初步的尝试。更进一步探索基于性别主体间性的梦幻书写的新形态和表现形式，逐步消解落后的性别观念的影响，在与男性整体相关的结构中，通过梦的视角的文学书写，反映现代女性所遇到的新的问题和新的矛盾，促进两性的沟通与对话，是现代女性小说的梦幻书写所面临的课题。

---

① ［美］高彦颐：《闺塾师：明末清初江南的才女文化》，李志生译，江苏人民出版社 2005 年版，第 71 页。

参考文献

一、国外研究著作

[奥] A.阿德勒:《自卑与超越》，黄国光译，作家出版社1986年版。

[奥] 弗洛伊德:《精神分析引论》，高觉敷译，商务印书馆1986年版。

[奥] 弗洛伊德:《梦的解析》，赖其万、符传孝译，中国民间文艺出版社1986年版。

[奥] 荣格:《心理学与文学》，冯川苏译，生活·读书·新知三联书店1987年版。

[德] 艾克曼辑录:《歌德谈话录》，朱光潜译，人民文学出版社1978年版。

[德] 恩斯特·卡西尔:《人论》，甘阳译，上海译文出版社1986年版。

[德] 黑格尔:《精神现象学》，贺麟、王玖兴译，商务印书馆1981年版。

[德] 黑格尔:《美学》，朱光潜译，商务印书馆1979年版。

[德] 温德尔:《女性主义神学景观》，刁文俊译，生活·读

书·新知三联书店 1995 年版。

[法]西蒙娜·德·波伏娃:《第二性》,陶铁柱译,中国书籍出版社 1998 年版。

[法]加斯东·巴拉什:《梦想的诗学》,刘自强译,生活·读书·新知三联书店 1996 年版。

[法]列维·布留尔:《原始思维》,丁由译,商务印书馆 1985 年版。

[法]克洛德·莱维—斯特劳斯:《结构人类学》,俞宣孟等译,上海译文出版社 1995 年版。

[法]克洛德·莱维—斯特劳斯:《野性的思维》,李幼蒸译,商务印书馆 1987 年版。

[法]米歇尔·福柯:《疯癫与文明——理性时代的疯癫史》,刘北成、杨远婴译,生活·读书·新知三联书店 2003 年版。

[法]米歇尔·福柯:《规训与惩罚:监狱的诞生》,刘北成、杨远婴译,生活·读书·新知三联书店 2003 年版。

[法]莫里斯·哈布瓦赫:《论集体记忆》,毕然、郭金华译,上海人民出版社 2002 年版。

[法]莫里斯·梅洛—庞蒂:《知觉现象学》,姜志辉译,商务印书馆 2001 年版。

[荷]佛克马·易布思:《二十世纪文学理论》,袁鹤翔译,香港中文大学出版社 1985 年版。

[荷]米克·巴尔:《叙述学——叙事理论导论》,谭君强译,中国社会科学出版社 2003 年版。

[美]R.F.汤姆森主编:《生理心理学》,孙晔等编译,科学出版社 1981 年版。

[美] S. 阿瑞提:《创造的秘密》,钱岗南译,辽宁人民出版社1987年版。

[美] W.C. 布斯:《小说修辞学》,华明等译,北京大学出版社1987年版。

[美] 埃里希·弗洛姆:《在幻想锁链的彼岸》,张燕译,湖南人民出版社1986年版。

[美] 安东尼·史蒂文森:《人类梦史》,杨晋译,海南出版社2002年版。

[美] 弗雷德里克·J. 霍夫曼:《弗洛伊德主义与文学思想》,王宁等译,生活·读书·新知三联书店1978年版。

[美] 弗雷德里克·杰姆逊:《晚期资本主义的文化逻辑》,陈清侨等译,生活·读书·新知三联书店1997年版。

[美] 高彦颐:《闺塾师——明末清初江南的才女文化》,李志生译,江苏人民出版社2005年版。

[美] 葛浩文:《萧红评传》,郑继宗译,北方文艺出版社1985年版。

[美] 卡伦·霍尔奈:《女性心理学》,窦卫森译,上海文艺出版社2000年版。

[美] 卡罗尔·吉利根:《不同的声音——心理学理论与妇女发展》,肖巍译,中央编译出版社1999年版。

[美] 罗斯玛丽·帕特南·童:《女性主义思潮导论》,艾晓明译,华中师范大学出版社2002年版。

[美] 马尔库塞:《爱欲与文明》,黄勇、薛民译,上海译文出版社2005年版。

[美] 苏珊·S. 兰瑟:《虚构的权威——女性作家与叙述声音》,

黄必康译，北京大学出版社 2002 年版。

[美]苏珊·朗格:《艺术问题》，滕守尧、朱疆源译，中国社会科学出版社 1985 年版。

[美]托马斯·门罗:《走向科学的美学》，石天曙、滕守尧译，中国文艺联合出版社 1984 年版。

[日]水田宗子:《女性的自我与表现:近代女性文学的历程》，陈晖等译，中国文联出版社 2000 年版。

[苏]列·谢·维戈茨基:《艺术心理学》，周新译，上海文艺出版社 1985 年版。

[英]M.W. 艾森克、M.T. 基恩:《认知心理学》，高国定等译，华东师范大学出版社 2002 年版。

[英]R.D. 莱恩:《分裂的自我》，林和生译，贵州人民出版社 1994 年版。

[英]安东尼·吉登斯:《现代性与自我认同:现代晚期的自我与社会》，赵旭东、方文、王铭铭译，生活·读书·新知三联书店 1998 年版。

[英]菲尔·莫伦:《弗洛伊德与虚假记忆综合症》，申雷海译，北京大学出版社 2005 年版。

[英]弗吉尼亚·伍尔夫:《伍尔夫随笔集》，孔小炯、黄梅译，海天出版社 1996 年版。

[英]弗吉尼亚·伍尔夫:《一间自己的屋子》，王还译，生活·读书·新知三联书店 1992 年版。

[英]拉曼·塞尔登编:《文学批评理论——从柏拉图到现在》，刘象愚等译，北京大学出版社 2000 年版。

[英]玛丽·伊格尔顿编:《女权主义文学研究》，胡敏等译，

湖南文艺出版社 1989 年版。

[英]特里·伊格尔顿:《当代西方文学理论》,王逢振译,中国社会科学出版社 1988 年版。

二、国内研究著作

鲍晓兰主编:《西方女性主义研究评介》,生活·读书·新知三联书店 1995 年版。

曹文轩:《20 世纪末中国文学现象研究》,北京大学出版社 2002 年版。

曹文轩:《小说门》,作家出版社 2003 年版。

常彬:《中国女性文学话语流变》,人民出版社 2007 年版。

陈东原:《中国妇女生活史》,商务印书馆 1997 年版。

陈平原:《中国小说叙事模式的转变》,北京大学出版社 2003 年版。

陈顺馨:《中国当代文学的叙事与性别》,北京大学出版社 1995 年版。

陈晓明:《仿真的年代——超现实主义文学流变与文化想象》,山西教育出版社 1999 年版。

戴锦华:《涉渡之舟:新时期中国女性写作与女性文化》,陕西人民教育出版社 2002 年版。

董小英:《再登巴比伦塔——巴赫金与对话理论》,生活·读书·新知三联书店 1994 年版。

段宝林编:《西方古典作家谈文艺创作》,春风文艺出版社 1980 年版。

段继红:《清代闺阁文学研究》,南开大学出版社 2007 年版。

傅正谷:《中国梦文化》,中国社会科学出版社1993年版。

傅正谷:《中国梦文学史》(先秦两汉部分),光明日报出版社1993年版。

傅正谷编著:《外国名家谈梦汇编》,天津社会科学出版社1991年版。

郭沫若:《文艺论集》,人民文学出版社1979年版。

荒林、王光明:《两性对话——20世纪中国女性与文学》,中国文联出版社2001年版。

蒋虹:《凯瑟琳·曼斯菲尔德作品中的矛盾身份》,中国社会科学出版社2004年版。

康正果:《风骚与艳情——中国古典诗词诗词的女性研究》,河南人民出版社1988年版。

康正果:《女权主义与文学》,中国社会科学出版社1994年版。

李欧梵:《徘徊在现代与后现代之间》,生活·读书·新知三联书店2000年版。

李鹏飞:《唐代非写实小说之类型研究》,北京大学出版社2004年版。

李小江:《女性审美意识探微》,河南人民出版社1989年版。

林丹娅:《当代中国女性文学史论》,厦门大学出版社2003年版。

刘思谦:《"娜拉"言说——中国现代女作家心路纪程》,上海文艺出版社1993年版。

刘文英:《梦的迷信与梦的探索》,中国社会科学出版社1989年版。

刘小枫:《沉重的肉身——现代性伦理的叙事纬语》,上海人民出版社 1999 年版。

鲁枢元:《超越语言——文学语言学刍议》,中国社会科学出版社 1990 年版。

鲁迅:《鲁迅全集》,人民文学出版社 1981 年版。

罗钢:《叙事学导论》,云南人民出版社 1994 年版。

罗婷等:《女性主义文学批评在西方与中国》,中国社会科学出版社 2004 年版。

马新国主编:《西方文论史》,高等教育出版社 2002 年版。

孟悦、戴锦华:《浮出历史地表》,河南人民出版社 1989 年版。

钱家渝:《视觉心理学——视觉形式的思维与传播》,学林出版社 2006 年版。

乔以钢:《低吟高歌——20 世纪中国女性文学论》,南开人民出版社 1998 年版。

乔以钢:《多彩的旋律——中国女性文学主题研究》,南开大学出版社 2003 年版。

乔以钢:《中国当代女性文学的文化探析》,北京大学出版社 2006 年版。

乔以钢:《中国女性的文学世界》,湖北教育出版社 1993 年版。

乔以钢:《中国女性与文学——乔以钢自选集》,南开大学出版社 2004 年版。

沈奕斐:《被建构的女性:当代社会性别理论》,上海人民出版社 2005 年版。

盛英主编:《二十世纪中国女性文学史》,天津人民出版社 1998 年版。

孙绍先:《女性主义文学》,辽宁大学出版社 1987 年版。

谭正璧:《中国女性文学史》,百花文艺出版社 2001 年版。

陶伯华、朱亚燕:《灵感学引论》,辽宁人民出版社 1987 年版。

王绯:《女性与阅读期待》,陕西人民教育出版社 1998 年版。

王逢振等编:《最新西方文论选》,漓江出版社 1991 年版。

王文革:《文学梦的审美分析》,华中师范大学出版社 2006 年版。

王先霈等主编:《文艺批评术语词典》,上海文艺出版社 1999 年版。

王一川:《语言乌托邦——20 世纪西方语言论美学探究》,云南人民出版社 1994 年版。

王一川:《中国现代性体验的发生》,北京师范大学出版社 2001 年版。

王忠琪等译:《法国作家谈文学》,生活·读书·新知三联书店 1984 年版。

闻一多:《闻一多全集》(第 3 卷),生活·读书·新知三联书店 1982 年版。

闻一多:《闻一多书信选集》,人民文学出版社 1986 年版。

许子东:《为了忘却的集体记忆——解读 50 篇文革小说》,生活·读书·新知三联书店 2000 年版。

杨义:《中国叙事学》,人民出版社 1997 年版。

姚玳玫:《想像女性——海派小说的叙述》(1892—1949),中国社会科学出版社 2004 年版。

叶舒宪:《高唐女神与维纳斯》,中国社会科学出版社 1997 年版。

易晖:《"我"是谁——新时期小说中知识分子的身份意识研

究》，百花洲文艺出版社 2004 年版。

张浩：《20 世纪中国女性文学的精神分析话语剖析》，北京语言大学出版社 2006 年版。

张京媛编：《新历史主义和文学批评》，北京大学出版社 1993年版。

张京媛主编：《当代女性主义文学批评》，北京大学出版社1992 年版。

张晓梅：《男子作闺音——中国古典文学中男扮女装现象研究》，人民出版社 2008 年版。

张岩冰：《女权主义文论》，山东教育出版社 1998 年版。

张寅德编选：《叙事学研究》，中国社会科学出版社 1989 年版。

赵景深主编、江巨荣校点：《中国古典讲唱文学丛书》，中州古籍出版社 1984 年版。

朱光潜：《悲剧心理学》，安徽教育出版社 1987 年版。

朱光潜：《西方美学史》（上、下），人民文学出版社 1979 年版。

邹强：《中国经典文本中梦意象的美学研究》，齐鲁书社 2007年版。

三、研究论文

残雪、唐朝晖：《城堡里的灵魂——访残雪》，《百花洲》2002 年第 3 期。

残雪：《美丽的南方之夏日》，《中国》1986 年第 10 期。

陈晓明：《勉强的解放：后新时期女性小说概论》，《当代作家评论》1994 年第 3 期。

戴锦华：《残雪：梦魇萦绕的小屋》，《南方文坛》2000 年第 5 期。

戴锦华、陈染：《个人和女性的写作》，《当代作家评论》1996年第3期。

戴锦华：《自我缠绕的迷幻花园——阅读徐小斌》，《当代作家评论》1999年第1期。

丁帆、齐红：《拒绝尘俗——月亮与天堂——试析迟子建小说中的"梦幻"情绪》，《作家》1995年第6期。

杜霞：《自己的声音：联系与隔绝——90年代女性主义写作的境遇》，《文艺评论》2005年第2期。

郭振华：《"挫折的反应"与"性格的塑造"》，《文艺理论研究》1984年第2期。

胡荣：《艺术之魂的独舞者：理解残雪》，《天津师范大学学报》2002年第3期。

荒林：《超越女性——残雪的小说》，《当代作家评论》1994年第5期。

黄霖：《〈闺艳秦声〉与"易性文学"——兼辩〈琴瑟乐〉非蒲松龄所作》，《文学遗产》2004年第1期。

金健人：《论文学的艺术张力》，《文艺理论研究》2001年第3期。

李建华、周萍、官德：《身份伦理的视野》，《湖南大学学报》1999年第2期。

李玲：《易性体验与两性平等——致舒芜老师》，《书城》2006年第1期。

李玲：《易性想象与男性立场——茅盾前期小说中的性别意识分析》，《中国文化研究》2002年夏之卷。

李沛：《虚幻与真实的变奏——论陈染小说中的"梦幻人"》，《湖北经济学院学报》2007年第6期。

刘思谦：《女性·妇女·女性主义·女性文学批评》，《南方文坛》1998年第2期。

刘思谦：《女性文学这个概念》，《南开学报》2005年第2期。

刘思谦：《性别理论与女性文学研究的学科化》，《文艺理论研究》2003年第1期。

罗岗：《视觉"互文"、身体想象和凝视的政治——丁玲的〈梦珂〉与后五四的都市图景》，《华东师范大学学报》2005年第5期。

毛正天：《神思：中国古代艺术构思论的独特表达——中国古代心理诗学札记》，《江淮论坛》2006年第2期。

桑建中：《玄览·神思·妙悟——中国古代艺术思维论》，《江苏社会科学》1992年第2期。

盛英：《略论陈衡哲的妇女观》，《妇女研究论丛》2000年第1期。

施叔青：《又古典又现代——与大陆女作家宗璞对话》，《人民文学》1988年第10期。

陶家俊：《"世界性"的四重变奏——从"对位阅读"论萨伊德的思想特征》，《当代外国文学》2006年第3期。

涂险峰：《生存意义的对话——写在残雪与卡夫卡之间》，《文学评论》2002年第2期。

王纯菲：《女贞与女色——中国古代文学两极女性形象并存的民族文化缘由》，《东方丛刊》2007年第2期。

王金圣：《充满张力的寓言化叙述——重读〈孔乙己〉》，《社会科学论坛》2004年第1期。

王丽霞：《性别神话的坍塌——二十世纪九十年代女性写作批判》，《当代作家评论》2005年第1期。

翁敏华：《中日两国的梦意识和梦幻剧——以〈牡丹亭〉、〈井筒〉为视点》,《中国比较文学》2002 年第 4 期。

吴晓东:《"梦"与中国现代作家的艺术探索》,《文艺理论研究》1996 年第 1 期。

肖宝红:《梦幻思维在中国传统戏剧中的渗透》,《电影评介》2006 年第 9 期。

谢拥军:《杜丽娘的情梦与明清女性情爱教育》,《北京师范大学学报》2007 年第 4 期。

徐坤:《从此越来越明亮》,《北京文学》1995 年第 11 期。

徐小斌:《逃离意识与我的创作》,《当代作家评论》1996 年第 6 期。

严轶伦:《作为修辞表征的预设》,《外国语言文学》2007 年第 3 期。

易文翔:《执着于梦幻世界的突围与表演》,《小说评论》2004 年第 4 期。

殷国明:《中国文艺思想的"梦思维"——古典文论阅读札记》,《社会科学》2008 年第 1 期。

张芙鸣:《沉樱小说的历史地位》,《复旦学报》1999 年第 2 期。

张抗抗:《心态小说与人的自审意识》,《文艺报》1987 年 8 月 29 日。

张一兵:《拉康镜像理论的哲学本相》,《福建论坛》2004 年第 10 期。

赵树勤:《当代女性文学与精神分析学》,《湖南师范大学学报》2003 年第 3 期。

赵勇:《怀疑与追问:中国的女性主义文学能否成为可能》,《文艺评论》1996 年第 6 期。

宗璞:《给克强、振刚同志的信》,《钟山》1982 年第 3 期。

四、主要小说参考文本

白朗:《白朗文集》,春风文艺出版社 1985 年版。

白朗:《为了幸福的明天》,人民文学出版社 1953 年版。

白薇:《炸弹与征鸟》,上海北新书局 1929 年版。

毕淑敏:《生生不已》,河北教育出版社 1995 年版。

残雪:《残雪文集》,湖南文艺出版社 1998 年版。

残雪:《残雪自选集》,海南出版社 2004 年版。

残雪:《蚊子与山歌》,中国文联出版社 2001 年版。

沉樱:《某少女》,华夏出版社 2009 年版。

沉樱:《喜筵之后》,花城出版社 1996 年版。

陈衡哲:《小雨点》,新月书店 1928 年版。

陈染:《陈染文集》,江苏文艺出版社 1996 年版。

陈染:《凡墙都是门》,华艺出版社 1996 年版。

迟子建:《晨钟响彻黄昏》,江苏文艺出版社 1997 年版。

迟子建:《迟子建短篇小说编年:北国一片苍茫》(1985—1991),人民文学出版社 2012 年版。

戴厚英:《脑裂》,太白文艺出版社 1994 年版。

戴厚英:《人啊,人》,花城出版社 1980 年版。

丁丽英:《孔雀羽的鱼漂》,百花文艺出版社 2001 年版。

丁玲:《一个女人》,中华书局 1930 年版。

丁玲:《在黑暗中》,上海开明书店 1928 年版

丁玲:《自杀日记》,上海光华书局 1929 年版。

方方:《暗示》,中国文联出版社 2001 年版。

冯沅君：《卷葹》，人民文学出版社1983年版。

海男：《海南文集》，长江文艺出版社2001年版。

海男：《蝴蝶是怎样变成标本的》，南海出版公司1998年版。

蒋子丹：《蒋子丹小说精粹》，四川人民出版社1998年版。

蒋子丹：《蒋子丹自选集》，海南出版社2008年版。

林白：《春天，妖精》，春风文艺出版社2006年版。

林白：《林白文集》，江苏文艺出版社1995年版。

林白：《一个人的战争》，北京十月文艺出版社2004年版。

林白：《致一九七五》，江苏文艺出版社2007年版。

林白：《子弹穿过苹果》，河北教育出版社1995年版。

林徽因：《九十九度中》，江苏文艺出版社2009年版。

凌淑华：《花之寺》，人民文学出版社1998年版。

庐隐：《海滨故人》，长江文艺出版社2005年版。

盛可以：《取暖运动》，春风文艺出版社2006年版。

斯妤：《斯妤文集·中短篇小说卷》，人民文学出版社2012年版。

斯妤：《斯妤作品精华·小说卷》，中国青年出版社2004年版。

铁凝：《没有纽扣的红衬衫》，中国青年出版社1984年版。

铁凝：《玫瑰门》，江苏文艺出版社1996年版。

铁凝：《铁凝作品系列》，人民文学出版社2007年版。

铁凝：《永远有多远》，人民文学出版社2006年版。

王安忆：《锦绣谷之恋》，中国电影出版社2004年版。

王安忆：《香港的情与爱》，作家出版社1996年版。

王安忆：《小城之恋》，中国电影出版社2004年版。

徐小斌：《对一个精神病患者的调查》，海峡文艺出版社1989

年版。

徐小斌:《海火》,中国青年出版社 1988 年版。

徐小斌:《双鱼星座》,百花文艺出版社 1999 年版。

徐小斌:《羽蛇》,人民文学出版社 2004 年版。

杨沫:《杨沫文集》,北京十月文艺出版社 1992 年版。

张爱玲:《半生缘》,北京十月文艺出版社 2006 年版。

张爱玲:《张爱玲小说》,浙江文艺出版社 2002 年版。

张洁:《爱,是不能忘记的》,广东人民出版社 1980 年版。

张洁:《方舟》,北京出版社 1983 年版。

张洁:《无字》,北京十月文艺出版社 2007 年版。

张抗抗:《北极光》,人民文学出版社 2006 年版。

张辛欣:《我们这个年纪的梦》,四川人民出版社 1985 年版。

张悦然:《霓路》,明天出版社 2007 年版。

张悦然:《十爱》,作家出版社 2004 年版。

朱文颖:《戴女士与蓝》,作家出版社 2004 年版。

宗璞:《宗璞文集》(第二卷),华艺出版社 1996 年版。

后 记

从开封到桂林，从桂林到天津，从天津到上海，从上海回开封，12年，我的生活转了一个大圈，"现代中国女性小说的梦幻书写"这个课题，也陪着我南北迁徙，见证了我的成长。

2003年9月，站在人潮中战战兢兢的我，第一次离开家门，来到千里之外的桂林，关于女性文学研究的梦想在桂树成林的师大，生根发芽。新时期以来女性小说的梦幻书写，硕士论文的写作，是我窥见"女人爱做梦"这一女性认知中复杂性别内涵的开始。2006年9月，我有幸进入南开大学文学院师从乔以钢教授读博士，"乔这一家子"给我带来了家庭般的温暖。乔老师和兄弟姐妹们对我的关爱，不断激励着我在学业上努力进步，深恐辜负了大家。博士论文选题"现代中国女性小说的梦幻书写"，是硕士论文的延伸，自此，"梦幻"成为我深入考察女性文化和女性写作的一个别样视域，也成为我作为女性自省和成长的起点。

2009年7月，我进入上海财经大学工作。繁重的教学任务挤占了大量研究的时间和精力，结婚育女的过程，也一度使书稿搁置。但上海的6年，带给了我一个超越自我和以往研究的开阔视野，使我有种新生的喜悦。2015年7月，我回到母校河南大学文学院工作，第一件事情就是想要把经过了修改完善并增加了第五章的博士论文出版，向母校递交一份成长的答卷。

这 12 年里，我遇到了很多曾经在学业、工作和生活中帮助过我的贵人，无以回报，唯有心怀感恩，砥砺前行。

感谢我的硕士导师刘铁群教授，是她鼓励我把女性小说的梦幻书写作为研究的课题，坚持做下去。

感谢我的博士导师乔以钢教授，是她引领我感受到性别研究的魅力，并指引我走向更为广阔的学术空间。我的案头至今都还摆着当年博士论文的修改稿，一摞四本，每一页纸张里都填满了乔老师密密麻麻的笔迹，每每翻阅，都是一次新的鞭策和鼓励。像她一样踏实严谨、平实谦逊地工作和生活，是埋藏在我心头多年的梦想，虽不能及，心向往之。我会谨记教诲，坚定前行。

感谢上海财经大学的姚玲珍教授和孙冰教授，在我生活遇到困难的时候，是她们帮助我渡过了难关，给我带来了集体的温暖。

感谢河南大学文学院的刘思谦教授、关爱和教授、孙先科教授和李伟昉教授，我会用自己的实际行动和不断努力，来回报各位老师的关心、爱护和支持。

感谢我的先生孙海刚多年来的默默付出，整整 6 年，为了我们幸福安稳的家庭，他每两周都要在沪豫两地奔波一次。感谢我 4 岁半的女儿孙菁遥愿意放弃上海的优越环境，和我一起回到郑州和先生团聚。希望她长大后能明白，拥有一个幸福的家庭比在哪里生活更重要，自我的努力比在哪里读书更重要。

李 萱

2016 年 2 月 16 日

统　　筹:侯俊智　侯　春

策划编辑:侯俊智

责任编辑:陈建萍

责任印制:孙亚澎

图书在版编目(CIP)数据

现代中国女性小说的梦幻书写/李萱 著. —北京:
　人民出版社,2016.9
　ISBN 978 - 7 - 01 - 016548 - 6

Ⅰ.①现…　Ⅱ.①李…　Ⅲ.①妇女文学-小说研究-中国-
近现代　Ⅳ.①I207.42

中国版本图书馆 CIP 数据核字(2016)第 180798 号

现代中国女性小说的梦幻书写

XIANDAI ZHONGGUO NÜXING XIAOSHUO DE MENGHUAN SHUXIE

李　萱　著

人民出版社 出版发行

(100706　北京市东城区隆福寺街 99 号)

北京中科印刷有限公司印刷　新华书店经销

2016 年 9 月第 1 版　2016 年 9 月北京第 1 次印刷
开本:880 毫米×1230 毫米 1/32　印张:9.875
字数:220 千字

ISBN 978 - 7 - 01 - 016548 - 6　定价:30.00 元

邮购地址 100706　北京市东城区隆福寺街 99 号
人民东方图书销售中心　电话 (010)65250042　65289539